무지개 새

NIJI NO TORI
by SHUN MEDORUMA
©KAGESHOBO Publishing Co. 2006, Printed in Japan

Korean translation copyright ©2019 by ASIA Publishers
First published in Japan by KAGESHOBO Publishing Co.

무지개 새

虹の鳥

메도루마 슌 장편소설 | 곽형덕 옮김

아시아

일러두기

1. 이 책은 장편소설 『무지개 새』(虹の鳥)를 우리말로 옮긴 것이다.
2. 본문 각주는 원문에는 없던 것으로 모두 옮긴이의 주이다.
3. 인명과 지명은 현지 발음에 최대한 가깝게 표기하였다.

무지개
새

메도루마 슌 장편소설 | 곽형덕 옮김

마유(マユ)는 공중전화 부스에서 나와 도로를 횡단한 후 곧바로 차로 걸어가 조수석에 탔다.

"N 공원 정문 앞으로 가줘."

그녀는 작은 목소리로 그렇게 말하고 좌석을 뒤로 젖히더니 눈을 감았다. 가쓰야(かつや)는 약속 시간을 확인하려고 팔을 만지작거리다가 창가 쪽으로 움직여 가슴 앞쪽으로 팔짱을 끼었다. 양팔에 소름이 끼치고 햇볕이 솜털에 튕겨 나갔다. 이상한 냄새가 몸에 깊이 배어 있는 것 같은 기분이 들었다. 에어컨을 더 세게 틀고 카스테레오 볼륨을 높이고는 보행자 통로에 세워둔 차를 몰았다. 약속 장소까지는 10분도 채 걸리지 않았다. 나미노우에(波の上)[1] 러브호텔 거리 근처 공원은 뒷골목에 위치해서 낮에도 인기척이 적었다. 조금 떨어진 곳의 시에서 인공적으로 만든 해안가 공원이 밤낮없이 들썩대고 있는 것과는 대조적이다.

가쓰야는 공원 근처 주택가에 차를 세우고 속도계 옆의 시계를 봤다.

---

1   오키나와 나하 시 해안가에 위치한 지명.

2시 3분을 지나고 있다. 마유는 입을 다문 채 몸을 일으켜 밖으로 나갔다. 걸으면서 목덜미에 걸치고 있던 얇은 남빛 선글라스를 끼고는 짧게 자른 머리카락을 손가락으로 정돈했다. 청바지에 검은색 티셔츠 차림을 한 뒷모습은 17살보다 훨씬 어려 보인다. 키도 150센티미터가 될까 말까 한 정도다. 마른 몸과 동안으로 기껏해야 중학생으로밖에 보이지 않는다.

마유가 도로 귀퉁이를 돌아 뒷모습이 보이지 않을 때까지 응시하던 가쓰야는 공원 정면에서 50미터 정도 떨어진 도로가에 차를 세웠다. 공원 입구에는 오토바이 진입 방지를 위해 U자를 거꾸로 한 형태의 쇠막대가 박혀 있다. 거기에 앉은 마유는 고개를 숙이더니 미동도 하지 않았다. 머리 위와 발밑으로 불꽃나무의 주홍색 꽃잎이 펼쳐져 있다. 희미하게 푸르른 하늘을 배경으로 핀 꽃송이보다 아스팔트 지면에 떨어진 꽃잎의 색감이 더 선명해 보인다. 작은 녹색 잎이 흔들리자 빛과 그림자가 춤을 추며 마유를 감싸고 있다.

한동안 그 모습을 멍하니 보고 있던 가쓰야는 뒷좌석으로 몸을 늘어뜨려 포목으로 된 은색 가방에서 카메라를 꺼냈다. 300밀리미터 렌즈를 카메라에 장착하고 필름 매수를 확인했다. 히가(比嘉)가 작업용으로 빌려준 카메라다. 운전대 위에 렌즈를 올리고 카메라를 고정해 마유에게 초점을 맞췄다. 고개를 숙이고 있는 모습을 보고 죽은 할머니가 자주 말씀하시던 넋을 떨어뜨린다[2]라는 말을 떠올렸다. 가쓰야는 시험 삼아

2 마브이 오토스.

셔터를 한 번 누르고 생각의 흐름을 멈췄다. 마유를 동정하기 시작했음을 깨닫고 그런 자신을 경계했던 것이다.

몸집이 작고 얼굴이 어린아이 같다고 해도 속지 않는 게 좋아.

마유의 중학교 동창 여자가 했던 말을 떠올렸다. 카메라를 무릎 위에 놓고 4, 5분 정도 기다리고 있자 맞은편에서 흰색 승용차가 천천히 다가오고 있는 것이 눈에 들어왔다. 차 안의 시계를 확인했다. 오후 2시 12분. 자동차가 마유 앞에 서기 전에 카메라를 운전대에 올리고 렌즈에 검은 천을 씌웠다. 우선 자동차의 전체 사진을 2장 찍은 후 번호판을 확실히 알 수 있도록 클로즈업해서 정면 사진을 찍었다.

문이 열리고 내린 남자는 30대 중반으로 보였다. 대부분의 남자들은 마유가 생각한 것보다 어려 보이는 데다 이목구비가 뚜렷한 것을 확인하고는 흐뭇한 표정을 짓는다. 하지만 이 남자는 어딘가 당황한 듯한 표정이다. 새 옷인 듯한 감색 슬랙스(Slacks)에 담황색 폴로셔츠 차림의 남자는 주위를 둘러본 후 마유에게 다가가 말을 걸었다. 고개를 들고 남자를 바라보는 마유의 표정에서는 감정의 변화를 느낄 수 없다. 머리카락과 이마, 선글라스에서 나뭇잎 사이로 새어 나온 햇볕이 춤을 추고 있다. 셔터를 누를 때 마유의 뺨이 조금 붉어진 것처럼 보였던 것은 불꽃나무 꽃 때문이라 생각했다. 남자는 주변을 계속 살피면서 마유에게 말을 걸고 있다. 마유는 다리 밑에 떨어진 꽃잎으로 다시 시선을 떨어뜨리고 있다. 남자가 마유의 얼굴을 들여다보듯 무언가 말하더니 어깨에 손을 올리려 했다. 마유는 그 손을 피하고 남자의 차로 걸어가 조수석 차문을 열고 올라탔다. 남자는 공중에 뻗은 손을 넓적다리 옆에 비빈 후 서둘러 운전석 쪽으로 돌아가 차문을 열었다.

　남자는 자동차의 정면 유리창을 보고 앉은 자세로 운전대에 손을 올리고 마유에게 말을 걸고 있다. 마유는 언제나 그렇듯 좌석 등받이를 뒤로 눕히고 앉아 있다. 가쓰야는 두 사람이 나란히 앉아 있는 장면을 3장 찍었다. 깜빡이등이 들어오더니 남자의 차가 천천히 움직이기 시작했다. 가쓰야는 카메라를 무릎에 내려놓고 천으로 덮은 후 스쳐 지나가는 남자의 시선을 피했다. 백미러로 우회전하는 차를 확인한 후 자신의 차에 시동을 걸고 왼쪽 골목길로 들어갔다. 이 주변 지리는 꿰뚫고 있다. 남자의 차 뒤로 따라붙는 데 1분도 채 걸리지 않았다.

　러브호텔은 공원 근처에 몇 개나 있다. 이 지역에서 손님과 만나서 갈 호텔은 그중 한곳으로 정해져 있다. 처음부터 "화끈하게 사귀시면 됩니다." 하고 이야기를 해놔서 마유가 호텔 이름을 말하면 대부분의 남자는 그곳으로 들어갔다. 가끔 신중한 남자가 다른 호텔로 가자고 해도 같은 지역 내 호텔에 가도록 지시를 해뒀다. 가능하면 1시간 이내, 늦어도 2시간 내에 나오라고 엄포를 놓았다.

　가쓰야는 곧장 호텔거리로 향하리라 생각하고 있던 차가 다른 방향으로 차선을 변경하자 의아한 표정을 지으며 뒤를 따라갔다. 앞에 차 한 대를 사이에 두고 뒤를 쫓으면서 앞차의 동태를 파악하려고 몸을 이리저리 움직였다. 남자는 계속 마유에게 말을 걸고 있는 것 같았다. 우회전하면 호텔거리 맞은편 사거리를 지나쳐 가게 된다. 가쓰야는 옆 차선으로 빠르게 끼어들어 마유가 타고 있는 차 앞으로 이동했다. 두 사람의 모습을 백미러로 살펴봤다. 깡마르고 신경질적인 모습의 남자다. 남자는 마유에게 계속 말을 걸고 있었다. 하지만 선글라스를 쓰고 창문 쪽을 바라보고 있는 그녀는 아무런 반응도 보이지 않았다. 허물없이 대하는 남자의 태도를 보고 혹시 전에도 본 적이 있었나 하고 생각해봤으나 전혀 기억이 나지 않았다.

국도 58호선을 남하해 오우노야마공원(奧武山公園)[3] 입구 근처 식당 앞에서 신호를 기다리고 있을 때였다. 반대 차선에서 위장한 미군의 대형 트레일러 2대가 지나쳐 갔다. 타이어 소음이 아랫배에 울리는 것과 동시에 미군 차가 내뿜은 배기가스가 에어컨 환풍구를 통과해서 차 안으로 들어왔다. 가쓰야는 "내기 순환모드인데 별 거지 같은 새끼가." 하고 말하며 혀를 끌끌 차더니 오른편에 있는 나하(那覇)군항을 바라봤다. 철조망 건너편에 펼쳐져 있는 부지에 위장한 지프, 장갑차 수십 대가 줄을 맞춰 세워져 있다. 거의 유휴 시설로 평소에는 한산하기 그지없는 군항이라 좀처럼 볼 수 없는 광경이다.

이 정도의 땅이 있으면 군용지 대여료로 도대체 얼마가 들어올까 하는 생각이 갑자기 났다. 아버지의 얼굴이 떠올랐다. 아버지에게 조르면 이런 중고 고물차가 아니라 사륜구동이 되는 새 차를 사줄지도 모른다. 최근 친형 둘이서 사륜구동차를 새로 샀다고 엄마가 말했다. 그 말을 듣고 부럽기보다도 친형들과 아버지에 대한 혐오감이 끓어올랐다. 제대로

3 1959년 오키나와 나하 시에 개설된 공원. 스포츠 시설이 있고 나하국제공항에서 가깝다.

된 일도 하지 않는 형들이 새 차를 살 돈이 있을 리 없다. 아버지에게 돈을 달라고 조른 게 틀림없다.

운전대 위에 올려놓은 두 손을 햇볕이 뜨겁게 달구고 있다. 에어컨이 잘 들지 않아서 몸에 땀이 눌어붙어 불쾌한 기분이 들었다. 차량이 움직이기 시작하자 가쓰야는 차선 정중앙으로 이동해 속도를 줄이고 마유가 타고 있는 차를 먼저 보냈다. 추월당할 때 조수석 창문 너머로 남자를 봤다. 남자의 손이 어깨로 향하자 마유가 몸을 비틀며 거부했다. 겸연쩍은 듯이 운전대를 두드리는 남자의 모습을 재빨리 간파한 후 곧장 다시 차선을 바꿔서 바로 뒤에 붙었다.

오우노야마공원 앞을 지나가자 남자의 차에 왼쪽 깜빡이가 들어오더니 국도 58호선에서 좌회전해 오로쿠(小禄) 방면으로 향했다. 그 앞에 카모텔(Car Motel)이나 러브호텔이 있었는지가 잘 떠오르지 않았다. 설마 하고 생각하며 속도를 더 냈는데 야마시타바시(山下橋) 사거리에서 우회전하는 것을 보고 역시 그런 것이군 하고 생각했다. 완만하고 긴 언덕을 2킬로미터 정도 가자 자위대기지를 앞에 두고 사거리가 나왔다. 그 바로 앞에서 좌회전해 들어가면 마유와 함께 살고 있는 가쓰야의 아파트가 나온다.

2주 전에 히가가 마유를 맡아달라고 해서 혼자 살고 있는 2LDK집[4]에 마유를 머물게 했다. 히가가 여자를 맡긴 것은 마유가 세 번째라 이전 여자들이 남긴 침대나 여름용 이불, 세면도구와 옷가지 등을 그대로 사

---

4   방 2개에 거실과 부엌이 있는, 일본의 아파트 구조.

용했다. 작은 체구의 마유에게 그 옷가지는 전부 맞지 않아서 옷만큼은 새로 살 수밖에 없었다. 첫날 쇼핑을 마치고 방에 도착한 마유는 침대 위에서 몸을 둥글게 한 채 잠이 들었다. 그 후 아무리 흔들어 깨워도 눈을 뜨지 않았다.

둘째 날 이후에도 손님을 받으러 외출하는 시간을 제외하면 계속 잠만 잤다. 그 모습을 보고 이 여자도 도망칠 염려는 없을 것이라고 판단했다. 전에 있던 두 여자도 히가에게 단단히 교육을 받아서인지 도망칠 낌새도 보이지 않았다. 방에 있을 때는 침대에 누워만 있을 뿐이고 일어나서도 바닥에 주저앉아 멍하니 있었다. 말을 걸어도 반응이 거의 없었으며 스스로 나서서 하는 일이라고는 화장실에 가는 정도였다.

지시를 어기려 하지 않아서 고생스럽지는 않았으나 제대로 밥을 먹지 않고 히가가 준 알약에만 의존하니 몸이 빠르게 쇠약해져 갔다. 맨 처음 왔던 여자는 한 달이 지나자 손님을 들일 수 없어서 히가에게 돌려보냈다. 히가는 바로 다른 여자를 데려왔는데 그 여자도 한 달이 채 지나지 않아 같은 처지가 됐다. 그다음에 온 여자가 바로 마유다.

마유는 처음 왔을 때부터 지독하게 쇠약해진 상태였다. 둘째 날에는 점심이 지나 깨워도, 말을 걸어도 무표정한 표정을 지을 뿐으로 가쓰야 쪽을 쳐다보려고 하지도 않았다. 그녀의 단아한 외모는 사람들의 눈길을 끌었다. 동안인데 각도에 따라서는 놀라울 정도로 어른스러워 보였다. 가쓰야는 언제나 눈 속에 감춰진 둔중한 빛을 바라보면서 그것이 만약 17살 다운 자연스러운 눈빛이었다면 쉽게 말을 걸 수 없었을지도 모르겠다고 생각했다.

오전 중에 기상시키는 일은 불가능했다. 샤워를 하고 밖에 나가면 대략 오후 2시가 넘어서 손님 수는 그만큼 줄어들었다. 하루에 3명이 한계인 데다 2주 동안 일하는 날은 5일 정도밖에 되지 않았다. 대략 두 사람을 받으면 저녁 6시가 넘었고 그 시간이 지나면 마유는 녹초가 돼 조수석에 눈을 감은 채로 앉아 차 밖으로 나가려 하지 않았다. 중학생이라 해도 믿을 정도의 용모와 체구라서 음행조례(淫行條例)[5]에 지레 겁을 먹고서는 꽁무니를 빼는 남자도 있었으나 대부분의 남자들은 노골적으로 흥미와 흥분을 드러냈다. 마유를 사는 남자의 얼굴을 찍는 일이 최우선이기에 비용은 2만 엔으로 적절히 타협해 정했다.

여자들이 자는 방 창문을 전부 닫고 커튼도 쳤다. 에어컨이 있기는 했으나 창문을 열어 환기를 언제 했는지 알 수 없을 정도로 시큼한 냄새가 방안에 가득 차 있었다. 그런 방에 갇혀 있으면 체력이 회복될 리 없으나 히가가 시키는 대로 할 수밖에 없었다. 가쓰야 또한 여자가 손님을 받을 정도의 체력만 있다면 적당히 쇠약해진 상태가 관리하기 편했다.

왜 호텔이 아니라 아파트에 남자를 끌어들이려 하는 것일까? 그렇게 생각하면서 가쓰야는 반신반의했다. 남자가 마유의 의지를 무시하고 제멋대로 끌고 갔는지도 모른다. 그렇게 생각하려 하는 사이에 남자의 차가 아파트에 거의 다 도착했다. 남자가 사복을 입은 형사일지도 모른다고 생각하니 아찔했다. 중학생을 써서 매춘을 시키던 조직원이 일주일

---

5 일본 지방자치단체가 정하는 청소년보호육성조례.

전에 나하 시내에서 체포된 후, 경찰의 탐문 수색이 더욱 엄격해지고 있었다. 히가가 조심하라는 지시를 내렸다. 공원 앞에서 본 남자의 풍모나 체격은 도저히 형사로 보이지는 않았고 그런 분위기도 느껴지지 않았다. 직감을 믿었으나 불안함을 떨쳐낼 수 없었다.

성매매를 한 남자의 사진을 찍고 그걸 미끼로 돈을 듬뿍 뜯어내면 된다고 히가가 처음 말했을 때부터 가쓰야는 그것이 참으로 난폭한 짓이라고 생각했다. 가쓰야의 역할은 여자를 돌봐주는 것과 사진을 찍어서 차의 종류와 번호판, 그리고 남자의 특징 등을 메모해서 정리해주는 것이다. 사진과 인화지와 함께 메모 용지를 넘겨주면 그다음은 히가가 알아서 처리했다.

손님으로부터 여자가 받은 돈의 반은 가쓰야가 가져도 좋다고 했다. 처음에는 큰돈 뭉치를 만져볼 수 있을 것 같아 기뻐했다. 하지만 여자의 생활비를 대줘야 하는 데다 손님 수가 생각보다 적어서 실제로는 그리 큰돈이 되지 않았다. 히가는 성매매를 한 남자들을 협박해서 그보다 몇십 배 이상 벌고 있을 터다. 다만 그런 짓을 계속하면 언젠가는 피해자 중에서 경찰에 신고하는 녀석이 나올 것이라 경찰이 포위망을 좁혀 올 것은 뻔했다. 그럼에도 히가의 말을 거역하거나 다른 의견을 낼 수 없었다. 가령 경찰에게 잡혀도 자기 선에서 끝내야 한다. 가쓰야는 그것을 잘 알고 있다. 무슨 일이 있어도 히가가 수사를 받게 해서는 안 된다.

손바닥에 땀이 번지고 있다. 가쓰야는 에어컨 바람이 뜨뜻미지근하게 느껴져서 조수석에 던져둔 수건을 집어 들고 얼굴과 목덜미를 훔쳤다. 퇴근 시간의 정체까지는 아직 시간이 남아 있었지만 도로는 이미 꽤 막혀 있었다. 아파트까지 5분도 남지 않은 거리까지 왔을 때 마유가 탄 차가 좌회전 신호를 넣더니 도로가에 멈춰 섰다. 추월한 후 백미러를 봤다. 조수석에서 내린 마유가 공중전화 부스에 들어가는 것이 보였다. 가쓰야가 50미터 정도 더 가서 도로가에 차를 세우자마자 조수석에 놓은 핸드폰이 울렸다. 핸드폰을 집어 들고 바로 호통을 쳤다.

"야 너 지금 뭐 하는 짓이야!"

몇 초 동안 뜸을 들이더니 마유가 차분한 어조로 말했다.

"아파트로 갈 거야."

전화는 바로 끊어졌다.

"이 년이 돌았나."

앞 유리에 핸드폰을 던져버리고 싶은 충동을 간신히 참았다. 히가가 일할 때 쓰라고 준 핸드폰인데 아직 쓰는 사람은 많지 않다. 호텔에 들어가거든 남자가 샤워를 하는 동안 자신의 핸드폰으로 전화를 하라고 여자들에게 단단히 교육을 시켰다. 그런데 이런 식으로 핸드폰에 전화를 한 것은 마유가 처음이다.

가쓰야는 차에 시동을 걸고 좌회전해서 주택가로 들어가는 지름길을 통과했다. 3분도 걸리지 않아 아파트에 도착했다. 일단 그 앞을 지나쳐 50미터 정도 떨어진 편의점 주차장에 차를 세웠다. 필름과 캔 커피를 산 후 차 옆에 선 채로 아파트 쪽을 봤다. 마유를 태운 차가 모습을 드러낸 것은 캔 커피를 세 모금째 마시고 있을 때였다. 남자는 속도를 줄이고 아파트 주차장에 차를 세우며 주위를 계속 살피고 있었다. 선글라스를 쓴 마유의 시선이 자신을 향하고 있음을 느낀 가쓰야의 마음은 혼란스러웠다.

도대체 무슨 일이 벌어지고 있는 것인지 알 수 없는 초조함 때문만은 아니다. 혹시라도 이 사실이 히가에게 알려지면 어쩌나 하는 불안감이 점점 커져갔다. 살고 있는 장소를 손님에게 가르쳐주다니 있을 수 없는 일이다. 남자를 상대할 때의 주의사항은 히가가 철저하게 가르쳤을 텐데 이게 무슨 일이란 말인가. 함께 일을 한 지 2주가 지나고 있었지만 지금까지 특별히 문제를 일으킨 적은 없었다. 남자가 경찰에게 신고하리라 기대하는 것이 아닌가 하는 생각이 머릿속을 스쳐갔다. 관자놀이 아래로 불쾌한 땀이 솟아나고 있다. 이 일이 히가에게 알려지기라도 하면 무슨 짓을 당할지 모른다.

남자가 차에서 내리더니 조수석 문을 열었다. 마유가 앞장서더니 주차장을 빠져나와 아파트 밖의 계단을 올라가고 있다. 가쓰야는 캔 커피를 손에 든 채 마유와 남자가 3층 아파트의 2층 구석 집으로 들어가는 것을 지켜본 후, 반이나 남은 캔 커피를 쓰레기통에 던졌다. 차에 타서 시동을 걸고 어찌하면 좋을지를 생각해봤는데 이렇다 할 대책이 떠오르지 않았다. 우물쭈물할 여유도 없이 차를 몰아 아파트를 올려다보며 주차장으로 들어갔다. 지정된 주차 자리에는 남자의 차가 세워져 있었다. 차 종류와 번호를 다시 확인하고 안쪽 비어 있는 자리에 차를 세웠다.

카메라와 휴대폰을 손에 들고 차 밖으로 나가자 주차장 아스팔트의 열과 냄새가 느껴졌다. 전체가 3층인 아파트 각 층에는 다섯 세대가 살고 있고 그 양 끝에는 바깥으로 이어진 계단이 걸쳐 있다. 마유와 함께 방을 나서는 시각은 오후 2시 넘어서인 데다 밤중에 귀가할 때가 많기에 주민들과 얼굴을 마주칠 일은 거의 없었다. 가끔 주민들과 마주쳐도 인사를 피했다.

연한 담황색으로 도장된 건물이 푸른 하늘 속에서 흔들리고 있는 것처럼 보였다. 아지랑이가 아니라 자신의 눈이 이상한 것처럼 느껴졌다. 일어서자 현기증이 나서 오른손으로 양쪽 눈을 비비며 눈꺼풀을 가볍게 문질렀다. 햇볕이 은색 알루미늄 문에 반사되고 있었다. 무기질인 빛이 주위의 조용함을 더욱 두드러져 보이게 하고 있다. 그 자리에 서 있는 자신 외에는 생명의 움직임이 느껴지지 않아 눈에 보이는 모든 것으로부터 현실감이 사라지고 있는 것처럼 느껴졌다.

가쓰야는 계단을 올라가면서 남자의 입을 다물게 하는 방법을 필사적으로 생각했다. 집 앞까지 왔음에도 아무런 대책도 세우지 못한 채 건너편의 상황을 살폈다. 욕실의 불투명한 유리창 너머로 샤워기 소리가 들려왔다. 다가가서 귀를 쫑긋 세우려 할 때 문이 조금 열렸다. 손잡이를 잡고 있는 가느다란 손가락이 보이고 마유가 얼굴을 앞으로 내밀었다.

가쓰야는 문 안쪽으로 몸을 미끄러지듯 집어넣은 후 손잡이를 잡고 소리가 나지 않게 문을 닫았다. 마유는 문에서 얼른 떨어지더니 가쓰야가 자물쇠를 채우자 자신의 침대가 있는 6조 다다미방으로 들어갔다. 남자를 집으로 데려온 이유를 물을 수 있는 상황이 아니었다. 벗어놓은 구두를 손에 들고 부엌으로 들어가서 욕실의 상황을 살폈다. 샤워하는 소리에 섞여 남자의 작은 흥얼거림이 들려왔다. 다다미방 바로 옆에 있는 서양식 방의 문을 열고 들어간 후 자물쇠를 채웠다. 카메라를 침대 위에 설치하고 휴대폰 전원을 끈 후 그 옆에 놓았다. 옆방과 욕실의 분위기를 살폈는데 샤워하는 소리가 계속 들려왔다. 옆방에서는 침대 삐걱거리는 소리가 한 번 들려올 뿐이다.

이 집은 문을 열고 들어서면 바로 부엌이 나오고 그 안쪽 오른편에 불투명한 유리창으로 된 미닫이가 있는 다다미방이 있고 왼쪽으로는 문이 달린 양실이 있다. 히가가 여자를 맡겼을 때 다다미방에 간이침대를 넣어 전용 방으로 만들었다. 가쓰야는 여자들의 방을 만들면서 자비를 들여 소형 텔레비전도 설치했다. 다만 여자들은 방에 들어가 샤워를 하고 잠을 잘 뿐 텔레비전을 보려 하지 않았다.

방 사이는 맹장지로 구획돼 있다. 맹장지 문을 닫고서 만일에 대비해 못으로 고정해뒀다. 부엌에 칼을 두지 않은 것은 궁지에 몰린 여자들이 수면 중에 칼을 들고 죽이러 오는 상황을 방지하려고 생각했기 때문이다. 맹장지 앞 철제 책장에는 잡지나 CD가 어수선하게 놓여 있다. 그 앞에 서서 귀를 기울여도 맹장지 건너편의 인기척은 알 수 없다. 침대에 누운 채로 그대로 잠이 들어버린 것인지도 모른다. 마유가 불안한 꿈을 견디려고 미간을 찌푸리고 잠든 모습이 떠올랐다. 깨우기 위해 방에 들어가자 마유는 평상시와 똑같은 표정으로 몸을 둥글게 말고 잠이 들어 있었다. 가쓰야는 카메라 렌즈를 35밀리미터로 바꾸고 스트라보를 달고서 남은 필름을 확인했다. 미끄러지지 않기 위해 양말을 벗고 침대에 앉아서 남자가 나오기를 기다렸다.

샤워하는 소리가 그친 후 잠시 기다리자 욕실 문이 열리는 소리가 났다. 가쓰야는 조용히 일어섰다. 남자가 방을 확인하려 하는 듯한 기척이 느껴졌다. 젖은 발로 걷는 소리는 곧장 옆방으로 향했다. 미닫이를 열더니 남자가 마유에게 말을 걸었다. 마유가 대답하지 않자 남자가 목욕수건으로 몸을 닦는 소리가 들렸다. 남자는 부엌으로 가더니 냉장고를 열었다. 캔 뚜껑을 따는 소리가 들린 후 남자가 방으로 들어가더니 캔 맥주를 마시면서 트림 소리를 일부러 냈다. 남자는 다 마신 캔을 손으로 찌그러뜨린 후 바닥에 던졌다.

남자가 침대에 앉자 맹장지 문이 조금 흔들렸다. 철제 책장 너머로 옆방의 소리에 온 신경을 집중시키면서 가쓰야는 손에 들고 있던 일안 반사식 카메라를 손으로 문질렀다. 목욕수건을 집는 소리가 들려왔다. 남자가 무언가 이야기를 하고 있는 듯했으나 뭐라 하는지 도통 알 수 없었다. 마유의 몸을 어루만지면서 귓가에 무언가 속삭이고 있는 중인 것 같았다. 조립식 철제 침대가 삐걱댔다. 고개를 돌리고 있는 마유의 어깨를 만지던 남자의 손가락이 등줄기를 따라 움직이다 티셔츠 옷자락 속으로 파고드는 모습이 눈에 선했다. 남자의 속삭임이 마유의 피부를 빠는 소리로 변한 후 혁대 푸는 소리가 들려왔다. 마유의 청바지와 티셔츠를 벗긴 후에 남자의 움직임이 멈췄다. 가쓰야는 문 손잡이에 손을 대고 있었다. 문을 열자마자 단숨에 해치워 버려야 한다고 생각했다. 침대가 삐걱대는 소리가 들리더니 마유가 작은 신음소리를 냈다. 아무런 기척도 내지 않던 마유가 갑자기 낸 소리를 들은 가쓰야는 뜻밖에도 그녀가 가엾다는 감정을 느꼈다.

문을 열고 세 걸음 만에 부엌을 지나 반투명 유리창의 미닫이를 내던지듯이 열었다. 마유의 방 안으로 들어가는 데 불과 3초도 걸리지 않았다. 엎드려 누워 있는 마유의 등을 어루만지고 있던 남자가 "너 뭐야." 하고 외쳤다. 연이어 카메라 셔터를 누르자 남자는 플래시를 피하려고 오른손을 뻗고 아우성치며 침대에서 내려가려 했다. 가쓰야는 카메라를 내리고 남자의 오른발이 바닥에 닿는 순간을 노렸다. 왼발로 바닥을 디디고 오른쪽 무릎을 옆구리 위까지 올려 몸을 비틀며 딛고 있던 발의 탄력을 이용해 남자의 왼쪽 옆구리에 발가락 끝을 박아 넣었다. 남자의 몸은 전혀 단련돼 있지 않았다. 마른 옆구리에 엄지발가락이 끝까지 박혔다. "아악 아아악." 하고 쉰 목소리를 흘리던 남자가 배를 움켜쥐고 쭈그려 앉았다. 구부러져 돌출된 척추가 곤충과 비슷하게 보이자 기분이 더러워져 분노가 치밀어 올랐다. 뒤통수를 발로 밟자 남자의 몸이 과장되게 튀어 오르더니 옆으로 쓰러졌다. 배를 움켜쥔 팔 아래로 쭈그러든 성기가 보였다. 마유가 제멋대로 남자를 집에 들인 분노가 남자를 때리는 순간에 더해진 것을 자각하고 적당히 해야지 하고 자신을 타이르면서 넓적다리와 배를 발로 걷어찼다. 머리를 감싸고 거북이로 변한 것 같은 남자의 등을 밟고서 고개를 들라고 명령했다.

얼굴을 일그러뜨리고 침대에 기대 책상다리를 하려는 남자에게 호통을 쳤다. "더러운 엉덩이를 어디 다다미에 붙여. 무릎 꿇고 앉아." 카메라 렌즈를 들이대자 남자는 양손으로 얼굴을 가리려 했다. "손 내려 이 새끼야." 하고 소리를 쳐도 듣지 않아서 옆머리를 발로 차려는 자세를 취했다. 남자는 "어어엇." 하는 소리를 흘리더니 양손을 내렸다. "정면을 봐! 고개 돌리지 말고." 하고 소리를 지르며 남자의 쪼그라든 성기가 잘 나오도록 사진을 4장쯤 찍었다. 남자는 눈을 감고 가지런한 무릎 위에 양손을 올려놓고서 금방이라도 울음을 터뜨릴 것처럼 얼굴을 찡그렸다. "움직이지 마, 이 새끼야." 하고 지시를 한 후 남자의 슬랙스 안에서 지갑을 꺼냈다. 지폐를 꺼내 들고 면허증을 뺀 남자의 이름과 주소를 확인했다. 면허증을 찍고 나서 지갑에 있던 명함 2장을 보니 남자의 이름 위에 오키나와 중부의 중학교 선생님이라는 직함이 보였다. 학교의 이름은 마유가 나온 중학교와 똑같았다.

"중학교 선생이야?"

남자는 고개를 숙인 채 대답하지 않았다. 가쓰야는 명함을 청바지 주머니에 구겨 넣고서 왼쪽 발가락을 남자의 명치에 다시 박아 넣었다. 힘 조절을 하지 않았다. 남자는 양손으로 배를 누른 채 앞으로 기우뚱하고 다다미에 이마를 처박더니 목울대를 출렁이며 전신에 경련을 일으켰다. 척추를 따라 등이 갈라지고 다른 생명체가 나타날 것만 같았다. 예전에 텔레비전에서 본 영상이 떠올라 달걀을 하나씩 채워 넣은 것처럼 보이는 불룩 솟은 척추를 정중앙에서 꺾어버리고 싶은 충동에 휩싸였다.

'더 이상은 안 돼' 하고 자제하면서 침대 위의 마유를 봤다. 한 번도 본

적 없는 눈빛을 하고 있었다. 언제나 멍한 상태로 있던 마유의 눈빛이 돌변하더니 검은 눈동자 깊은 곳에서 다른 생명체가 눈을 뜬 것처럼 날카롭게 빛나고 있었다. 표정이나 눈빛이 완전히 변한 것만이 아니라 움직임까지도 달라졌다. 벌거벗은 몸을 가리려 하지도 않고 침대에서 내려와 남자의 바지에서 혁대를 풀어 손에 쥐더니 웅크리고 있던 남자의 등을 내리쳤다. 금속 버클이 어깨뼈에 맞고서 튕겨 올랐다. 남자가 몸을 일으켜 마유에게 무언가 말하려 하자, 그 얼굴을 노리고 혁대를 날렸다. 남자는 얼굴을 피하려다 목에 버클을 얻어맞더니 양손을 내밀고 애원하듯이 마유와 가쓰야를 번갈아 봤다. 마유는 망설임 없이 남자에게 계속 혁대를 내리쳤다. 남자는 다시 양손으로 머리를 감싸고 몸을 웅크렸다. 가쓰야는 지루하다는 듯한 표정으로 남자의 몸에 혁대를 내리치고 있는 마유의 모습을 바라보며 그녀와 같은 중학교를 다녔던 여자가 주의를 줬던 말을 떠올렸다. "약에 절어서 지금은 저러고 있지만 조심하는 게 좋아."

남자는 두들겨 맞을 때마다 몸을 떨면서 신음소리를 낼 뿐 저항하려는 어떠한 의지도 내비치지 않았다. 가쓰야는 남자가 어쩌면 마유에게 맞는 것을 즐기고 있는 것 같다는 생각이 갑자기 들어 그녀의 팔을 붙잡았다. 가쓰야 쪽으로 방향을 돌린 마유는 호흡이 전혀 흐트러져 있지 않았다. 마유가 정면에서 바라보자 가쓰야는 반사적으로 얼굴을 손으로 가리고 뒤로 물러섰다. 자신에게도 덤벼드는 것이 아닐까 하고 순간 생각했던 것이다.

마유의 입술 끝에 미소가 아스라이 떠오르고 있는 것 같은 기분이 들었다. 마유는 혁대를 마루에 떨어뜨리더니 등에 적자색 줄이 새겨진 남자를 내려다봤다.

"일어서."

마유는 조용한 말투로 말하고서 남자의 옆구리를 찼다. 얻어맞은 남자의 등 근육이 순식간에 부어올랐다. 남자는 무릎에 눌려 있던 고개를 들고서 온몸을 떨며 자리에서 일어났다.

"손을 뒤로 해."

확인이라도 하는 것처럼 마유를 바라보던 남자는 눈이 마주치자 고개를 바로 내리고 시키는 대로 했다. 마유의 뜻밖의 언동에 가쓰야는 어안이 벙벙했지만 거부할 수 없는 흥미를 느꼈다. 남자의 손목에 혁대를 감아 묶는 손놀림이 익숙했다. 마유는 남자의 등을 밀어 방에서 나가라고 신호했다. 남자가 걷기 시작하자 마유는 욕실로 들어가라며 재촉했다. 남자를 완전히 굴복시키고 있는 마유의 행동은 지금까지 봐왔던 모습에서는 상상조차 할 수 없는 것이었다. 몸의 움직임은 생동감 넘쳤고 마른 소년처럼 보였다.

마유는 반투명 유리로 된 접이식 문을 열더니 입구에서 욕실 안을 확인하려는 남자의 등짝을 사정없이 밀쳤다. 남자는 수건이 깔린 콘크리트 바닥에 오른쪽 어깨채로 그대로 처박혔다. 남자가 재빨리 몸을 틀지 않았으면 정면에 있는 세면대에 얼굴이 부딪쳤을 것이다. 뼈가 부딪치는 둔중한 소리와 함께 남자의 신음소리가 이어졌다. 세면대 위에 있는 거울에 마유의 시시해 죽겠다는 표정이 비쳤다.

사진을 찍었다고 해도 부상을 입히면 손님의 입을 막기가 힘들어진다. 그런 걱정이 든 가쓰야는 마유를 말리려 주의를 주려다 말을 그대로 삼켰다. 가쓰야를 보고 있는 마유의 눈과 입가에 다시 미소가 떠오른 것 같은 기분이 들었다. 가쓰야는 히가에게 이 일을 들키면 어쩌나 하는 불안감에 시달리고 있는 자신을 혐오하기 시작했다. 모든 것이 이대로 끝장나는 편이 좋겠어. 가쓰야는 가슴속을 휘젓고 있는 말을 떠올리며 자신의 생각에 놀랐다. 히가의 지시를 거역하려는 마음을 품게 된 건 언제부터였을까? 마유에게 휘둘려 마음이 혼란스러워진 건 잘 알고 있었다. 하지만 마유를 말리려는 마음보다 앞으로 어떻게 될지 두고 보자는 충동이 앞섰다.

마유는 문 옆에 있는 가스와 전등 스위치를 켠 후 욕실로 들어가 샤워꼭지를 열었다. 욕조에 샤워기 물줄기가 뿜어져 나오며 바깥 복도에 있는 가스 급탕장치가 점화되는 소리가 들려왔다.

"아무 소리도 내지 마."

마유의 말에 남자가 고개를 들었다. 욕실은 화장실 겸용이라서 꽤 넓었다. 욕조 위 창문은 복도와 인접해 있기에 남자가 소리를 지르면 밖으로 그대로 새어 나간다. 옆방은 물론이고 그 옆방에도 독신 샐러리맨이 살고 있어서 낮에 집에 있는 2층 주민은 드물었다. 하지만 큰소리를 내지르면 다른 층까지 들릴지도 모른다. 남자가 소란을 피우면 바로 대응할 수 있도록 가쓰야는 욕실 입구에 자리를 잡고 섰다. 욕조로 떨어지는 샤워기 물줄기 소리와 함께 수증기가 욕실에 끼었다. 상반신을 일으킨 남자가 양식 변기에 기대서 두려움에 가득 찬 눈초리로 마유와 가쓰야를 바라봤다. 넘어질 때 부딪친 것인지 이마와 오른쪽 뺨에 긁힌 상처가 생겼고, 코 아래에도 피가 맺혀 있었다. 보이는 곳에 상처를 남기고 싶지 않았다. 마유는 샤워기 머리를 손에 쥐더니 붉은 표시가 있는 뜨거운 물 밸브를 끝까지 열었다. 욕실 안의 수증기가 더욱 농밀해져 갔다.

"야, 너무 심한 거 아니……."

가쓰야의 말이 끝나기도 전에 뜨거운 물이 뿜어져 나와 남자에게 쏟아졌다. 남자는 비명을 내지르며 어깨에서 옆구리로 뿌려지는 뜨거운 물을 피하려고 바닥을 굴렀다.

"소리 내지 말라고 말했잖아."

마유는 뿜어져 나오는 뜨거운 물을 욕조로 뿌리면서 옆을 보며 괴로워하고 있는 남자의 배를 찼다. 실제 위력은 없었지만 남자를 벌벌 떨게 만들기에는 충분했다. 목소리도 표정도, 평상시의 마유와는 완전히 다른 사람처럼 보였다. 남자는 몸을 웅크리고서 목소리를 죽였다. 세면대 위에 있는 거울이 흐려지고 증기가 욕실 안에 가득 차기 시작했다. 서 있는 가쓰야의 얼굴에 땀이 배어났다. 마유가 남자에게 뜨거운 물을 다시 뿌려대기 시작했다. 넓적다리에서부터 허리까지 뜨거운 물을 맞은 남자가 몸을 비틀며 욕실 구석으로 도망치다가 엷은 청색 타일을 붙인 벽에 정수리를 부딪치고 반대 방향으로 엎드렸다. 붉게 부어오른 엉덩이나 미골을 보니 토가 나올 것 같았다. 남자는 등에 뜨거운 물을 맞고는 몸을 젖히고 일어서려다 그대로 미끄러져 어깨와 옆머리를 벽에 부딪치더니 상반신을 비틀었다.

"야 사람을 죽이려는 거야?"

욕실로 들어간 가쓰야는 샤워기를 빼앗고 수도꼭지를 닫았다. 마유는 저항하지 않고 바닥에 주저앉은 남자를 바라보고 있었다.

"사진."

무슨 말인지 바로 알아들을 수 없었다. 사진을 찍으라는 것임을 알아채고 어깨에 걸치고 있는 카메라를 보니 렌즈가 흐려져 있었다. 히가에게서 받은 카메라가 고장 날까 봐 가쓰야는 허둥대며 욕실에서 나왔다.

"사진."

등 뒤에서 같은 말을 반복하는 목소리가 들려왔다. 뒤돌아보니 가쓰야를 향한 시선 깊숙한 곳에서 정체를 알 수 없는 생명체가 생동하고 있는 것이 뚜렷이 느껴졌다. 가쓰야는 자기 방으로 돌아가 카메라를 책상 위에 올려두고, 서랍을 열어 예비로 마련해놓은 일회용 사진기를 꺼냈다. 포장을 뜯어내며 방에서 나오자 욕실에서 흘러넘친 수증기가 부엌에 자욱했다. 가쓰야는 환풍기 버튼을 누르고 욕실 입구로 들어섰다. 마유는 다시 뜨거운 물이 나오는 수도꼭지를 손에 쥐고서 벽에 이마를 대고 어깨를 들썩이고 있는 남자를 내려다보고 있었다. 욕실 바닥에 물보라를 일으키고 있던 뜨거운 물이 남자에게 다시 쏟아지기 시작했다. 남자는 튕기듯이 등을 뒤로 젖히고 무릎뼈로 바닥을 찍는 소리를 내며 벽으로 도망쳤다. 뜨거운 물이 욕실 벽면에 흩어진 후 마유의 숨죽인 목소리가 들려왔다.

"이쪽을 봐."

수증기 속에서도 확실히 알 수 있을 정도로 남자의 등은 붉게 짓물러 있었다. 목소리가 들리지 않았던 것인지 남자는 벽에 기대 움직이려 하지 않았다.

마유의 손이 천천히 움직이더니 분출하는 뜨거운 물이 남자의 등으로 튀며 떨어졌다. 묶인 두 손을 꽉 움켜쥔 남자가 옆으로 쓰러졌다. 입구에 서 있던 가쓰야의 발밑에 남자의 얼굴이 보였다. 남자의 떨리는 입술 사이에서 우는 소리가 새어 나오고 있었다. 마유는 욕조 안으로 샤워기를 향하더니 남자의 뒤통수를 다시 발로 찼다. 남자는 이를 악물고 소리를 내지 않으려 참았다. 남자를 내려다보고 있는 마유의 눈초리를 보며 가쓰야도 조금 두려움을 느끼고 있음을 깨달았다. 남자는 상반신을 일으키더니 마유에게 몸을 돌리려 발버둥 쳤다. 늑골이 드러난 가슴에 젖은 털이 들러붙어 있고, 눈물과 코피로 더럽혀진 남자의 얼굴은 쳐다보기 힘들 정도로 처참했다. 가쓰야는 남자의 얼굴과 전신을 찍었다.

"일어서."

마유의 말에 남자가 희미하게 눈을 떴다.

"빨리 일어서라고 했잖아."

남자는 빨리 일어서려고 했지만 다리에 힘이 들어가지 않는 것인지 어깨와 머리를 벽에 대고 몸을 지탱하며 한쪽 무릎을 꿇고서야 겨우 일어섰다. 젖은 음모 속의 위축된 성기에서 투명한 액체가 실처럼 늘어져 있었다. 마유가 가쓰야 쪽을 보라고 턱을 치켜 올리자 남자는 가쓰야와 서로 마주 보고 서게 되었다. 남자는 고개를 숙였다. 가쓰야는 한발 물러서서 남자의 전신을 카메라 렌즈 안에 담았다. 플래시가 터지자 남자가 움찔 몸을 떨었다.

"움직이지 마. 얼굴을 들어."

가쓰야가 화를 내는 소리에 남자는 바로 순응했다. 가쓰야는 사진을 3장 찍고 마유를 바라봤다. 땀이 많이 나는 바람에 티셔츠가 피부에 착 달라붙어서 기분이 나빴다.

"성냥."

마유는 남자의 옆얼굴을 바라보며 가쓰야를 향해 말을 걸었다. 그걸 하려는 걸까 하고 가쓰야는 생각했다. 계속해도 괜찮은 것일까 하는 불안감도 들었지만, 이왕이면 그것까지 사진으로 찍어두는 편이 남자의 입막음을 하기 쉬울 거라 판단했다.

싱크대 서랍을 어지르며 성냥갑을 찾았다. 가끔 밥을 먹으러 가는 찻집에서 선전용으로 나눠준 것이다. 방에서 목욕수건을 집고 욕실로 돌아갔다. 마유는 남자 쪽을 바라보고 목욕수건을 받아들더니 울적한 표정으로 자신의 몸을 닦았다. 그러더니 선 채로 벌벌 떨고 있는 남자의 몸을 닦아주기 시작했다. 마유를 보고 있는 남자의 눈이 당혹스러움과 희망, 그리고 불안함으로 뒤섞여 흔들렸다. 쭈그리고 앉아 남자의 성기 주변을 닦고 있는 마유의 등에 새겨진 무지개 새가 화끈거리는 피부에 선명히 부각돼 있었다. 왼쪽 어깨를 향해 비스듬히 위를 향하고 있는 새는 붉은색과 노란색, 푸른색, 녹색, 보라색 날개깃에 싸여 무지개색으로 채색된 날개를 좌우 어깨뼈 위로 넓게 펼치고 있었다. 빛의 분말을 뿌리며 긴 꼬리가 허리와 옆구리로 흘러내리고 머리의 장식용 깃털은 마유의 목을 향해 포물선을 그리고 있었다.

처음 본 순간 그 아름다움에 숨이 멎을 것 같았다. 팔이나 다리, 등에 문신을 해 넣은 여자는 몇 명인가 알고 있다. 지금까지 가쓰야가 봐온 문신과 마유의 등에 새겨진 무지개 새 문신은 차원이 달랐다. 다만 미묘하게 색채를 바꾸는 무지개 새의 목 부근에 살이 불룩하게 솟아 있어서 미의 균형이 맞지 않았다. 누군가 수차례 마유의 몸을 담뱃불로 지졌던 흔적 같았다. 흰 피부와 무지개색이 퍼져가는 등에 굳게 뭉친 살이 적갈색으로 둥글게 솟아 있었다. 거기에는 원래 날카로운 부리를 지닌 보석 같은 머리가 있어야 한다. 그런 결함은 있었지만 무지개 새를 보며 아름다움을 넘어 두려운 느낌이 감돌고 있노라 느꼈다.

마유는 남자의 넓적다리로부터 무릎 근처를 지나 성기를 다시 정성스레 닦았다. 남자의 표정을 보니 성기에 가해지는 자극에 어떻게 반응하면 좋을지 망설이고 있음이 역력했다. 마유는 목욕수건을 가쓰야의 발밑에 던져버리고 손으로 성기에 자극을 가하기 시작했다. 남자는 입을 벌리고서 작은 소리를 흘리며 가쓰야를 쳐다봤다. 마유의 손이 재촉하는 것에 순응하는 것이 좋을지, 아니면 반응하지 않고 참는 것이 좋을지 몰라 가쓰야의 반응을 살피려는 것 같았다. 가쓰야는 남자의 아주 미세한 몸짓에도 분노가 폭발할 것만 같았지만 신경을 끄자고 대뇌이며 자신을 타일렀다. 남자는 입을 벌린 채로 눈을 감고서 아주 조금 허리를 뒤로 뺐다. 자극을 받은 남자의 성기에 피가 몰리기 시작했다. 마유의 손과 손가락의 움직임은 매우 집요했다.

"성냥."

작은 목소리를 내더니 오른 손바닥을 내밀었다. 가게 이름과 전화번호가 인쇄된 작은 성냥갑을 손바닥에 올려줬다. 고개를 숙이고 있는 남자의 시선이 녹색 화약이 붙어 있는 가느다란 성냥으로 쏟아졌다. 마유가 왼손을 격렬하게 움직였다. 남자는 어깨를 움츠렸다. 잘 익은 자두처럼 생긴 성기 앞에 성냥을 댄 순간이었다. 나무로 된 손잡이 부분이 보이지 않을 때까지 성냥을 요도 안으로 단숨에 끼워 넣었다. 남자의 온몸이 경직됐다. 남자는 이를 악물고 필사적으로 소리를 참고 있었다. 마유의 가느다란 손가락에 꽉 붙잡힌 성기의 뾰족한 끝에 성냥의 녹색 화약 부분만이 고개를 내밀고 있었다. 남자는 자신의 성기를 눈을 크게 뜨고 보고 있었다.

가쓰야는 남자가 날뛰지나 않을까 경계하며 꽉 쥔 오른 주먹을 남자의 얼굴 앞에 천천히 내밀었다. 남자는 고개를 저으며 반항할 의지가 없음을 피력하고는 마유의 오른손을 쳐다봤다. 마유는 두 번째 성냥을 집어 들고 남자의 성기에 밀어 넣으려 하고 있었다. 이미 박혀 있는 성냥 아래쪽을 누르고 요도를 억지로 벌려서 성냥 끝부분부터 억지로 다시 집어넣었다. 남자가 어깨를 뒤로 빼려 하자 마유는 성기를 거세게 움켜쥐더니 혀를 찼다. 욕조에서 뿜어져 나오는 샤워기 물소리를 갈기갈기

찢는 듯한 신음소리가 가느다란 입술 언저리에서 새어 나오려 하자, 남자는 물론이고 가쓰야도 바짝 긴장했다. 위를 향해 감은 남자의 눈에서 눈물이 떨어졌다.

마유가 화약 머리에 집게손가락을 대더니 이번에는 천천히 밀어 넣었다. 가쓰야는 소름이 돋아서 양팔을 가볍게 문질렀다. 처음 이런 행위를 본 것은 중학교 일 학년 때였다. 그 이후 히가의 지시로 이런 린치를 수차례 보아왔고 직접 한 적도 있다. 하지만 여자가 남자에게 하는 것은 처음 본다. 남자라 해도 요도에 성냥을 2개나 밀어 넣을 수 있는 사람은 좀처럼 없다.

갑자기 웃음이 치밀어 올랐다. 가쓰야는 턱이 경련하는 것처럼 떨리는 걸 느끼면서 웃음소리를 죽였다. 성냥을 천천히 집어넣고 있는 손가락의 움직임도, 이를 악물며 참고 있는 남자의 얼굴도 너무나 우스꽝스러워 보였다. 그것을 바라보는 가쓰야도 마찬가지였다. 도대체 왜 여기서 이런 짓을 하고 있어야만 하나? 자조와 함께 치밀어 오르는 의문을 가쓰야는 애써 참았다. 이런 상황에서 그런 물음을 던지는 것이 얼마나 위험한지 잘 알고 있기 때문이다.

숨을 깊이 들이마셨다 내쉬면서 웃음을 지웠다. 두 번째 성냥도 화약 부분만을 남기고 남자의 성기에 전부 박혔다. 둥근 화약 2개가 나란히 늘어서 있는 모습은 마치 커다랗고 검은 곤충의 눈 같았다. 가쓰야는 남자의 성기를 사진으로 찍었다. 그리고 남자의 전신사진을 2장 더 찍고서 카메라를 내려놓았다. 남자가 애원하듯 가쓰야를 바라봤다. 가쓰야가 응시하자 남자는 시선을 천천히 아래로 떨어뜨렸다. 쇼는 이제 시작됐다. 쭈그린 오른쪽 무릎에 성냥갑을 올려놓은 마유가 성냥을 하나 더 꺼내 들더니 오른손으로 능숙하게 불을 붙였다. 그 모습을 가쓰야가 연사로 찍었다. 화약에 불이 붙는 소리가 나더니 가슴이 쑤셔오는 듯한 냄새와 연한 연기가 피어올랐다. 마유가 무엇을 하려는 것인지 알아챈 남자가 허리를 다시 뒤로 빼려 했다.

"움직이기만 해봐."

가쓰야는 남자의 귓가에 속삭이며 오른 주먹으로 관자놀이를 가볍게 때리고 왼손으로 숨통을 눌렀다. 성냥불이 천천히 성기를 향해 다가갔다. 남자는 눈을 감고서 고개를 돌렸다. 전신의 떨림이 거세지고 불이 성기 주변을 밝게 비췄다. 불이 녹색 화약에 점화되려는 순간 남자는 실신했다. 성냥개비를 밀어내고 요도에서 흘러넘친 피 섞인 오줌이 마유의 손에 뿌려지며 불이 꺼졌다. 바닥에 떨어진 성냥개비 하나에는 피가 배어 있었다. 또 다른 하나는 여전히 남자의 성기에 박혀 있었는데 그 사이로 흘러내리는 진한 오줌 냄새가 욕실에 퍼졌다.

"더럽히기만 해봐."

가쓰야는 그렇게 내뱉고서 남자의 얼굴을 주먹으로 쳤다. 뒤로 쓰러진 남자는 등을 변기에 부딪쳤다. 주저앉은 남자의 살 사이로 계속 새어나오는 오줌을 피해 아래로 숙이고 있는 뒤통수를 발로 찼다. 남자는 옆으로 쓰러지며 몸을 바닥에 부딪쳤다.

성냥을 버리고 일어선 마유가 샤워기를 들어 온도를 조절하더니 자기 몸을 닦기 시작했다. 남자는 쓰러진 채로 흐느껴 울고 있었다. 위축되어 가는 성기 끝에서부터 가늘게 늘어진 피가 샤워기에서 흘러나오는 뜨거운 물에 씻겨 내려갔다. 남은 필름으로 남자의 얼굴과 하반신 그리고 전신을 찍고, 입구에 떨어져 있는 목욕수건으로 다리를 닦은 후 방으로 돌아갔다. 남자의 모습을 더 보고 있다가는 치솟아 오르는 폭력의 충동을 억제할 길이 없을 것 같았다.

에어컨을 세게 틀고서 온도를 최저까지 내리고는 땀에 젖은 티셔츠와 청바지, 속옷을 벗은 후 수건으로 온몸을 닦았다. 몸을 잠시 식힌 후 옷을 갈아입고 부엌에 가 냉장고에서 캔 맥주를 꺼내 마셨다.

열어젖힌 욕실 안에서 마유는 샤워를 하고 있었다. 형광등 불빛과 뜨거운 물에서 나오는 김이 마유를 감쌌다. 말라서 뾰족해진 몸의 선이 부드럽게 보였다. 몸을 틀어서 목덜미나 가슴에 샤워기 물줄기를 받고 있는 모습이 아름다웠다. 가쓰야는 아련한 통증을 가슴으로 느끼면서도 그런 자신을 비웃었다. 일말의 동정도 해서는 안 된다. 히가가 지시한 대로 마유를 돌보며 손님을 한 명이라도 더 받아 사진을 찍은 후 인화지를 건네면 그만이잖아. 그 외의 것은 전부 쓸데없는 짓이야.

마유의 방으로 가 싸구려 플라스틱 옷 바구니에서 목욕수건을 꺼낸 후 욕실 입구에 서서 말을 걸었다. 가쓰야를 바라보는 마유의 눈은 평상시의 멍한 눈빛으로 돌아와 있었다. "이제 그만 나와." 하고 말하자 샤워기를 틀어놓은 채로 나왔다. 목욕수건을 건네주자 어깨에 활짝 펼쳐 걸치더니 바닥에 물방울을 떨어뜨리며 방으로 향했다. 가쓰야는 주의를 주려다가 그만뒀다. 몸을 닦으라고 해도 소용없는 일이었을 것이다.

　남자는 욕실 변기를 바라보고 정좌한 채로 고개를 숙인 채 계속 울고 있었다. 몇 년 전에 지역 폭력단이 20살 전후의 남자를 러브호텔에 끌고 가서 골프채로 때려죽인 사건이 떠올랐다. 살해된 남자는 욕실에서 토막 처져 바다에 내던져졌다. 그놈도 이 남자처럼 보기 흉하게 울고 있었겠지 하고 생각하니 토막 나 죽어도 어쩔 수 없는 일처럼 느껴졌다. 샤워기를 잠그려 손을 뻗다가 뜨거운 물을 마유처럼 남자에게 뿌려볼까도 생각했으나 몸 여기저기가 빨갛게 부어오른 그의 상태를 보자 의욕이 사라졌다.

　부엌 바닥에 떨어져 있는 목욕수건을 집어 남자의 머리에 올렸다. 손을 뒤로 해 묶었던 혁대를 풀어주고 일어서라고 말했다. 남자는 손목을 문지르며 일어섰다. 벽에 손을 대고 몸을 지탱해 돌아보면서 목욕수건을 머리에서 집어 들었다. 코와 입 주변이 피와 콧물로 범벅인 채로였다. 눈부신 듯 눈을 가늘게 뜨고 가쓰야를 바라보고 있는 남자에게 빨리 몸을 닦고 욕실 밖으로 나오라고 지시했다. 남자는 꾸물대며 얼굴과 머리를 닦기 시작했다. "빨리 안 해." 하고 화를 내자 남자는 허둥대며 전신을 닦았다. 부어오른 피부에 수건이 닿으면 매우 아픈 모양인지 얼굴을 찡그리더니 숨을 가끔 크게 내쉬면서 몸을 닦았다. 다음 지시를 기다리는 남자의 눈에서 저항하려는 기색을 전혀 찾아볼 수 없었다.

　"기다려."

　가쓰야는 남자의 옷을 가지러 마유의 방에 들어갔다. 마유는 머리카락을 말리지도 않은 채 맞은편을 보고서 누워 있었다. 허리나 넓적다리는 수건에 가려져 있지만 그 외에는 알몸이 다 드러나 있었다. 등에 새겨진 무지개 새는 이미 색이 바래 있었다. 늑골과 어깨뼈가 두드러져 보이는 등에 새겨진 새가 가냘프게 날개를 펼치고 있었다. 가쓰야는 여름용 이불을 어깨까지 올려 새를 덮었다.

바닥에서 옷을 집어 들어 가져가자 남자는 옷을 허둥대며 입기 시작했다. 피부의 통증 때문에 남자의 얼굴은 일그러졌고, 옷깃의 단추를 채우려 했지만 떨리는 손으로는 좀처럼 채우지 못했다. 남자가 옷을 다 입고 부엌으로 나와 고개를 숙이더니 가쓰야 앞에 섰다. 남자의 턱을 손바닥으로 가볍게 때리며 고개를 들라고 말했다.

"형씨, 잘 들어. 사진 왜 찍었는지 알겠지?"

남자가 끄덕였다.

"선생님이라며? 학생에게 이런 짓이나 하고. 경찰에게 찌르면 어떻게 되는지 알지."

눈을 내리뜨고 있는 남자의 표정과 상태를 가쓰야는 냉정하게 관찰했다. 남자를 너무 압박해 모든 것을 포기하게 만들면 안 된다.

"계속 선생질해 먹고 싶어? 그러면 어떻게 해야 좋을지 잘 생각해."

남자는 금방이라도 울음을 터뜨릴 것 같은 표정을 지었다. 그 얼굴을 보고 가쓰야는 남자의 관자놀이를 주먹으로 갈겼다. 앞으로 쓰러지려는 남자의 목덜미를 잡은 후 벽으로 밀어붙이면서 자신의 눈을 보라고 명령했다. 남자의 시선에서 굴종하겠다는 의사를 읽어낸 가쓰야는 손에 힘을 빼고 남자에게 구두를 신으라고 말했다. 가쓰야는 현관문을 열고서 복도의 상황을 살폈다. 인기척이 없는 것을 확인하고서 남자를 재촉해 밖으로 나갔다.

남자의 슬랙스에서 차키를 빼냈다. 오른손으로 남자의 혁대를 잡으며 몸을 바싹 붙인 채로 계단을 내려가 주차장을 가로질러 남자의 차로 함께 걸어갔다. 인기척이 느껴지지 않는 아파트는 오히려 경계심을 높였다. 가쓰야는 1, 2층의 문과 창문을 주시했다. 멀리 있는 빵 판매 차량에서 흘러나오는 애니메이션 주제가가 들려왔다. 사람 모습은 보이지 않았지만 방 몇 군데서 취사를 하고 있는 것 같은 기척이 느껴졌다. 운전석 문을 열고서 남자를 앉히고 차키를 건네줬다.

"나중에 학교로 연락할 테니 기다려."

차키를 끼려던 남자가 고개를 들었다.

"부탁드립니다. 무슨 말이든 들을 테니 학교에는 알리지 마세요."

남자의 젖은 머리카락에서 이상한 냄새가 피어오르고 있다. 가쓰야를 바라보는 눈은 겁먹은 개와 똑같았다. 가쓰야는 고개를 돌리고서 엷은 웃음을 지었다.

"그거야 모두 형씨 하기 나름이지."

"잘 알겠어요. 부탁드립니다."

가쓰야는 남자의 관자놀이를 손가락으로 튕겼다.

"집 전화번호가 뭐야?"

한순간 망설이는 모습을 보이다가 남자는 열자리 번호를 말했다. 명함에 적힌 번호와 대조해 일치하는지 확인한 가쓰야는 이제 그만 가도 좋다는 신호를 보냈다. 남자가 손을 떨며 좀처럼 차키를 끼지 못하자 가쓰야는 코웃음을 쳤다. 남자의 차가 주차장을 빠져나가면서 출입구 벽 돌을 긁었다.

가쓰야는 집으로 돌아와 욕실에 떨어져 있는 목욕수건을 주워 자기 방을 지나면서 베란다에 있는 세탁기에 던져 넣었다. 바닥에 벗어던진 청바지와 티셔츠 등을 세탁기 안에 던져 넣고서 세제를 푼 후 시작 버튼을 눌렀다. 주머니에서 남자의 명함을 꺼내 이름과 주소, 전화번호, 학교 이름을 다시 확인한 후 책상 서랍을 열었다. 일안 반사식 카메라에서 필름을 꺼내 욕실에서 남자를 찍을 때 썼던 즉석카메라와 함께 서랍에 넣은 후 그 위에 명함을 놓았다. 앞으로 어떻게 하면 좋을지는 나중 문제로 지금은 조금이라도 쉬고 싶었다.

서랍을 닫고서 침대에 벌렁 눕자 기다리고 있었다는 듯 피로와 졸음이 밀려왔다. 남자는 경찰서에 신고하지 않을 것이다. 다만 부상 정도에 따라서 상황이 바뀔 수도 있다. 아니지, 일과 가정을 다 포기하면서까지 폭로하지는 않을 것이다. 가쓰야는 그렇게 자신에게 말하며, 나중에 남자에게 사진을 몇 장 보내 위협하면 더 움츠러들 것이라고 생각했다. 하지만 남자를 입 다물게 하더라도, 집에까지 데려온 사태를 히가에게 언제까지고 숨길 수 있을지 걱정됐다. 경찰보다도 더 무서운 게 바로 히가다.

손목시계를 보니 오후 4시를 지나고 있었다. 히가와의 약속은 6시다. 그전에 인화를 맡긴 사진을 찾는 시간을 계산해보니 1시간 정도 가수면을 취할 수 있을 것 같았다. 베갯맡의 자명종을 5시 10분에 맞추고 눈을 감자 안구의 깊은 곳에서 거무칙칙한 액체가 전신으로 퍼져나갔다. 베란다에 있는 세탁기에서 나오는 둔탁한 회전음이 멀어져 갈 때 가쓰야는 잠이 들었다.

1시간 후, 가쓰야는 자명종을 끄고 침대에서 내려와 냉장고에서 페트병을 꺼내 물을 마셨다. 어중간한 잠은 오히려 더 피곤하다. 베란다로 나가 빨래를 널었는데 몸이 너무 나른했다.

히가에게 화요일과 토요일, 주 2회 사진을 넘겨야 했다. 이번 주 수요일 히가에게 사진을 넘긴 후 마유의 몸 상태가 좋지 않은 탓에 어제까지 4명의 사진밖에 찍지 못했다. 지난번에는 8명의 사진을 넘겨줬다. 사진이 반으로 줄어든 이유를 잘 설명할 자신이 없어서 마음이 무거웠다. 방에서 나와 현관문에 열쇠를 채울 때, 손님이 적었던 것은 차치하고 마유가 손님을 집에 데려온 사실이 알려지면 무슨 짓을 당할지 모르겠노라는 불안함이 다시 엄습해 왔다. 좀처럼 가라앉지 않는 뒤틀린 심사를 가누지 못하며 계단을 내려갔다.

국제거리까지 차로 이동하는 시간은 예상외로 오래 걸렸다. 5시 17분경에 미쓰코시(三越) 뒤에 있는 주차장에 차를 세웠다. 관리인에게 차키를 맡기고 뛰어서 국제거리를 빠져나왔다. 하교 중인 고등학생과 관광객 사이를 지나 횡단보도를 건넌 후, 평화거리 상점가 입구 옆에 있는 사진관에 맡겨놓은 사진을 찾았다. 종이봉투 안을 재빨리 확인하고 평화거리 안쪽으로 향했다. 가쓰야는 의류나 잡화 물품을 늘어놓은 작은 상점가가 이어진 아케이드 안의 혼잡함 속을 잔달음질 쳐서 빠져나갔다. 몇 번이고 어깨를 부딪쳐서 불평하는 목소리를 들었으나 뒤돌아볼 여유는 없었다.

가쓰야는 좁은 옆길로 들어선 후 미로처럼 이어진 통로를 몇 번인가 돌아서 붉은 밑바탕에 금색 글씨가 두드러져 보이는 간판을 찾아 걸었다. 한약방 안쪽에는 늘 언짢은 표정으로 초로의 남자가 앉아 있었는데 그는 타이완 출신이다. 손님과도 타이완 말로 대화를 나누는 경우가 더 많았다. 당구장은 그 건물 2층에 있다. 간판 옆에 있는 좁은 계단을 올라가 먼지를 뒤집어쓴 조화가 장식돼 있는 문을 열었다. 아케이드를 따라 늘어서 있는 상점 2층의 칸막이를 전부 터서 만든 좁고 긴 당구장 안에는 당구대 6대가 일렬로 늘어서 있다. 입구 근처 카운터에 앉아 있는 나이 든 여자와는 낯익은 사이다. 여자는 텔레비전을 보다 고개를 들어 가쓰야가 온 것을 확인하더니 안쪽으로 가라고 눈짓을 했다. 당구장은 손님으로 가득 차 있었다. 가장 안쪽 당구대를 차지하고 히가가 공을 치려하고 있었다. 손목시계와 벽시계를 번갈아가며 봤다. 손목시계는 6시 2분 전이었지만 벽시계는 6시 4분을 가리켰다. 손목시계가 맞을 것이라 생각했으나 그런 계산은 히가에게 통하지 않는다. 히가가 있는 당구대까지 가서 아케이드 쪽 창문을 등 뒤로하고 섰다. 히가가 기세 좋게 당구공을 치자 몇 번인가 시원한 소리가 이어졌다. 당구대 위를 확인하려 하지는 않았다. 히가가 내기 당구에 이겨 조금이라도 기분이 좋기만을 바라면서 무언가 신호가 있을 때까지 기다렸다.

히가를 중앙에 놓고 뒤에 비스듬하게 서 있던 펀치 파마(Punch Permanent)[6]를 한 40 전후의 남자가 당구봉으로 자신의 목덜미를 치며 가쓰야를 노려봤다. 이 당구장에서 몇 번인가 본 적이 있는 얼굴로 류큐카이(琉球會) 조직원이라고 들었지만 이름은 알지 못했다. 불쾌한 듯한 남자의 표정을 보니 히가가 내기 당구에서 이기고 있음을 추측할 수 있었다. 히가는 몸을 일으켜 당구공의 배치를 읽은 후 가쓰야가 온 것을 보더니 눈빛으로 창밖을 가리켰다. 가쓰야는 안심한 표정을 내비치지 않으려 주의하며 당구장 밖으로 나갔다.

내기 당구가 다 끝날 때까지 맞은편 건물 2층 찻집에서 기다리라고 히가가 지시하는 것은 하루 이틀이 아니었다. 계단을 내려가 베니어합판 위에 향수나 비누, 화장품 등을 빼곡하게 늘어놓고 파는 중년 여자의 가게와 초콜릿이나 담배, 양말 등을 뒤섞어놓고 파는 할머니의 가게 앞을 지나 인파를 가로질러 찻집 계단을 올라갔다. 찻집 안은 반으로 구획돼 있었는데 안쪽 창가 쪽에 앉아 아이스커피를 주문했다. 당구장 창문은 먼지로 가득 찬 망창에 가려 있어 사람의 움직임은 거의 보이지 않았다.

기다리는 시간은 그날 그날에 따라 달랐다. 주문한 아이스커피를 마시며 가쓰야는 찻집 안을 관찰했다. 퇴근한 직장인 젊은 여성이나 여고생 손님이 많이 찾는 찻집인지라 모두 여자다. 잘못된 장소에 와 있는 듯한 분위기는 몇 번을 와도 똑같았으나 혹시라도 경찰 관계자가 손님 중에 섞여 있더라도 알기 쉬웠다. 어딘가 수상한 낌새를 발견하면 하가

6　짧은 머리에 한 파마.

에게 바로 연락을 하기로 돼 있다.

가까운 자리에서 수다를 떨고 있는 서른 초반 정도의 여자들 탁자에 있던 5살 정도의 여자아이가 가쓰야가 앉아 있는 탁자 근처에 놓인 장식용 하프에 흥미를 느낀 모양인지 가까이 다가왔다. 여자아이는 하프의 현을 손가락으로 튕기더니 소리가 날 때마다 깔깔 웃어대며 가쓰야를 쳐다봤다. 가쓰야도 엉겁결에 웃어 보였다. 아이 엄마가 허둥대며 자리에서 일어나더니 작은 소리로 혼을 낸 후 아이를 안아 들었다. 여자아이는 금방이라도 울음을 터뜨릴 듯한 표정으로 가쓰야를 봤지만 원래 있던 자리로 되돌아갔다. 아이 엄마가 두려워한 것은 하프를 고장 내는 것이 아니라 가쓰야 자신이었음을 깨닫고는, 가쓰야는 불쾌한 마음을 억누르려 창밖을 봤다. 히가가 오기 전에 불필요한 트러블을 일으켜서는 안 된다고 생각했다.

찻집 안 통로에 설치된 스피커에서 오키나와 출신 아이돌이 발매한 음악이 흘러나왔다. 최근 반 년 사이 급속하게 인기를 모은 아이돌 소녀와 마유의 얼굴은 많이 닮아 있다. 어느 날 텔레비전 음악 프로그램에서 노래하고 있는 모습을 보며 깨닫게 된 사실이다. 연기만은 아닌 것 같은 생기 넘치는 웃는 모습의 아이돌과 자기 앞에서 요구르트에 손도 대지 않고 얼빠진 눈으로 텔레비전을 보고 있는 마유의 생기 없는 표정을 비교해봤다.

정말로 단 한순간의 차이로 무언가가 결정적으로 달라지기 시작한다.

가쓰야는 화면에 크게 비친 아이돌 소녀의 웃는 얼굴을 쳐다보며 그렇게 생각했다. 그 한순간의 차이가 없었더라면 마유도 지금과는 완전히 다른 세계에 있었겠지. 그건 비단 마유만이 아니다. 지금까지 그런 여자들을 몇 명이나 봐왔다.

정말로 한순간의 차이잖아.

가쓰야는 창문에서 북적이는 행인들을 바라보며 아이들 소녀의 노래를 듣다가 불쑥 그렇게 중얼거렸다. 그만해! 가쓰야는 마음의 움직임을 바로 제지했다. 아이스커피를 마시며 사진을 확인했다. 이 일을 하기 전까지 사진 찍는 데 전혀 취미가 없었던 탓에 처음에는 실수를 연발해 몇 번이고 히가에게 두들겨 맞았다. 카메라는 히가가 준 것이었지만 필름이나 인화 비용은 직접 부담해야 했기에 연습을 하다 날린 돈도 적지 않았다. 한 달 정도 일을 지속하는 사이 히가가 요구하는 수준의 작업을 겨우 수행할 수 있게 됐다. 차량 번호판이 잘 보이는 장면이나, 남자가 여자를 차에 태우는 장면, 함께 호텔에 들어가는 장면 등, 나중에 히가가 공갈 협박을 할 때 필요한 최소한의 사진을 찍지 못하는 일은 이제 없다.

손님들을 협박해서 히가가 돈을 얼마나 손에 쥐는지는 모른다. 다만 4명의 사진밖에 건네주지 못하게 되면 히가가 입을 손실액은 꽤 클 것이 분명했다. 사진을 종이봉투에 다시 집어넣고 메모용지를 그 위에 놓은 채 바로 건네줄 수 있는 만반의 준비를 했다. 오늘만은 히가의 분노를 피해 갈 수 없기에 새로이 각오를 다졌다. 하지만 아무리 각오를 해도 공포가 사라지지는 않는다.

입구 문이 열리는 소리가 들렸다. 가쓰야는 히가가 들어오는 걸 확인하고서 자세를 바로잡고 다시 앉았다. 히가는 탁자 맞은편에 앉아 주문을 받으러 온 소녀에게 사근사근한 웃음을 지어 보였다. 아르바이트 여고생과는 안면을 튼 것 같았다. 히가는 뜨거운 커피를 주문하며 가벼운 농담으로 소녀를 웃게 만들었다. 하지만 그녀가 자리를 떠나자마자 차가운 눈빛으로 가쓰야를 응시했다.

"이번에 찍은 사진입니다."

히가는 종이봉투에서 사진 다발을 꺼내 메모와 대조한 후 그것을 네 뭉치로 나눠 늘어놓았다.

히가가 몇 초 동안 그것을 바라보다가 오른쪽 끝에 있는 사진 뭉치를 손가락으로 쳤다. 사진 중 일부가 미끄러져 가쓰야의 넓적다리에 떨어졌고 나머지는 바닥에 흩날리며 떨어졌다. 가쓰야는 "죄송합니다" 하고 사과를 한 후 의자 밑에 떨어진 사진을 주워 정리해 원래 있던 자리에 올려놓았다. 전신에 한기가 들었지만 귓불만이 달아올라 간지러웠다. 어릴 적 아버지에게 얼굴을 맞았을 때 귓불이 부은 적이 있었다. 그 이후 긴장하면 언제나 귓불이 간지러웠다. 가쓰야는 양손을 무릎 위에 가지런히 놓고 히가를 바라봤다.

"죄송합니다. 요즘 여자애 상태가 좋지 않아서……."

히가는 관자놀이 부근에 손가락을 대고 가쓰야를 보고 있다가 소녀가 커피를 가져오자 한 손으로 재빨리 사진을 모아 손바닥 위에 올려놓고 트럼프를 하듯이 장난을 쳤다. 히가는 커피를 탁자 위에 놓은 소녀에게 정중하게 고맙다는 인사를 하더니 손바닥 위에 있는 사진을 넘기기 시작했다.

"앞으로 얼마나 더 버틸 것 같아?"

"네?"

"그 여자 말이야. 앞으로 얼마나 더 버티겠냐고?"

"한동안은 괜찮을 것이라 생각됩니다."

"그럼 제대로 일을 시켜야지."

주위를 살피면서 내뱉는 말투는 부드러웠다. 하지만 무언가 무서운 기운을 느낀 것인지 바로 옆 탁자에서 웃고 떠들던 여자 손님 2명의 대화가 멎었다. 히가가 여자들을 바라보자 그들은 허둥대며 다시 이야기를 시작했다.

"너 여자들을 왜 데리고 있다고 생각해? 이 새끼 이게 장난인 줄 알지?"

"죄송합니다."

메모를 보다가 사진을 탁자 위에 올려놓은 히가가 커피 잔을 두 번 입에 대더니 자리에서 일어났다. 가쓰야는 허둥대며 사진을 종이봉투에 넣은 채 출구로 향하는 히가를 쳐다보며 계산을 마쳤다. 계단을 내려가 거리를 좁혔는데 히가는 평화거리에서 국제거리로 걸어갔다. 미쓰코시 앞에 있는 횡단보도를 건너 옆으로 이어진 골목길을 50미터 정도 걸어 들어가더니 유료 주차장으로 들어갔다. 히가가 내던지듯 건네준 차키를 받아든 가쓰야는 히가의 차 뒷좌석 문을 열었다. 히가가 차에 타자 시동을 걸고 에어컨을 튼 후 주차요금을 계산했다. 가쓰야는 운전석에 허둥대며 앉더니 행선지를 히가에게 물었다. 오키나와(沖繩) 시라는 대답이 돌아왔다. 가쓰야는 조심스레 차의 방향을 틀며 주차장에서 빠져나갔다.

전쟁이 끝난 후 이렇다 할 계획도 없이 개발된 국제거리 주변 골목길은 삼거리가 많았고 빈번하게 이뤄진 공공사업으로 아스팔트는 누더기 같은 상태였다. 악취가 날 것 같은 하천에 걸린 다리를 건너 국도 58호선으로 진입했다. 일본으로 복귀되기 전에는 군용 1호선이라 불렸던 도로로 그 무렵부터 오키나와 섬을 남북으로 잇는 주요 간선도로 역할을 했다.

가쓰야는 차를 몰아 곳곳이 정체된 도로를 천천히 북상해 가면서 지난주에 넘긴 사진과 메모를 머릿속으로 떠올렸다. 몇 명인가의 얼굴이 스쳐 지나갔지만 조금 있다가 만나게 될 남자가 어떤 남자인지 짐작도 되지 않았다. 사진을 넘겨주면 그 후에는 히가와 마쓰다(松田)가 알아서 일을 처리했다. 남자를 협박하는 일은 주로 마쓰다가 하는 모양이지만, 손님들은 그 옆에서 입을 다물고 앉아 있는 히가에게 더 큰 공포심을 느낄 것이 분명했다. 마쓰다에게 일이 생기면 가쓰야가 대신 동행했다. 그때는 히가가 상대방과 직접 교섭했다.

어디로 향하는 것인지 구체적으로 묻자 히가는 전에 이용한 적이 있던 아와세(泡瀨) 해안 옆에 있는 스테이크하우스(Steakhouse)라고 대답했다. 가쓰야는 시간을 신경 쓰며 차를 몰았다.

나하 시가지를 빠져나가자 빌딩 숲을 통과해 비추던 석양이 차 안으로 쏟아져 들어오기 시작했다. 우라소에(浦添) 시로 들어가자 왼쪽 해안선을 따라 미군기지가 이어지며 햇볕을 가로막던 건물이 완전히 사라졌다. 철조망 펜스를 따라 진한 핑크색 협죽도 꽃이 피어 있고, 그 건너편에는 창고가 늘어서 있는 것이 보였다. 미군의 물자를 저장, 보급하는 병참부대기지다. 석양은 저녁노을 같은 느낌이라 눈부시기는 했지만 열기를 잃어가고 있다. 가쓰야는 에어컨을 약하게 틀었다. 뒷좌석의 히가는 미군기지 쪽을 계속 보고 있다. 카스테레오도 라디오도 틀지 않았다. 중학교 때부터 히가가 스스로 음악을 들으려 하거나 노래를 부르는 것을 본 적이 단 한 번도 없다.

몇 시간 전에 마유가 한 행동에 대해 털어놓으면 어떨까 하는 생각이 머릿속을 스쳤다. 마유가 남자를 아파트에 제멋대로 데려왔노라 말하는 것은 자기 무덤을 파는 것과 별반 다르지 않았다. 학교 교사가 경찰에 신고할 확률은 제로에 가까웠지만 심한 부상을 입을 정도의 폭력을 행사했으니 가족이 소란을 떨지 않으리라는 법도 없다. 언젠가 들통이 나는 것보다는 다 털어놓고서 비는 것이 상책이다. 그런 생각도 잠시 떠올랐지만 결국 말을 꺼내지 못했다. 그러는 사이 기노완(宜野湾) 시에 도착했다. 이사(伊佐) 삼거리에서 우회전해 오키나와 시 방면으로 향하는 언덕길을 오르자 한동안 보이지 않던 미군기지의 철조망 펜스가 다시 나타났다. 캠프 포스터(Camp Foster)라는 해병대기지다. 가쓰야는 신호 대기 중인 자동차 행렬 뒤에 차를 바짝 대고 기지를 바라봤다. 잔디가 넓게 깔려 있는 주택 지구 한 곳의 황혼이 다가오고 있는 정원에서 미군병사 가족이 조명을 밝혀놓고 바비큐 파티를 하고 있다. 5살 정도 된 옅은 금발의 남자아이와 아장아장 걷고 있는 여자아이가 소란을 떨며 떠들고 있고, 고기를 굽고 있는 아이 아빠가 흐뭇한 웃음을 지으며 아이들을 바라보고 있다. 아이 엄마가 하얀 의자에서 일어서더니 손을 뻗어 여자아이를 안아 올렸다. 가쓰야는 마치 영화 속 한 장면을 보고 있는 것 같은 기분에 젖은 채 그들을 바라봤다.

"저게 뭐야?"

히가가 말을 걸어 긴장감이 단번에 다시 되살아났다. 혼잡한 귀가 길임을 감안하더라도 늘어선 차 행렬은 너무 길었다. 200미터 정도 떨어진 곳에 순찰차의 붉은 경고등이 여러 개 점등돼 있다. 사고인가 하고 생각했지만 멀리 떨어져 있어 상황을 정확히 알 수 없었다. 밖이 어둑어둑해지기 시작하자 늘어선 차의 적색 후미에서 나온 빛의 끝이 마치 칼 모양처럼 이어져 있었다. 히가의 초조함이 느껴져 가쓰야는 자신의 불안감과 긴장됨을 표출하지 않으려 조심하며 차를 몰았다. 잘 손질된 나무들과 동일한 규격의 주택이 즐비하게 늘어선 기지 안의 가지런한 풍경과 어수선한 시가지의 상황이 철조망을 사이에 두고 참으로 대조적이다. 붉은색 등은 그 양쪽 풍경을 꿰뚫고 있는 것 같았다. 늘어선 차 행렬이 앞으로 나아가자 스피커에서 흘러나오는 음악과 연설 소리가 들려왔다.

10분 이상 걸려 후텐마(普天間) 삼거리 근처에 겨우 도착할 무렵 청색 신호인데도 움직이고 있던 자동차 행렬을 경찰이 막아섰다. 가쓰야가 경적을 울리자 교통정리 중이던 경찰이 노려봤다. 삼거리 막다른 곳에 있는 파출소 앞에는 순찰차와 기동대 장갑차가 늘어서 있었다. 가쓰야는 위협적인 붉은색 등의 불빛을 보고 있는 것만으로도 반발심이 거세게 들어 경찰을 노려봤다.

플래카드나 풍선을 손에 든 여자들의 무리가 삼거리를 향해 걸어갔다. 100명 정도의 소규모 데모 행진이었다. 맨 앞에 가는 왜건의 차 위에 달린 스피커에서 류큐 민요를 현대식으로 편곡한 인기 여성 그룹의 노래가 흘러나오고 있었다. 그 소리에 주민들에게 호소하는 젊은 여자의 목소리가 겹쳐졌다. 여자는 미군병사가 소학교 소녀를 강간한 사건에 항의하는 소리를 내지르고 있었는데 치밀어 오르는 분노를 억제하지 못해 때때로 말을 잇지 못했다. 여자의 떨리는 말끝이 삼거리 육교에 울려 퍼졌는데 꽤나 서툴렀지만 정치가들의 연설과는 달리 사람의 마음을 움직이는 힘이 있어 귀를 기울이게 만들었다.

사건은 9월 초 오키나와 북부 마을에서 일어났다. 소학생 소녀를 미군병사 3명이 차에 태워 납치한 후 폭행을 가했다. 가쓰야는 그 기사를 본 순간 전신의 피가 끓어오르는 것 같은 감각을 느꼈다. 평소에는 미국과 관련된 사건이나 정치 기사를 접해도 아무런 느낌이 없었으나, 이 사건에는 육체적인 불쾌감마저 일어날 정도로 분노를 느꼈다. 모래사장에 몸이 눌려 울부짖고 있는 소녀의 모습이 떠오르고, 소녀를 덮쳐눌러 몸을 움직이고 있는 미군병사의 옆구리를 긴 칼로 도려내고 있는 자신의 모습을 상상할 정도였다.

평소 미군이 일으킨 사건 사고에 누구보다 요란하고 재빨리 반응하던 혁신 단체가 사건이 터지고 며칠이나 지났는데도 아무런 항의 행동을 하지 않는 것이 이상했다. 신문이나 텔레비전에서 사건 뉴스를 빈번하게 다룬 후에야 그들이 나타나 항의하는 모습이 보도됐다. 가쓰야는 뉴스 등은 좀처럼 보지 않았지만 이 사건에 대해서는 신문 기사까지 챙겨 자주 읽었다.

눈앞을 지나가는 데모 단체의 정체는 알 수 없었지만 행진하는 사람들의 모습을 본 후 가정주부들이 주축일 것이라 추측했다. 데모 행렬 맨 뒤에 있는 사람들이 도로를 다 건너고 제복 경찰이 신호를 보내자마자 가쓰야는 경적을 길게 울리며 차를 움직였다. 파출소 앞에서 무료한 얼굴로 서 있던 기동대원 여럿이 일제히 그를 바라봤다. 플래카드를 들거나, 아이의 손을 잡고 걷고 있던 여자들이 놀란 표정으로 차를 봤다.

"썩을 놈들이."

히가가 내뱉듯이 말했다.

순찰차에게 도발이라도 하는 듯한 속도로 짧은 데모 행렬을 추월해 언덕길을 내려갔다. 언덕 위에 있는 해병대기지 사령부에 거대한 성조기와 일장기가 함께 나부끼고 있다. 그 앞 사거리에도 순찰차 2대가 서 있고 제복 경찰 여럿이서 길을 막고 서 있다. 여자들의 데모 행렬을 상대로 뭐 하는 거야 하고 가쓰야는 비웃었다. 미군기지 펜스를 따라 서 있는 기동대원과 사령부 앞의 순찰차를 보자 분노가 치솟아 오르는 것을 느꼈다. 같은 오키나와인 소녀가 미군병사에게 폭행을 당했는데도 그들을 지키고 있다니. 가쓰야는 경찰들을 흘끗 본 후 교차로에서 우회전을 해 아와세를 향해 차를 몰았다.

기타나카구스크(北中城)를 벗어나 동쪽 해안으로 향하는 언덕길을 내려갔다. 해안선을 북상해 도착한 곳은 중부에서는 이름이 꽤 알려진 스테이크하우스였다. 미군의 통신기지와 인접한 해안가에 가게가 있었다. 철조망 건너편에는 잔디가 깔린 대지에 높이가 5~6미터는 돼 보이는 안테나가 몇 대나 늘어서 있었고 거기서 붉은 경고등이 점멸하고 있었다. 별이 반짝이기 시작한 하늘은 푸른빛으로 맑게 개어 있고, 가게 뒤로 늘어선 방조림에서는 목마황[7]이 바람에 하늘거리고 있다. 주차장에 차를 세운 가쓰야는 뒷좌석 문을 열었다. 2층에 있는 가게로 올라가는 히가의 뒤를 따라 안으로 들어갔다.

희미한 조명이 비치고 있는 스테이크하우스 안은 손님으로 반쯤 차 있었다. 웨이트리스의 안내를 받아 창가 자리로 간 히가와 가쓰야는 4명이 앉을 수 있는 탁자에 마주 보고 앉았다. 미국인 대부분은 운동복 비슷한 편안한 옷을 입고 있었지만, 가쓰야는 자신이 티셔츠 차림인 것이 신경 쓰였다. 히가는 메뉴를 들여다보면서 붉은 유리컵 안에 들어 있는 양초에 불을 붙이려는 웨이트리스에게 립 스테이크와 뜨거운 커피를 주문했다. 가쓰야는 아이스커피만 주문한 후 의자에 기대 촛불을 들여다보고 있는 히가에게 주의를 기울이면서 창밖에 펼쳐진 경치를 바라봤다.

7   5~10미터 정도 높이의 상록 침엽수. 주로 방풍림으로 사용된다.

목마황 사이로 동쪽 해안가 거리의 불빛이 보였다. 관광호텔이 차례차례 세워져 번성하고 있는 서쪽 해안에 비해 동쪽 해안가 풍경은 어딘가 삭막한 인상을 풍겼다. 매립지에 만들어질 예정이었던 공업단지도 기업 유치가 제대로 되지 않고 있었다. 오키나와는 미군기지가 섬 중심부를 점거해서 해안 쪽으로 도시가 넓어져갈 수밖에 없었다. 해안선으로 이어지는 완만한 내리막길 주위의 북적대는 빌딩 속으로 석양이 지는 가운데 가로등 불빛이 들어오자 낮 동안의 어수선한 느낌이 다소 씻겨나갔다. 혼자였다면 마음을 조금 달랠 수 있는 풍경이었지만, 히가와 함께여서 그런 기분에 젖을 여유는 없었다.

히가는 주문한 스테이크가 나오자 반 정도를 먹었다. 커피는 가볍게 입만 대고 다시 위스키를 시켜서 마셨다. 히가는 평소에도 소식을 해서 빵은 건드리지도 않았다. 가쓰야는 배가 고픈 걸 참고 아이스커피로 손을 뻗으면서 레스토랑 안을 확인했다. 손님의 반 이상은 미국인 가족이었다. 나머지는 미군병사와 함께 온 오키나와 여자 손님들로, 남자들끼리 앉아 있는 손님은 가쓰야의 탁자뿐이다.

웨이트리스가 접시를 치우자 히가가 겉옷의 안쪽 주머니에서 봉투를 꺼내더니 탁자 위에 던졌다. 안을 확인해보니 가쓰야가 2주 전에 찍은 사진이 들어 있었다. 사진에 찍힌 남자는 40 즈음으로 술살이 찐 듯한 몸을 주체하지 못하고 있다. 자동차 옆에서 마유와 이야기를 하고 있는 장면부터, 조수석에 마유를 태우고 차를 몰아 호텔에 들어가는 장면까지. 그리고 호텔에서 나오는 순간까지 모두 12장의 사진이 시간 순으로 들어 있다. 약속 장소인 공원 앞에서 찍은 사진은 남자의 자동차 번호를 알아볼 수 있는 구도로 촬영돼 있다. 남자가 조수석에 앉아 있는 마유에게 말을 걸거나, 호텔에서 나오는 장면은 자동차 정면 유리창 너머로 얼굴을 확실히 알아볼 수 있게 찍었다.

사진과 함께 히가가 조사한 남자에 관한 신상 정보가 인쇄된 종이가 들어 있다. 주소와 전화번호, 가족 이름이 적혀 있다. 연령은 43살, 오키나와 현 안에서는 대기업에 속하는 건설회사에 다니고 있다. 아내와 자식 2명이 있고, 아이들 이름 옆에는 연령과 통학 중인 학교 이름, 학급명이 적혀 있다. 첫째는 아들로 중학교 2학년, 둘째는 딸로 소학교 6학년이다. 사진과 용지를 봉투에 넣어 돌려주자 히가가 그것을 바로 앞에 두고서 위스키를 한 잔 더 시켰다.

남자가 나타난 것은 8시 5분 전이었다. 남자는 앞부분이 불룩하게 부풀어 있는 짙은 감색 폴로셔츠를 입고 있다. 방금 전 이발을 하고 온 것처럼 청결해 보여서 카메라의 파인더 너머로 봤을 때보다 훨씬 젊어 보였다. 입구 문을 등지고서 가게 안을 바라보다가 가쓰야와 눈이 마주치자 마치 위협하듯이 시선을 정면으로 응시했다. 가쓰야는 미소를 머금고 가볍게 고개를 끄덕였다. 남자는 안내하려는 웨이트리스를 물리치고는 가쓰야가 앉아 있는 자리로 바로 걸어왔다. 가쓰야는 자리에서 일어나 남자를 안쪽 자리에 앉혔다. 탁자를 향해 걸어오는 동안 남자는 평온함을 가장해 필사적으로 우리를 관찰하는 태도를 보였다. 그것은 협박을 당하고 있는 다른 고객들도 보이는 반응이라 익숙했다.

남자는 자리에 앉으며 가쓰야와 히가를 번갈아 바라봤다. 둘 다 젊은 것에 조금 안심한 듯 혹은 오히려 화가 더 치밀어 오른 것처럼도 보였다. 하지만 히가가 남자의 눈을 다시 바라보자 바로 고개를 숙였다. 남자는 가슴 주머니에서 담배를 꺼내 들었다가 재떨이가 없자 탁자 위에 다시 올려놨다. 담뱃갑을 가운뎃손가락으로 성급하게 두드리고 있는 동작에 남자의 심리상태가 잘 드러나 있다. 약점 잡힌 사람 특유의 떨림과 허세가 뒤섞인 몸짓이다. 남자는 주문을 받으러 온 웨이트리스에게 아이스커피를 주문하고서 동그랗게 말린 물수건으로 얼굴의 땀을 훔쳤다.

"후딱 끝내시죠."

히가의 말에 남자는 무릎에 올려놓은 작은 가방에서 은행 로고가 새겨진 봉투를 꺼내 탁자 위에 올렸다. 두께로 보아 50만 엔 정도는 돼 보였다. 히가는 봉투 안을 들여다보더니 겉옷의 속주머니에 넣고서 사진이 들어 있는 봉투를 남자에게 내밀었다. 남자는 사진을 바로 받아들고 한 장 한 장 확인했다. 메모지를 열어보며 표정을 겉꾸미고 있지만 관자놀이가 실룩거리고 땀이 빛나고 있다.

"필름은 어디에 있죠?"

"그건 다음이지."

남자의 입술과 뺨이 일그러지는 것을 히가는 우스꽝스러운 듯 보고 있다.

"말이 다르지 않습니까."

남자는 주위를 신경 쓰면서 위협적인 태도를 보였다. 옆에 탄 남자의 얼굴이 한층 더 검붉어졌다. 회사에서는 신입사원 정도 나이의 남자에게 이런 대접을 받은 경험이 없었을 것이다. 하지만 아무리 위협적인 표정을 지어도 그는 이미 히가의 손바닥 안에 있었다.

"어디 보자. 그런데 따님이 M 소학교에 다니던가?"

앞으로 상반신을 숙이고 있던 남자가 몸을 일으키더니 험상궂은 눈초리로 히가를 노려봤다. 눈빛과 뺨이 흔들리는 것에서 남자의 불안한 속내가 투명하게 들여다보였다. 웨이트리스가 아이스커피를 가져오자 남자는 허둥대며 사진을 숨겼다. 설탕과 크림도 넣지 않고 빨대도 쓰지 않고 커피를 마시면서 사진과 메모용지를 봉투에 넣으려 했지만 몇 번이고 실패했다.

"요즘은 소학교 6학년이라도 전화방이나 원조교제 정도는 알고 있겠지."

히가를 바라보는 남자의 눈빛에는 이미 굴종의 빛이 떠오르고 있었다.

"자 그럼, 나중에 다시 연락하겠습니다. 여기 계산도 잘 부탁드립니다."

히가는 정중하게 말한 후 자리에서 일어나 출구로 향했다. 가쓰야도 남자에게 인사하고 자리를 떠났다. 남자가 가게로 들어온 지 5분도 지나지 않았다. 히가는 카운터 직원에게 계산은 남자가 다 할 것이라고 온화하게 웃어 보이며 말했다. 가쓰야가 뒤돌아보니 남자는 고개를 숙이고 앉아 있다.

가쓰야는 아와세에 있는 단골 술집[8]에 들러 술을 마시겠다는 히가를 태워다 준 후 근처 공터에 차를 세우고 대기했다. 오키나와 시에 오면 히가는 이 술집에 곧잘 들렀다. 류세카이(琉誠會)라는 지역 폭력단체 간부가 하고 있는 술집으로, 히가는 그를 숙부라 불렀다. 가쓰야도 몇 번 술집에 따라간 적이 있다. 필리핀과 시골 출신 여자가 5, 6명 정도씩 있어서 꽤 잘 되고 있었다. 히가는 으레 안쪽 소파에 앉아 여자들은 상대도 하지 않고서 숙부와 대화를 할 뿐이었다. 가쓰야는 오룡차를 마시면서 여자들을 적당히 상대하고는 했다. 하지만 최근에는 그것도 귀찮아져 차 안에서 히가의 대화가 끝나기를 기다렸다.

히가가 단순히 술을 마시러 이곳까지 온 것이 아님은 육감으로 알 수 있었다. 숙부라는 남자가 류세카이 안의 젊은 간부 중에서도 수완가로 통하고 있음은 가쓰야도 들은 적이 있다. 둘이서 약을 사고파는 것과 관련된 이야기를 하고 있으리라 짐작은 했지만, 구체적으로 파고들지는 않았다. 가쓰야는 5층 주거용 건물에서 빛나는 술집 갑판을 바라보며 멍하니 딴 생각을 하며 시간을 죽였다.

히가와 처음 만난 것은 중학교에 입학한 후 한 주 지나서였다. 오키나와 시에 있었던 그 중학교는 험악하기로 주변에서 악명이 높았다. 가쓰야가 입학하기 직전 졸업식에서도 학교 출입이 금지된 졸업생 그룹이 모터사이클을 타고 몰려왔다. 그중 한 명이 모터사이클을 타고 행사장

8 스낵.

인 체육관에서 교문까지 재학생이 만들어놓은 꽃길로 돌진하는 일이 벌어졌다. 여학생 2명이 큰 부상을 당하고, 선동에 넘어간 졸업생과 재학생 중 일부가 교사에게 폭력을 휘둘러서 교실 유리창을 깨뜨리고 돌아다녔다.

가쓰야는 무슨 수를 써서라도 다른 중학교로 옮기고 싶었지만, 본래 사립학교가 적은 오키나와에서 가쓰야의 성적으로 들어갈 수 있는 사립 중학교는 그 외에는 없었다. 집안 경제력으로 보자면 본토에 있는 학교에 갈 수 있었지만, 당시 부모님 사이에 언쟁이 끊이지 않아서 그런 이야기를 할 수 있는 상황이 아니었다.

입학식이 끝나고 교실로 찾아가자 틀에 박힌 담임선생님의 인사와 학생들의 자기소개가 이어졌다. 다음 날부터 수업이 시작됐는데 교실은 쉬는 시간에도 조용해서 입학 직후의 흥분된 분위기는 없었다. 상급생이 교실 앞을 지나가거나 옆 건물에서 이쪽을 보고 있어 남녀 학생 모두 겁에 질려 있었다.

입학 전부터 들었던 '호출'은 첫날부터 시작됐다. 방과 후, 교실로 찾아온 2학년 선배가 남학생 여러 명의 이름을 부르며 학교 근처에 있는 높은 산속에 있는 숲으로 오라고 했다. 그때 입학금 명목으로 만 엔을 준비해야 한다는 것도 전통처럼 전달됐다.

가쓰야는 마지막 그룹에 속해 호출 당했다. 한 주나 긴장하며 기다리다 점심시간에 '호출'을 받고 오히려 안도했다. 하지만 짧은 HR[9]을 마치

9 HOME ROOM, 학급 활동.

고 교문을 나설 때 공포감이 엄습해 복통이 시작돼 진땀을 흘리며 숲으로 향했다.

숲은 철조망으로 가로막힌 미군기지 안까지 이어져 있었고 전체가 시의 사적으로 지정돼 있어서 개발을 면했다. 산 중턱에 도려내 절벽을 만든 것 같은 움푹 팬 구덩이가 있고, 패총이나 수천수백 년 전의 주거 흔적을 보호하기 위해 울타리가 쳐져 있었다. 그곳은 지역의 우간주[10]이기도 해서 구덩이 앞 넓은 장소에는 자갈이 깔려 있고, 주위를 나무가 둘러싸고 있어 밖에서는 안이 잘 보이지 않았다. 예전에는 부락의 가민츄(神人)[11]가 모여 제사를 지낸 신성한 장소였다고 하는데, 현재는 참배를 하러 오는 사람이 가끔 있을 뿐이다.

"왜 이리 늦어. 어서 올라와."

넓은 장소로 이어진 계단 앞에 있던 선배 둘이 가쓰야에게 호통을 쳤다. 콘크리트로 만든 의목(擬木) 난간이 있는 계단을 뛰어올라 넓은 장소에 들어갔다. 이미 신입생 10여 명이 자갈 위에 무릎을 꿇고 있었다. 가쓰야는 서둘러 그 무리의 맨 끝으로 가서 모두가 하고 있는 대로 바지단을 무릎까지 걷어붙이고는 구두와 양말을 벗고 무릎을 꿇었다. 자갈이 정강이나 발등에 닿는 고통도 앞으로 벌어질 일을 생각하니 아무렇지도 않았다.

5분 정도 그대로 기다리고 있자 선배들은 가쓰야보다 늦게 온 3명을

10 경배를 올리는 곳.
11 신관.

포함해 다섯 학급에서 5명씩 총 25명을 2열로 서게 했다. 모두 모이자 기립해 한 명씩 학급과 이름을 큰소리로 말하고는 머리를 숙이고 가져온 만 엔을 양손에 올려 앞으로 내밀었다. 그것을 상급생이 낚아채가며 돌아다녔다.

넓은 공터에는 상급생 7명이 있었다. 그때는 몇 학년 누구인지도 몰랐지만, 히가가 누구인지는 바로 알 수 있었다. 다른 선배들이 신입생에게 말을 걸거나 가볍게 때리고 웃는 것에 비해 한 사람만이 우간주 연석 위에 앉아 상황을 지켜보고 있었다. 교복도 다른 선배들처럼 리폼해서 입지 않았고 머리 모양도 유행하는 형태로 깎지 않았다. 깡마른 몸은 일견 약하게 보였다. 하지만 몸 전체에서 풍기는 분위기가 같은 소학교에서 온 친구로부터 주의를 받은 것처럼 절대 그와 눈을 마주치면 안 된다는 말이 무슨 뜻인지 알게 해주었다.

자기소개와 입학금 상납이 끝나자, 선배 하나가 가쓰야를 포함한 신입생에게 웃옷을 벗고서 자갈 위에 누우라고 지시했다. 이미 '세례'를 받은 다른 동급생에게 들은 후라서 앞으로 일어날 일이 무엇인지 알고 있었다. 교복과 셔츠를 벗어 발밑에 놓자 나무 그늘에서 새어 나오는 으스스한 추위에 닭살이 돋았다. 열 앞뒤로 서 있는 선배들에게 혼나면서 땅에 누웠다. 등을 찌르는 자갈의 냉기에 전신이 경직됐다. 선배들은 손을 머리 뒤로 끼고 복근에 힘을 주라는 지시를 내렸다.

눈썹을 밀고 입술 한쪽이 찢어진 것 같은 상처가 있는 작은 체구의 선배가 패총의 연석에 쓰인 매끈매끈한 돌을 집어 들더니, 열 끝에 누워 있는 신입생의 옆에 섰다. 히가가 일어서더니 고개를 끄덕였다. 입술에 상처가 있는 선배가 5, 6킬로그램 정도는 나가 보이는 돌을 가슴 앞에 들고 준비했다.

"배에 힘줘."

그렇게 말하는 즉시 돌이 떨어졌다. 얇은 복근에 돌이 박히는 소리가 나면서 신음소리가 여기저기서 들려왔다.

"이 새끼가, 소리 내지 마."

욕하는 소리가 나더니 몸을 발로 차는 소리가 연속해서 들려왔다.

"눈 감아."

"구질구질하게 굴지 마."

사방에서 들려오는 선배들의 목소리는 신입생 전체의 몸을 경직시켰다. 신입생 모두가 눈을 감았다. 살에 돌이 부딪치는 소리와 신음소리, 선배들의 위협하는 소리와 웃음소리가 반복됐다. 가쓰야는 2열 맨 끝 네 번째에 있었다. 자기 차례를 기다리는 긴장감이 같은 열을 사로잡았다. 자기 차례가 끝난 사람도 다음에 무슨 일이 벌어질지 모르기에 긴장을 풀 수 없었다. 가쓰야는 딴 생각을 해서 잊어보려 했지만 헛된 일이었다. 자신의 차례가 다가오는 소리와 함께 잔꾀는 바로 깨졌다.

옆에 있는 신입생 곁으로 선배 한 명이 다가오는 기척이 느껴졌다. 옆 친구와 50센티미터밖에 떨어져 있지 않아서 그가 떨고 있는 것이 느껴졌다. 돌을 떨어뜨릴 때 선배 하나가 휘파람을 불었다. 악 하는 짧은 비명과 함께 돌이 부딪치는 소리가 나면서 튀어 오른 돌이 굴러가 가쓰야의 복부에 닿았다. 얼떨결에 눈을 뜨자 옆에 서 있던 히가와 시선이 마주쳤다. 큰일 났다고 생각했지만 때는 이미 늦었다. 입술에 상처가 난 선배를 제지하고서 히가가 돌을 집어 올렸다. 희미한 검은자위가 두드러지는 독특한 눈이었다. 가쓰야는 히가의 시선을 피할 수 없었다. 히가는 천천히 가쓰야의 얼굴 위로 돌을 내밀었다. 초점이 확산된 것 같은 히가의 눈에는 아무런 감정도 없는 것 같았다. 히가의 구두 끝이 가쓰야의 어깨를 찼다. 눈을 감으라는 의미라 생각하고 바로 그렇게 했지만 공포가 밀려와 눈이 벌어졌다. 돌은 얼굴 바로 위에 있었다. 히가의 손가락이 벌어지고 있었다. 가쓰야는 몸을 틀어서 얼굴을 피했다. 낙하하는 돌이 일으킨 바람이 목덜미에서 뒤통수를 스쳐 지나갔다.

"뭐야 이 새끼."

다른 선배가 가쓰야의 등을 찼다. 몰려든 선배들에게 질질 끌려 나와 일으켜 세워져 얼굴과 복부를 가격 당했다. 명치를 주먹으로 맞은 가쓰야는 위에서 치밀어 오르는 것을 참을 수 없었다. 오물이 바지에 묻은 선배들이 아우성을 치면서 가쓰야를 때리고 발로 찼다. 몸에 가해지는 고통보다도 자신을 바라보는 히가의 눈이 더 무서웠다. 다시 위를 보고 누우라는 지시를 받았지만, 가쓰야는 몸이 심하게 떨려 말을 듣지 않는 몸을 어떻게 해서든 뉘었다.

"움직이기만 해봐."

손에 돌을 들고 있는 것은 히가가 아니라 턱수염을 기르고 여드름이 얼굴에 가득한 선배였다. 입술에 상처가 있는 선배가 가쓰야의 팔을 잡고서 머리 뒤로 깍지를 끼웠다. 가쓰야는 눈을 감고서 이를 악물었다. 다른 선배가 다리를 잡았다. 얼굴을 돌리려 하자 머리를 발로 차였다. 2, 3초의 시간은 길기만 했다. 돌은 가슴에 떨어졌다. 돌이 심장을 직격한 충격에 몸을 젖히고 옆으로 누워 괴로워했다. 얼굴을 밟는 구두 바닥의 감촉과 고무 냄새가 고통과 함께 생생하게 남았다.

그 후 3개월 동안 심호흡을 할 때마다 늑골이 아파 운동도 할 수 없었다. 뼈에 금이 간 것 같았지만, 폭력을 당한 사실을 부모님과 선생님에게 꼭꼭 숨기고 병원에도 가지 않았다. 가쓰야는 그때 자신이 피하지 않았어도 히가가 정말로 얼굴에 돌을 떨어뜨렸을지 생각했다. 히가라면 그러고도 남을 것이다. 이후 그와 계속 만나면서 그렇게 확신했다. 첫 대면에서부터 깊이 각인된 히가에 대한 공포심은 가쓰야의 가슴속에서 영원히 사라지지 않았다.

입학 후 받은 첫 호출이 끝난 후 매주 2천 엔의 상납금을 꼬박꼬박 잘 내고 거슬리게 행동하지만 않으면 폭력을 당하지 않을 것이라 모두 생각했다. 하지만 눈에 거슬리는 행동이 어떤 것인지 아무도 알지 못했다. 어느 반의 몇 명인가가 입학 직후부터 교복을 변형했다거나 눈썹을 밀거나 해서 호출을 당한 것은 당연해 보였지만, 평범한 급우가 호출을 당하자 그 기준 자체가 명확하지 않은 것 같았다. 학생들은 불안한 마음을 떨쳐낼 수 없었다. 상납금 액수나 폭력 정도를 보더라도 후배를 지나치게 몰아세우지는 않았지만 불안감과 긴장감을 일정 수준 이상으로 늘 유지했다. 오랜 시간 동안 전교생을 지배하는 방법을 히가 그룹은 확실히 알고 규율을 세우고 있었던 것이다.

가쓰야는 서클 활동도 하지 않고 귀가 전의 짧은 HR이 끝나면 학원에 가야 한다는 구실을 내세워 빨리 귀가했다. 다른 학급의 신입생이 두 번째 호출을 알린 것은 황금주간(Golden Week)[12]에 들어서기 며칠 전이었다. 지정된 장소는 기술 과목과 가정 과목 실습실이 있는 건물이었다. 5시가 넘으면 준비실에서 교사가 모두 퇴근해 인기척조차 없는 곳이다.

복도에는 3학년 선배 4명이 모여 가쓰야를 기다리고 있었다. 그중 한 명이 손을 내밀었다. 가쓰야가 만 엔을 건네자 "부잣집 아들은 역시 달라." 하면서 지폐를 손가락으로 튕겼다. 가쓰야는 3학년 선배의 체취와 여드름 곪은 냄새에 욕지기를 느끼면서 고개를 숙이고 가능하면 선배들과 눈을 마주치지 않으려 했다. 다른 3학년 선배가 가쓰야의 목에 손을 둘러 조르면서 학교생활에 대한 감상과 학급 상황을 물었다. 조금이라도 말을 머뭇거리면 목을 조르는 힘이 세져서 말을 가리며 할 수 있는 여유가 없었다. 학급에서 선배들에게 반항적인 친구의 이름을 묻기에 적당히 몇 명의 이름을 대면서 다른 아이들도 나와 똑같이 할 거야. 하는 식으로 자신에게 변명했다.

그러고 있는 사이에도 창틀에 기대 창밖을 바라보고 있는 히가가 계속 신경 쓰였다. 조금 지나 히가가 무언가 신호를 보내자 선배 한 명이 실습실 창틀을 들어 올려 흔들기 시작했다. 원래 헐거운 상태의 열쇠를 떼어내자 창문이 열렸다. 독촉을 받고 실습실 안으로 들어가자 꽉 닫힌

12 4월 말에서 5월 초에 이르는 연휴.

교실에서 공구의 기름과 도료, 그리고 눅눅한 먼지 냄새가 섞여서 숨을 쉴 때마다 폐가 더러워지는 것 같았다. 작업대에 고정된 철침과 벽 선반에 늘어놓은 펜치나 해머를 보지 않으려 했지만 그런 도구로 린치를 당하는 장면이 떠올라 서 있는 무릎에 힘이 들어가지 않았다.

3학년 선배들은 그런 것들은 무시한 채 학교 건물 뒤로 이어지는 창문을 열고서 처마로 내려갔다. 입술에 상처가 있는 선배가 창가에 서서 지시를 기다리고 있는 가쓰야에게 "밖으로 나와." 하고 말했다. 창문을 서둘러 넘어 처마로 내려가자 제일 늦게 내려온 히가가 처마 끝을 걸어갔다. 처마는 학교 뒤편에 있는 숲으로 이어져 있어 서클활동을 하는 체육관이나 운동장은 물론이고 직원실에서도 보이지 않는 사각지대다.

석양을 받은 숲에 학교 건물의 그림자가 길게 드리워져 있다. 처마의 폭은 1미터가 약간 안 됐다. 그 한구석에 서게 된 가쓰야는 반대편 끝에 있는 히가의 모습을 바라봤다. 숲을 통과한 빛이 반사되고 있는 것인지 교복이 어렴풋한 초록빛으로 보였다. 숲 쪽을 보고 있던 히가가 정면을 향했다. 가쓰야는 바로 발아래로 시선을 떨어뜨렸다. 자갈이 깔린 땅에 잡초가 띄엄띄엄 나 있었다. 학교 건물과 숲은 담벼락으로 나누어져 있고, 그 담과 학교 건물 사이에는 3미터 정도의 공간이 있었다. 담을 따라 심은 고욤나무는 볕이 잘 들지 않아서 모두 말라가고 있었다.

3학년 선배 2명이 가쓰야의 뒤에 가서 서고, 다른 한 명은 실습실에 남아 감시 역할을 맡았다. 호출 장소나 폭력을 휘두르는 방식에 대한 정보는 신입생들 사이에 난비하고 있었다. 그룹 안의 서열이나 선배 한 명한 명의 성격과 특징, 대응 방식에 대해서도 소문이 들려왔다. 하지만 실습실에서 이뤄지는 폭력에 대해서는 들어본 적이 없었다.

고개를 주뼛주뼛 들자 히가와의 거리는 30미터 정도였다.

"손수건 가지고 있지?"

뒤에서 말을 걸기에 끄덕였다. 그러자 손수건으로 눈을 가린 채 머리 뒤로 깍지를 끼고 히가가 있는 곳까지 걸어가라는 지시를 내리는 것이 아닌가. 처마에서 땅바닥까지 3미터 정도의 높이라서 눈을 뜬 상태라면 충분히 뛰어내릴 수 있었다. 하지만 눈을 가렸더니 그 말을 듣기만 해도 다리가 움츠러들었다. 뒤에 있는 선배 2명이 "빨리 못해." 하고 등을 쿡 찔러 가쓰야는 바지 주머니에서 손수건을 꺼내 눈을 가렸다. 3학년 선배 한 명이 뒤에서 손수건을 다시 세게 묶고는 손수건 앞을 아래로 더 내려 혹시 틈 사이로 앞이 보이지 않는지 점검했다.

가쓰야는 바로 등을 떠밀려 한 걸음 떼었다. 발을 헛디뎌서 낙하하는 것보다 히가의 기분을 망치는 것이 두려웠다. 시력을 잃자 앞을 향해 똑바로 걷는 게 얼마나 힘든지 난생처음으로 깨달았다. 지면으로 낙하하는 왼쪽을 피해 교실 쪽인 오른쪽으로 몸이 자동으로 기울어졌다. 머리 뒤로 깍지를 끼고서 옆으로 벌어진 팔꿈치가 벽에 닿는 순간, 누군가가 오른쪽 넓적다리 뒤를 구두 끝으로 걸어찼다. 무릎이 아래로 떨어져서 벽에 손을 대고 몸을 지탱하려 하자 이번에는 오른쪽 어깨뼈를 두들겨 맞았다.

"이 새끼 봐라. 손 치우지 못해. 또 벽에 손대기만 해봐. 발로 차서 떨어뜨릴 테니.”

 뒤에서 쏟아진 목소리는 그저 협박만은 아닐 것이다. 손톱 끝으로 앞을 더듬고 있는 가쓰야의 등을 누군가의 손바닥이 밀었다. 가쓰야는 앞으로 휘청거리며 큰소리 내고 싶은 충동을 참고 발바닥 전체로 바닥을 쓸면서 앞으로 나아갔다. 10미터 정도 앞으로 나아가는 데 시간이 얼마나 걸렸는지조차 알 수 없었다. 도중에 몇 번인가 왼발이 허공에 떠 있음을 느끼고 몸이 땅 아래로 당겨질 것 같아 엉겁결에 그 자리에 주저앉았다. 그때마다 등과 허리를 발로 차여 허둥대며 자리에서 일어났다. 손수건이 흥건히 젖고 콧물이 턱과 목을 지나 가슴으로 흘러내렸다. 그 자리에 서서 어깨로 턱 주위를 훔치려고 하자 바로 주먹과 발이 날아들었다. 기묘한 소리와 웃음소리가 터져 나올 때마다 가쓰야는 목을 움츠렸다. 발밑을 신경 쓰고 등 뒤를 경계해야 해서 앞으로 얼마나 더 가야 하는지 생각할 여유조차 없었다. 다만 등 뒤에서 들리는 위협과 야유가 아무리 거세져도 전방에서 느껴지는 침묵의 압력에 비하면 그래도 견디기 쉬운 편이었다. 히가에게 다가가면 갈수록 끝까지 다 걸어갔다는 안심보다 공포심이 더욱 커져 숨이 콱콱 막혀왔다. 다리의 감각이 사라지자 몸이 공중에 붕 떠서 낙하하고 있는 것 같은 착각에 빠져들었다.

 무언가 가볍게 가슴에 닿았다. 멈춰 서자 “손수건 치워.” 하는 소리가 등 뒤에서 들려왔다. 들은 그대로 하자 히가의 얼굴이 눈앞에 나타났다. 히가의 손가락 끝이 가슴에 닿았다. 눈이 마주치자 지금까지의 공포심이 완전히 바뀌어 구원받은 것 같은 기분에 눈물이 흘렀다. 자신도 모르게 머리에 깍지를 끼고 있던 손을 풀고서 히가에게 매달리려 했다. 히가의 손가락 끝이 가쓰야의 가슴에서 떨어지더니 천천히 어깨 쪽으로 이동했다. 힘이 거의 들어가 있지 않았다. 히가의 손가락이 왼쪽 어깨를 밀자 몸이 기울어져 천천히 쓰러지기 시작했다. 가쓰야는 따분해 보이는 히가의 표정을 보면서 자신이 얼마나 무력하고 하찮은 존재인지 깨달았다. 몸이 갑자기 무거워지기 시작하더니 히가의 모습이 거꾸로 뒤집히고 멀어졌다. 그 즉시 땅에 닿은 왼쪽 손이 부러지는 소리가 몸 안으로 전해져 들려왔다. 왼쪽 허리에서 넓적다리, 옆구리, 왼쪽 어깨에 충격이 전해졌다. 땅에 내동댕이쳐진 가쓰야는 숨을 쉬지 못하고 괴로워했다. 처마에서 얼굴을 내밀고 아래를 내려다보고 있던 선배들의 모습이 아련히 보였다. 그중에 히가의 모습은 이미 사라지고 없었다. 히가가 자신을 내버려 두고 그냥 갔다고 느끼자 쓸쓸함과 불안함이 치밀어 올라왔다. 몸이 아프고 숨을 쉬기 힘든 것보다 그 쓸쓸함과 불안함이 가쓰야를 더 괴롭게 했다.

급히 달려온 교사들이 그를 병원으로 데려간 것은 30분 이상이 지난 후였다. 왼쪽 팔이 골절되고 전신 타박상을 입어서 일주일 동안 입원을 했고, 퇴원한 후에도 또 일주일 동안 집에서 요양을 해야만 했다. 교사들과 부모님께는 실수해서 떨어졌노라고 말했지만, 뻔히 속이 들여다보이는 거짓말이라서 아무도 믿어주지 않았다. 하지만 가쓰야는 아무리 질책을 당하고 "절대로 보복은 안 당하게 해줄게." 따위의 말을 들어도 사실대로 털어놓지 않았다. 교사들을 전혀 의지할 수 없음은 너무나

자명해 보였다. 학교에서도 밖에서도 교사들의 영향력이 미치는 범위는 한정돼 있었다. 한마디라도 히가의 이름을 입 밖에 내면 다음에는 처마에서 낙상하는 정도로 끝나지 않을 것이다. 교사들은 아버지를 설득하려고 했으나 그 무렵 아버지는 애인이 살고 있는 맨션에 틀어박혀 나오지 않고 있었기에 담임과 만날 생각조차 하지 않았다. 엄마도 얼마 전 가데나(嘉手納) 미군기지 게이트 근처에 스낵바를 오픈한 후라서 가게를 궤도에 올리는 데 분주한 나머지 그저 형식적으로만 대응할 뿐이었다.

가쓰야의 담임은 학교로부터의 호출에 응하려 하지 않는 부모님께 완전히 질려서 학생지도 교사와 함께 가쓰야를 혼내는 것으로 울분을 풀었다. 교사에게 혼이 나고 맞는 것은 하나도 무섭지 않았다. 동급생들은 가쓰야가 왼쪽 팔에 깁스를 하고 등교하는 것을 보더니 히가 그룹이 그를 주시하고 있음을 깨닫고 아무도 말을 걸어오지 않았다. 교실에서 고립된 채로 다음 호출을 기다리는 날들이 이어졌다.

1학년 중에서 이미 5, 6명이 등교거부를 하고 있었다. 가쓰야는 그런 행동은 하고 싶지 않았다. 부모님도 선생님도 동급생도 아무도 의지할 수 없다. 유일하게 믿을 수 있는 사람은 바로 히가다. 히가의 마음에 드는 것 외에 안전하게 지낼 수 있는 방법은 없다. 그의 마음에 들기 위해서는 다른 누구보다 돈을 더 많이 내고 더욱더 순종하는 티를 내야 한다. 중학교 1학년인 가쓰야는 그 외에 다른 방법을 생각조차 할 수 없었다.

여전히 환상을 품고 있었던 셈이다. 그 무렵을 떠올리면 자조 섞인 감정이 치밀어 오른다. 돈을 많이 바치면 봐주리라 생각했다. 하지만 현실은 그리 무르지 않았다. 가쓰야는 1학년 2학기가 끝날 무렵이 되자 3학년 선배들의 잔심부름꾼이 돼, 호출 장소와 시간을 동급생들에게 전달하는 역할을 맡았다. 동급생 모두의 미움을 받으면서도 히가에게 아양을 떨어 자신을 지키기 위해 필사적으로 노력했다. 그런 모습은 비겁함 그 자체인지라 떠올릴 때마다 자기혐오에 시달렸다. 하지만 가쓰야를 움직인 것이 꼭 비굴함과 처세술만은 아니었다. 가쓰야는 그 무렵부터 이미 히가로부터 다른 선배들과는 다른 무언가를 느끼며 빠져들고 있었다. 아니, 그것은 숲속의 성소에서 처음 만났을 때부터 싹튼 감정이다.

오피스텔 앞에서 누군가를 배웅하러 나온 여자가 목소리를 높였다. 가쓰야는 히가가 도로를 건너오는 걸 확인한 후에 차 밖으로 나가 뒷좌석 문을 열었다. 위스키 냄새가 났지만 술에 취하지는 않은 것 같았다. 히가는 중학생 무렵부터 아무리 술을 마셔도 흐트러진 모습을 보여준 적이 없다. 행선지가 집임을 확인한 후에 한동안 차를 몰아가고 있을 때 히가가 조수석에 종이봉투를 던졌다.

"2주일 치."

히가의 말에 가쓰야는 앞을 본 채로 고개를 끄덕였다. 종이봉투 안에는 알약이 2열로 알루미늄박에 감싸져 있어서 얼핏 보면 시판되는 두통약 같았다. 여자를 처음 맡기면서 줬던 것으로, 일을 시작하기 전과 잠들기 전에 각각 최대 두 알씩 먹이라는 지시를 받았을 뿐이다. 가쓰야는 아무런 질문도 하지 않고 시키는 대로 했다. 알약의 성분은 물론이고 어떤 경로로 히가가 약을 손에 넣었는지 캐묻는 것은 신상에 좋지 않았다. 류세카이 간부인 히가의 숙부로부터 흘러나온 것이겠으나 그 이상은 생각하지 않는 편이 상책이라고 판단했다.

"여자애들이 망가지면 연락해. 대신할 애들은 얼마든지 있으니까."

"알겠습니다."

히가에게 대답한 후 가쓰야는 운전에 집중했다. 히가가 홀로 살고 있는 맨션은 오키나와 시 공항거리 근처에 있다. 맨션 주차장에 차를 세우고 차키를 히가에게 넘긴 후 가쓰야는 밖으로 나갔다. 가쓰야는 택시비로 만 엔을 받아들고서 사진이 들어 있는 종이봉투를 손에 쥔 채로 현관 로비로 들어가는 히가를 배웅했다. 가쓰야는 숨을 크게 쉰 후 공항거리를 향해 걸었다. 미군병사 셋이 사건을 일으킨 후 외출금지 처분이 내려진 것인지, 가데나 미군기지 정문으로 이어진 거리를 걷고 있는 미군병사의 모습은 보이지 않았다. 가쓰야는 고야(胡屋)[13] 네거리 근처에서 택시를 잡아 나하 국제거리까지 가달라고 말한 후 눈을 감았다.

미쓰코시 백화점 뒤편에 주차해둔 차를 타고 집 근처 편의점에서 식음료를 사 방으로 돌아왔다. 부엌에 불을 켜곤 편의점에서 사온 요구르트와 캔 맥주를 냉장고에 넣은 후 마유의 방을 들여다봤다. 마유는 여름용 이불을 어깨까지 잡아 올린 채 엎드려 자고 있었다. 미네랄워터를 침대 머리맡에 두고서 뺨을 두드려 깨워 히가가 준 알약 두 알을 삼키게

13 오키나와 시의 지명.

72

했다. 에어컨을 켜지 않아 방안은 열기로 가득해 마유의 몸에서는 땀이 났다. 마유는 눈을 감은 채 가쓰야가 들고 있는 페트병에 입을 대고 물을 마신 후 계속 잠을 청했다.

가쓰야는 자신의 방으로 돌아와선 책상 위에 올려놓은 카메라에 시선을 고정했다. 책상 서랍 안에 있는 필름을 어찌하면 좋을지 망설였다. 남자가 여기저기 자신의 추한 사진이 뿌려질 각오로 경찰에게 신고할 것 같지는 않았지만 조금 더 위협을 해야겠다고 생각했다. 사진을 써서 남자로부터 돈을 더 우려낼 생각은 없었다. 그가 함부로 날뛰지 못하게 단속해서 히가에게 들키는 일만은 어찌 됐든 피해야겠노라 생각했다.

베란다에서 아직 덜 마른 세탁물을 정리한 후 천장을 보고 침대에 누운 가쓰야는 오른손으로 얼굴을 가리고 눈을 감았다. 마유가 남자에게 보인 반응을 예측할 수 없었다. 마유는 방에 들어온 후 2주일 동안 밖에 나갈 때와 화장실과 샤워실을 쓰는 시간 외에는 계속 잠만 잤다.

"시너 냄새를 너무 많이 맡아서 뇌수가 다 녹아버렸을 거야."

마유를 데려오면서 히가와 함께 다니는 마쓰다가 웃으며 말했다. 마유가 예전에 시너를 얼마나 흡입했는지 구체적인 양은 모른다. 다만 지금 마유의 상태를 보면 시너보다는 매일 복용하고 있는 알약의 영향이 더 큰 것 같았다. 히가나 마쓰다가 준 알약은 겉보기에 이렇다 할 효과는 없었다. 하지만 몸과 마음 깊고 깊은 곳에서 아주 천천히 파괴가 진행되고 있음을 여자들의 상태에서 확인할 수 있었다.

최근 2주 동안 마유는 요구르트나 우유를 아주 조금 먹었을 뿐 식사

다운 식사를 한 적이 없다. 편의점에서 사온 음식이나 샌드위치를 내밀어도 손도 대려 하지 않았다. 150센티미터가 겨우 될까 말까 한 작은 체구에 몸무게도 30킬로그램 중반 정도밖에 나가지 않을 것 같았다. 그럼에도 일을 할 수 있으면 상관할 바 아니지만 하루가 다르게 쇠약해져 갈 뿐이라 마유가 손님을 받는 것은 점점 더 어려워지고 있었다.

맹장지 하나로 구획된 건너편에서 사람의 기척이 느껴지지 않아 불안한 마음이 들었다. 한편으로는 이대로 영영 마유가 눈앞에서 사라졌으면 했다. 마유만이 아니라 현실 모두가 사라져 아침에 눈을 뜨면 전혀 다른 장소에서 처음부터 다시 시작할 수만 있다면…… 하고 생각했다. 그렇게 생각하는 자신을 비웃는 무언가가 강한 산성 물질로 변해 마음을 마비시키고 의지를 문덕문덕하게 썩히고 있었다.

가쓰야는 침대에서 일어나 냉장고에서 캔 맥주를 꺼내 바닥에 앉은 채로 도시락을 안주 삼아 마셨다. 텔레비전을 켜고 빌려온 비디오의 남은 부분을 봤다. 일본 복귀 직후 오키나와 폭력단체[14]의 싸움을 다룬 20년도 더 된 영화이다. 마쓰다가 추천해서 보기 시작했는데, 대립하는 파벌 간부의 성기를 펜치로 으깨버리는 장면에서 조금 흥분했을 뿐 나머지는 시시했다. 시대 배경도 잘 모르겠고 주연 배우의 과도한 연기에는 질려버렸다. 비디오 반납 기한이 내일이라 남은 부분을 다 보려 했지만 술기운이 빨리 돌아 수마가 덮쳐왔다.

멍하니 화면을 보고 있자니 옆방 침대가 삐걱대며 침구가 닿는 소리

14 야쿠자.

가 들려온 것 같았다. 가쓰야는 캔 맥주를 다 마시고 비디오를 일시정지 시킨 후 부엌에 가봤다. 다 먹은 도시락을 쓰레기통에 버리고는 수도꼭지에 입을 대고 물을 마셨다. 화장실에서 변기를 향해 오줌을 싸고 있을 때 바닥에 남아 있는 혈흔이 보였다. 낮 동안의 분노가 되살아나 마유를 질질 끌고 와서 닦게 할까도 생각했지만 그만뒀다. 방으로 돌아와 천장을 보고 침대에 누워 다시 비디오를 재생시켜 보고 있는 사이에 스르륵 잠이 들었다.

베갯머리의 자명종 시계를 보니 12시가 넘었다. 자고 일어난 직후의 두통은 어젯밤 마신 맥주의 숙취 때문만이 아니라 중학교 시절부터 습관적으로 따라다니는 증상이다. 눈을 뜨기 어려워 한동안 침대에 길게 누워 통증이 진정되기를 기다렸다. 반 시간 정도 자세를 바꿔 잔 후에 침대에서 내려와 싱크대 서랍에서 두통약을 꺼내 삼켰다. 화장실에 갔다가 샤워를 했다. 훈련을 잠시 게을리하는 사이에 팔뚝 근육이 줄어드는 것이 눈에 띄었다. 올해 12월이면 23살이 된다. 지방이 과도하게 붙지는 않았지만 가라데 도장에 매일 다니던 무렵의 팽팽한 근육은 사라지고 없었다. 선탠을 할 기회도 없어 여자들이 나이챠(內地人)[15] 같다고 말할 정도로 살갗이 희멀겋게 변해 역겨웠다.

뜨거운 샤워 물줄기를 맞으면서 가볍게 섀도복싱(shadow boxing)을 했다. 중학교 1학년이 반쯤 지날 때부터 시작한 가라데는 19살에 2단

15 본토 사람.

정도의 기량에 도달했다. 1년 반 전까지는 주 3회 도장에 다녔고, 나머지 4일도 조깅이나 팔 굽혀 펴기를 빼놓지 않고 했다. 그러던 것이 최근 반 년 정도는 가라데 도복을 입기는커녕 조깅을 한 적도 없다. 찌르기 속도가 떨어져 한심했다.

욕실에서 나와 허리에 목욕수건을 감은 채로 마유의 방으로 들어가 반대편을 보고 잠들어 있는 그녀의 몸을 똑바로 하고서 뺨을 두드렸다. 눈을 뜬 후 침대를 내려오기까지 시간이 너무 오래 걸려 처음에는 어리광을 부린다 생각해 호통을 쳤다. 하지만 얼마 지나지 않아 정말로 몸이 움직이지 않는다는 것을 알고서 호통을 치지는 않았다. 마유가 세수를 하러 갈 때까지 기다리는 동안 짜증이 밀려왔다.

방으로 돌아가 청바지와 티셔츠를 입는 동안 열린 문틈으로 벌거벗은 마유가 욕실로 향하는 것이 보였다. 마쓰다가 "부서져 있어."라고 했던 말이 머리에 떠올랐다.

가출 후 전화방에서 돈을 벌려는 중고등학생은 널려 있다. 히가는 잘 아는 전화방 업자로부터 전화를 자주 거는 소녀의 정보를 입수해 만나는 수법을 썼다. 큰돈을 주겠노라 넌지시 말해 호텔에서 소녀와 관계를 맺었다. 구타를 한 후 사진을 찍어 위협해 자신의 감시 하에 둔 채로 손님을 받게 했다. 히가는 그 사이에 결코 무리한 행동은 하지 않았다. 위협한 후에는 완전히 변해서 소녀들을 부드럽게 다루고 참을성 있게 그녀들의 이야기를 들어주며 성격과 가정환경 등을 조사했다. 소녀들은 몇 번이고 마음에 깊은 상처를 입고 계속 불안한 마음에 시달려서 그런

지 가슴속의 앙금을 토해낸 후에는 히가에게 응석을 부리는 경우도 있었다. 그런 종류의 소녀는 딱 알맞은 먹잇감이었다. 소녀의 성격을 가려내는 히가의 눈은 정확해서 별 도움이 될 것 같지 않으면 재빨리 포기해버렸다. 그래서 소녀가 경찰에 신고하는 등의 실수를 범하지 않았다. 써먹을 만한 소녀를 재빨리 골라내 교묘하게 구워삶아 가쓰야나 다른 수하에게 맡긴 후 투샷다이얼(two shot dial)[16]로 남자를 받게 하곤 사진을 찍었다. 그 무렵이면 대부분의 여자는 이미 약에 취해 도망칠 기력조차 상실하고 만다.

가쓰야는 그렇게 히가에게 낚인 소녀들을 몇 명이고 봐왔다. 그중에는 겉보기에 화려하거나 공격적인 말투와는 달리 순진한 소녀가 많았다. 극단적으로 고독해지는 것을 두려워하고 상냥한 마음씨에 굶주린 소녀들의 마음을 파고드는 히가의 농간은 대단했다. 진심으로 히가에게 돈을 헌상하려 하는 소녀도 적지 않았다.

하지만 마유는 다른 방식으로 히가에게 끌려온 경우라고 들었다. 지금까지 이렇게 쇠약해지고 약에 절은 여자는 처음이다. 전에 가쓰야가 맡은 여자 둘은 마치 자신의 의지로 지금 일을 하고 있는 양 강한 체를 했다. 가쓰야가 말을 걸면 대화도 가능했다.

마유는 그 둘과는 달리 말이 없다기보다는 말 그 자체를 잃어가고 있는 듯한 으스스한 느낌을 줬다. 몸만이 아니라 마음도 홀쭉해져서 피로함이나 쇠약함이라는 말로는 충분치 않은, 보고 있는 것만으로도 마음

16 카드를 구입한 남자가 전화하면 여자에게 연결되는 영업 방식.

이 무거워지는 무언가를 품고 있었다. 그런 만큼 마유가 보여준 행동은 의외였다.

가쓰야는 방 입구에 서서 욕실에서 나온 마유가 옷 갈아입는 걸 기다렸다. 마유는 젖은 몸을 적당히 닦고는 가쓰야가 플라스틱 옷상자에서 꺼내놓은 흰 티셔츠와, 며칠이고 빨지 않은 청바지를 다시 입었다. 여자들의 옷을 세탁하는 것도 가쓰야의 일 중 하나다. 여자들을 베란다에 나가게 할 수 없을 뿐만 아니라, 여자들은 애초에 세탁을 할 힘도 남아 있지 않았다. 방에는 쑥색 커튼이 쳐 있어 낮에도 환하게 켜놓은 형광등 불빛이 가쓰야의 옆구리와 목덜미에 옅은 그림자를 만들었다.

마유가 젖은 머리카락을 드라이기로 말리는 모습을 보고 있자니 몇 년 전 본토에서 일어났던 사건[17]이 떠올랐다. 자전거를 타고 가던 여고생이 소년 무리에게 끌려가 방에 감금된 채로 한 달 이상 괴롭힘을 당한 끝에 살해된 사건이었다. 같은 또래의 소년들이 여고생을 드럼통에 넣고는 콘크리트를 붓고 공터에 내다 버렸다. 가쓰야는 잡힌 소년 중 한 명이 여고생이 점점 무거운 짐으로 변해 참을 수 없었노라고 경찰에 진술한 주간지 기사를 떠올리며 어쩌면 이해할 수 있을 것 같은 기분이 들었다.

"일하러 가야지."

말을 걸자 마유는 접이식 탁자에 올려놓은 선글라스를 집어 티셔츠 옷깃 언저리에 걸쳤다. 가쓰야는 현관으로 나가며 냉장고를 열어 종이 팩에 든 오렌지 주스를 마유에게 내밀었다. 마유는 아무런 반응도 보이

17 1998년 일본 도쿄에서 일어난 여고생 콘크리트 살인사건.

지 않았다. 가쓰야는 쓸데없는 짓을 하고 있다고 생각하면서 자신에게 넌더리를 내며 주스를 냉장고에 다시 넣은 후 앞서서 밖으로 나섰다.

야마시타(山下) 네거리에서 우회전해 58호선으로 들어갔다. 비교적 한산한 길을 따라 북상해 나미노우에로 향했다. 러브호텔 거리에서 가까운 공원 근처에 차를 세우고 마유를 내리게 했다. 마유는 공원 입구 근처의 공중전화 부스로 걸어갔다. 오가는 차와 사람의 통행이 적고 나무 그늘 아래 있어서 자주 이용하는 곳이다. 물이 거의 나온 적 없는 분수가 중앙에 있었다. 그 광장에 중학생 정도로 보이는 무리가 담배를 피우며 스케이트보드를 타고 있었다. 가쓰야는 소년들이 학교에도 가지 않고 사복 차림으로 놀러 다니는 모습을 보면서 변한 게 없구만 하고 생각했다.

며칠 전 신문을 보니 전화방에서 여중생과 만날 약속을 한 회사원이 소녀의 친구 그룹에게 구타를 당하고 돈을 뺏겼다는 기사가 실렸다. 근처에 있는 다른 공원에서 벌어진 사건이다. 부상을 당한 회사원이 무슨 생각에서인지 경찰에 신고했지만 오히려 조사를 받았다. 여중생을 미끼로 전화방 손님에게서 돈을 뺏는 무리들이 있다는 이야기는 기사화되기 전부터 마쓰다가 알려줘 알고 있었다. 마쓰다는 "그런 새끼들 때문에 단속이 엄해지는 거야." 하고 말하며 카페에서 신문지를 툭툭 치며 조바심을 냈다.

"붙잡아서 죽사발을 내놓을까."

마쓰다의 말에 히가는 아무런 대답도 하지 않았지만, 신문 기사를 찢어서 세컨드백(Second Bag)[18] 안에 넣었다.

그런 것을 떠올리며 소년들을 보고 있을 때였다. 가쓰야의 시선을 느꼈는지 소년들이 도발하듯 노려보며 침을 뱉었다. 리더 격의 소년이 앳된 얼굴에 눈썹을 밀고 있는 모습이 잘 어울리지 않는 소녀를 자신의 다리 사이에 끼고 껴안은 채 벤치에 앉아 흐리멍덩한 눈으로 가쓰야를 바라봤다. 30미터 이상 떨어져 있는 차에까지 시너 냄새가 훅 끼쳐올 것 같았다.

손목시계를 보니 오후 2시를 조금 넘은 시간이었다. 평일 이 시간에는 관광객이나 학생, 무직인 젊은이가 전화를 많이 해 적당한 상대를 찾기까지 시간이 오래 걸렸다. 마유는 15분 가까이 지난 후에 돌아왔다. 조수석에 앉더니 상대방 남자와 약속한 장소와 시간을 알리고서 차 시트에 기댔다. 나무 그늘 아래라 해도 전화박스 안은 꽤 더웠을 텐데 티셔츠에는 땀 얼룩 하나 남아 있지 않았다. 옷깃 언저리에 걸친 선글라스에 햇볕이 반사되고 있었고 창밖을 바라보는 마유의 목덜미 솜털도 햇볕을 받아 빛났다. 10월도 반쯤 지났는데 대낮의 햇살은 여름과 큰 차이가 없었다.

사이드브레이크를 내리고 차에 시동을 걸며 주위를 확인하고 있을 때였다. 분수대 앞에 있는 소년들의 손가락 피리 소리가 들려왔다. 우두머리 소년이 집게손가락과 가운뎃손가락 사이로 엄지를 내밀고는 가쓰야와 마유를 보며 히쭉거렸다. 다른 소년들이 웃음소리를 내며 손뼉을 쳤

18 일본에서 만든 조어로 옆구리에 낄 수 있는 작은 백.

다. 도발을 해왔지만 분노는 일어나지 않았다. 가쓰야는 몇 년 전 자신의 모습을 보고 있는 듯한 기분이 들어 불쾌함과 이상한 기분을 동시에 느끼면서 차를 몰고 그 자리를 떠났다.

약속한 장소는 차로 2, 3분 거리에 있었다. 가쓰야는 50미터 정도 떨어진 곳에 차를 세운 후 주위를 살폈다. 도로에 인접해 있는 콘크리트로 만든 신사 입구 기둥문(鳥居) 근처에 마유가 말했던 것과 똑같은 차종과 색깔의 차가 주차돼 있었다. 운전석 문에 기대고 있는 남자가 손목시계를 연신 보면서 주위를 둘러보고 있었다. 약속 시간까지는 아직 10분 이상 남아 있다. 남자는 담황색 슬랙스에 빨간색 폴로셔츠를 입고 있었다. 나이는 20대 후반 정도로 다부진 몸매의 소유자였다. 살갗이 희어서 본토 사람인가 하고 생각했지만 관광객으로 보이지는 않았다.

가쓰야는 바로 앞 골목길로 우회전해 들어가 슈퍼마켓 주차장에 차를 대고서 시간을 보냈다. 만나기로 약속한 남자를 가려내는 것은 간단했다. 최근에는 전화방이나 투샷다이얼을 상습적으로 이용하는 사람인지 아닌지도 가려낼 수 있게 되었다. 카메라 렌즈 너머로 관찰하면 남자들이 느끼는 불안함이나 꺼림칙함, 양심의 가책, 예상 이상의 여자가 나타났을 때의 기쁨 등이 생생하게 전해져왔다.

새 필름을 넣은 카메라를 점검하고 약속 시간 3분 전임을 확인했다. 차문의 잠금을 해제하고서 호텔에 들어가면 남자가 샤워를 하고 있는 동안 핸드폰으로 꼭 연락하라고 마유에게 일러뒀다. 마유는 대답도 하지 않고 문을 열고 밖으로 나갔다. 옷깃 언저리에 걸친 선글라스를 쓰고서 걷고 있는 뒷모습을 눈으로 전송하며, 설마 지난번과 똑같은 짓을 반복하지는 않겠지 하고 생각했다. 그렇다 해도 불안한 마음은 사라지지 않았다. 이제 와서 다시 불러들일 수도 없어서 마유가 큰길가로 나가는 것까지 확인한 후 가쓰야는 차를 다시 몰았다.

기둥문에서 40미터 정도 거리를 두고 길가에 차를 세웠다. 기둥문 아래에서 담배를 피우고 있던 남자가 마유가 다가오는 모습에 놀란 표정을 지었다. 망원렌즈를 자동차 운전대에 올려 고정하고 초점을 맞추고서 셔터를 눌렀다. 남자는 값을 매기듯이 마유를 바라보다가 웃으며 말을 걸었다. 남자의 관심은 마유에게 쏟아져서 주변에 대한 경계심이 싹 사라졌다. 자세히 살펴보니 나이는 30살 전후로 잘 꾸민 용모를 하고 있어 머리카락이나 복장도 청결했다. 대낮부터 투샷다이얼로 여자를 낚는 것치고는 표정에 그늘이 없어 어떤 직종의 사람인지 판단이 잘 서지 않았다. 다만 몇 번이고 셔터를 누르는 사이에 인상이 조금씩 변했다. 남자의 웃는 입가나 마유를 보고 있는 눈에서 냉혹함이 느껴졌다. 남자의 온몸에 감도는 이상한 분위기에 신경이 쓰였다.

남자가 조수석 문을 열자 마유가 차에 탔다. 운전석 쪽으로 돌아간 남자는 가쓰야 쪽을 바라봤다. 날카로운 눈초리에 눈치를 챈 것인가 하고 흠칫 놀랐다. 카메라를 내리고서 망원렌즈에 걸쳐놓은 검은색 수건으로 얼굴을 훔쳤다. 남자는 잠시 가쓰야 쪽을 보곤 뒤를 확인한 후에 문을 열고서 운전석에 탔다.

남자가 차를 몰고 간 후 잠시 간격을 두고서 가쓰야는 차를 움직였다.

러브호텔까지는 짧은 거리인데다 지리도 잘 알고 있어서 여유 있게 미행을 했다. 두 사람이 탄 차는 이 근방에서는 최상급에 수영장이 있는 가장 비싼 호텔로 들어갔다. 가쓰야는 주차장으로 드나드는 차량이 잘 보이는 곳에 정차를 하고서 남자와 차의 특징을 메모지에 정리했다. 그러곤 계기판 위에서 읽고 있던 추리소설 문고본을 집어 들었다. 하지만 눈은 글자를 따라가도 머릿속으로 의미가 전혀 전달되지 않았다. 맨션 그늘에 차를 세우고 있었지만 시동을 건 상태로 에어컨을 틀지 않으면 더워서 차 안에 있을 수 없었다. 가쓰야는 차 시트를 가볍게 쓰러뜨리고서 손가락 끝으로 눈 주위를 마사지했다.

"인간이라고 생각해서는 안 돼. 돈을 낳는 생물을 사육하는 거야."

히가의 생각을 대변이라도 하듯 마쓰다가 가쓰야에게 몇 번이고 했던 말이다. 그렇게 생각하지 않으면 할 수 없는 일이다. 게다가 가출해서 히가에게 속고 있는 바보 같은 중학생이나 고교생은 어찌 되든 상관없는 존재가 아니던가. 다만 마유가 지금과 같은 처지에 빠지게 된 계기를 히가가 데리고 있던 여자로부터 들었을 때, 마유에 대한 동정심과 자신이 하고 있는 일에 대한 혐오감을 느끼지 않을 수 없었다.

히가와 마쓰다를 집에 데려다줄 때 모르는 여자 한 명이 동석했는데 마유와는 중학교 동창이라고 했다. 그녀들이 다닌 중학교도 선배들의 폭력과 금전 갈취가 지독한 곳이었다. 여학생들이라 해도 그 수위는 장난이 아니었다. 학교에서 마유는 학생회 임원을 하고 있었는데 회장인 남학생보다도 눈에 띄게 활발했다고 한다. 귀여운 외모에 성적까지 좋앉던 마유는 남학생만이 아니라 여학생 사이에서도 인기가 좋았다. 마유는 여자 선배들의 비호를 받으며 2학년 때까지는 자유를 만끽했다.

하지만 3학년이 되자 지금까지 평범하게 잘 지내고 있던 여학생들의 태도가 돌변했다. 마유는 3학년이 되자마자 불량서클에 불려가서 집중적으로 돈을 뜯겼다. 저금은 채 한 달도 안 되는 사이에 바닥을 드러냈다. 마유는 부모님이 이혼해서 엄마와 함께 살고 있었는데 엄마에게 걱정을 끼치고 싶지 않아서 학교를 쉬는 이유나 자신의 고뇌를 털어놓지도 못한 채 지냈다. 그러다 불량서클의 강요로 가게에서 물건을 훔치는 일을 돕게 됐다.

자동차 뒷좌석에는 그 여자와 히가, 마쓰다가 앉아 있었고, 조수석에는 마유가 타고 있었다. 여자는 술에 취해 웃음소리를 내면서 큰소리로 말했다. 신호를 기다리고 있을 때 가쓰야는 조수석에 앉아 있는 마유를 쳐다봤다. 밖을 보고 있는 마유의 무표정한 얼굴이 유리창에 반투명하게 비쳤다. 여자의 목소리가 들리지 않나 하는 생각이 들 정도로 마유에게는 바깥세상을 향한 어떠한 관심도 느껴지지 않았다.

여자는 이야기를 이어갔다. 마유는 부모님이나 선생님에게 들키는 것이 무서워 전과 똑같은 모습을 계속 보여줬다. 그것이 오히려 몇몇 여학생들을 더 자극했다. 선생님이나 부모님에게 사실을 털어놓고서 불안한 마음을 드러냈다 해도 결과는 변하지 않았을지도 모른다.

여름 방학 어느 날 폐가처럼 변한 레스토랑으로 마유를 끌고 들어간 여학생들이 친구인 남자아이들과 함께 마유에게 린치를 가했다. 겉보기에 괜찮은 복부나 등을 발로 차고, 넓적다리 윗부분에 담배 빵을 했다. 남자 아이들은 마유를 희롱하고선 손수건에 돌멩이를 채워 성기에 가득 넣었다. 몇 개까지 들어갈지 내기를 했다. 자궁 안에 상처가 나서 피가 멈추지 않자 당황한 그들은 마유를 아무렇게나 버려놓고 모두 도망쳤다.

마유는 도로까지 기어 나와 지나가는 차에 도움을 청했다. 병원에 불려간 마유의 엄마는 반쯤 미쳐서 그날 저녁에 담임선생님과 만났고, 다음 날에는 학교에 읍소했다. 학교에서는 임시 교원회의를 열어 진상조사를 바로 진행했다. 하지만 마유는 선생님이 병실에 들어오려고만 해도 울부짖으며 상담에 전혀 응하려 하지 않았다. 학생 가운데 도움이 될 만한 이야기를 해주는 사람도 없었다. 상해사건이라 경찰도 움직였지만 아무리 설득해도 마유가 입을 열지 않았다. 결국 범인을 찾아내지 못한 채 흐지부지 사건이 종결됐다.

입원 중은 물론이고 퇴원해서 집에 돌아가서도 마유는 아무런 말도 하려 하지 않았다. 그리고 두 번 다시 등교하는 일 없이 중학교를 졸업했다. 집에서 한 걸음도 나갈 수 없는 상황이라서 고등학교 진학 등도 무리였다. 사건으로부터 2년 이상이 지나서야 마유는 겨우 밖을 걸어 다닐 수 있게 돼 아파트 근처의 빵 가게에서 아르바이트를 시작했다.

어느 날 그 빵집에 마유에게 린치를 가한 여학생 한 명이 모습을 나타냈다. 고등학교 교복을 입고 있어 언뜻 보기에 성실해 보이는 여학생은 마치 아무런 일도 없었던 것처럼 마유에게 친하게 말을 걸면서 빵을 몇 개 사 갔다. 마유는 겨우 시작한 아르바이트인지라 그런 일로 그만두고 싶지는 않았다. 그 여학생은 그 후 자주 가게를 찾아왔기에 마유도 조금씩 이야기를 나누었다. 집에서 엄마와도 좀처럼 말을 하지 않는 마유에게 그 여학생은 유일한 대화 상대였다. 자신을 상처 입힌 사람에게 의존하는 일은 언뜻 생각하기에 기이하게까지 보이는 행위다. 하지만 가쓰야는 그런 관계를 이해할 수 있을 것 같은 기분이 들었다.

여학생이 빵집을 찾아온 지 3달 정도 지난 어느 날 밤이었다. 마유가 아르바이트를 끝내고 집으로 가는 길에 여학생이 기다리고 있었다. 함께 가자는 권유를 뿌리치지 못하고서 패스트푸드점에 따라 들어갔다. 조금 지나자 남자 둘과 여자 하나가 들어왔다. 셋 다 사건 당시에 현장에 있던 한 패였다. 마유의 옆자리에 남자 하나가 앉더니 "잘 부탁할게." 하고 귓가에 속삭였다. 몸을 꽉 눌러 목소리를 내는 것은 물론이고 미동도 할 수 없었다. 마유는 그 상태로 건너편 자리에 앉은 여자와 옆자리에서 의자를 가져와 앉은 남자를 봤다. 사복 차림이라서 3명 모두가 고등학교에 다니고 있는지는 알 수 없었다. 셋 다 불량한 옷차림을 하고 있지도 않아 주위에서 보기에는 어디에나 있는 고등학교 친구들로밖에 보이지 않을 터였다.

옆에 앉은 남자가 "오늘은 기념사진을 보여주고 싶어서 왔어." 하고 말하면서 2장의 사진을 마유의 앞에 놓았다. 다리 사이로 피를 흘리며 위를 보고 누워 있는 사진과, 남자의 성기를 입에 넣고 있는 옆모습 사진이었다. 마유의 얼굴이 굳어지며 창백해져 가자 남자는 마유의 등에 손을 두르면서 "소란 떨지 마." 하고 속삭였다. 남자는 사진을 겹쳐 상의 주머니에 넣었다. "사진은 이것 말고도 많아. 괜찮으면 앞으로 한 장씩 사주지 않을래?" 하고 건너편 좌석에 앉은 여자가 웃는 얼굴로 말했다.

다음 날 마유는 히가와 만났다. 그 후 무슨 일이 벌어졌을지는 뻔했다. 전화방이나 투샷다이얼에서 남자를 상대해 번 돈으로 사진을 한 장 한 장 샀다. 하지만 추가로 인화를 하면 사진은 얼마든지 또 만들 수 있다. 그러는 사이에 시너나 약물을 권하는데 거기에 손을 대면 수렁에 빠져 드는 길뿐이다. 마유의 엄마도 반쯤 정신이 나가 유타[19]를 사고 남자에게 빠져 살아서 마유를 돌볼 생각조차 없어졌다.

가쓰야는 여자의 이야기를 들으면서 마유가 사진을 찍힌 그 시점부터 히가가 관여하고 있던 것이 아니었을까 하고 생각했다. 좁은 섬 안에서 지연이나 혈연관계가 적고 고립된 가정의 여자가 이런 범죄의 표적이 된다. 히가가 늘 하던 말이기도 했다. 히가는 사건 후 마유의 가정 상황이나 엄마의 성격, 경제 상태, 친척 관계까지 모두 알아보고 일을 추진했을 것이다.

여자는 마유의 성기에 돌을 가득 밀어 넣는 장면이 꽤나 마음에 들었는지 두 번이나 이야기했다. 그 장면을 상세하게 묘사하는 여자의 말투 때문에 가쓰야는 운전을 하면서도 마음의 술렁임을 참을 수 없었다. 백미러로 보이는, 짙은 립스틱을 바른 입술을 면도칼로 그어버리고 싶었다. 노출된 하복부 안으로 들어가는 차가운 돌을 상상하는 것만으로도 분노가 치밀어 올랐다.

19 무당.

"그게 그렇게 마음에 든단 말이지. 그러면 너한테도 해줄까?"

히가가 그렇게 말하자 여자는 입을 다물었다. 여자는 두려움에 떨며 히가에게 작은 목소리로 용서를 구했다. 마쓰다가 손등으로 갑자기 여자의 얼굴을 후려쳤다. 여자는 손수건으로 얼굴을 감싸고 울음소리가 새어 나가지 않도록 목적지에 도착할 때까지 고개를 숙인 채 몸을 웅크리고 있었다.

2시간 가까이 지나자 마유는 호텔 주차장까지 걸어서 나왔다. 가쓰야는 전화가 오지 않아 초조하게 기다리고 있다가 차를 향해 걸어오는 마유의 앞으로 이동해서, "어서 타." 하고 큰소리로 화를 냈다. 조수석에 탄 마유는 멍한 표정으로 앞을 바라봤다. 가쓰야는 50미터 정도 차를 몰고 가서 사이드미러로 호텔 앞을 확인할 수 있는 위치에 차를 세웠다.

"야 남자는 어디 있어?"

남자의 차를 타고 함께 나오지 않은 이유를 물었지만 마유의 눈은 금방이라도 감길 것 같았다. 시트에 기대 금방이라도 잠에 빠져들려는 것 같았다. 가쓰야는 마유의 목에 전에는 없던 보랏빛 멍이 생겼음을 알아차렸다. 양쪽 손목에는 끈으로 묶인 듯한 자국이 보였다. 목에 생긴 멍을 자세히 들여다보니 손가락 자국 모양이었다.

"무슨 짓을 당한 거야?"

가쓰야는 마유의 턱을 손으로 잡아당겨 자기 쪽을 보게 했지만 그녀는 초점 나간 눈으로 바라볼 뿐 대답조차 하려 하지 않았다. 손등으로 뺨을 때리며 "남자는 호텔 안에 있어?" 하고 묻자 "빨리 가는 게 좋아." 하고 가느다란 목소리의 대답이 들려왔다. 무슨 뜻이냐고 되물으려 할 때 마유의 청바지 주머니에 삐져나와 있는 노란색 플라스틱을 발견했다. 가쓰야가 손을 뻗자 마유는 조금 저항하는 기색을 보였다. 가쓰야는 마유의 얼굴을 봤다. 희고 바싹 마른 입술이 살짝 움직였지만 뭘 말하려는지 알 수 없었다. 가쓰야는 주머니에 삐져나온 플라스틱을 손가락으로 집어 빼냈다. 노란색 플라스틱 손잡이는 끈적거렸다. 딱딱 하는 소리를 내면서 커터 칼의 날을 빼내자 새것처럼 보이는 날에 끈적끈적한 피가 묻어 있었다. 손을 펴보니 손잡이 부분에도 피가 달라붙어 있었다.

"이걸로 당한 거야?"

그렇게 말한 순간 완전히 다른 생각이 뇌리를 스쳤다. 살짝 열린 마유의 눈은 빛을 잃어 생기가 없었다. 가쓰야는 마유의 다갈색 눈동자 깊은 곳에 다른 생물이 숨어 살며 자신을 바라보고 있는 것만 같았던 전날의 경험을 떠올렸다. 커터 칼을 기어 앞 부속함에 두고서 화장지로 손을 닦은 후 차를 몰았다. 따라오는 차가 없는지 주의하면서 500미터 정도 떨어진 매립지 안쪽까지 들어가 알루미늄 새시로 만든 공장의 담 근처에 차를 세웠다. 담장이 햇볕을 차단하고 길이 곧게 뻗어 전후의 전망이 탁 트여 있다. 30미터 정도 떨어진 기슭막이 위에 작은 개를 데리고 가는 여자가 보였다. 가쓰야는 괜찮다고 판단하고서 시트에 기대 눈을 감고 있는 마유의 어깨를 흔들었다. 마유는 께느른한 상태로 몸을 일으키더니 천천히 눈을 떴다.

"호텔 방에서 뭔 일이 있었던 거야?"

마유는 무표정한 얼굴로 앞을 바라보며 아무런 대답도 하지 않았다.

"뭐라고 말 좀 해봐, 응?"

계기판을 치면서 호통을 쳐도 공허한 눈초리가 돌아왔다.

"약을 너무 해서 뇌수가 다 녹은 거야? 이제 말도 못 해?"

어깨를 잡아 흔들자 마유의 눈동자 깊숙한 곳에서 무언가가 움직이는 기색이 느껴졌다. 축 늘어져 있던 오른손이 부속함에 들어 있는 커터 칼로 뻗어갔다. 가쓰야는 즉시 몸을 피했다. 젖힌 상반신을 따라 뻗어오는 오른손 끝의 은색 칼날이 반원을 그렸다. 오른쪽 뺨에 불에 덴 것 같은 통증이 느껴졌다. 가쓰야는 다 뻗은 마유의 오른손을 붙잡고서 손목을 비틀어 올려 운전대로 내리쳤다. 커터 칼이 가쓰야의 발아래로 떨어졌다. 갑자기 힘이 빠진 마유의 목을 붙잡아 문에 박고 뒤통수를 유리창에 찧자 마유는 머리를 감싸 안고 웅크렸다. 일으켜 세워 패려고 주먹을 쥐었다가 겨우 참았다. 마유의 움직임에 주의하면서 뺨을 만졌다. 손바닥에 달라붙은 피는 많지 않았다. 휴지로 뺨을 누르고서 마유의 머리카락을 쥐고 얼굴을 젖혔다. 얼굴을 감추는 손을 뿌리치고서 턱을 잡아 시트에 밀착시키고 꽉 눌렀다.

"지금 뭐 하자는 거야. 뒈지고 싶어? 어!"

초점이 잡히지 않는 눈동자 깊숙한 곳에 무언가의 자취가 여전히 어른거리고 있는 것 같았다. 마유의 손이 헤매는 것처럼 움직이며 바닥에 떨어진 커터 칼날을 잡으려 한다는 것을 깨달은 가쓰야는 마유의 명치를 주먹으로 갈겼다. 몸을 꺾고 신음하는 마유로부터 눈을 떼지 않은 채 커터 칼을 집어 들고 차 밖으로 나갔다.

어느새 개를 산책시키고 있던 초로의 아주머니가 수 미터 앞까지 다가오더니 차 쪽을 보고 있었다. 가쓰야와 눈이 마주치자 허둥대며 되돌아갔지만, 슬며시 시선을 향하고 있는 모습을 보니 전부터 지켜보고 있었던 것 같았다. 공장 주위에 아파트가 몇 개 있으니 거기 사는 주민일 것이다. 가쓰야는 빨리 움직이는 편이 좋다고 생각해 기슭막이 위로 올라가서 테트라포드(tetrapod)[20] 건너편 바다에 커터 칼을 내던지고 차로 돌아왔다. 뺨에서 목덜미까지 흘러내리고 있는 피를 휴지로 훔치고서 웅크리고 있는 마유의 머리카락을 잡아 일으켜 세웠다. 코피가 흐르고 있어서 "얼굴을 닦아." 하고 말하며 갑휴지를 건넸다. 가쓰야는 마유가 휴지로 얼굴을 누르고 있자 "잠이나 자." 하고 내뱉듯이 말하면서 차를 다시 몰았다.

아파트로 돌아와 주차장에 차를 세우고서 지켜보는 주민이 없는지 확인한 후에 마유를 데리고 나왔다. 웅크리려는 것을 발로 차 일으켜 세워 방까지 걸어가게 했다. 1층에 살고 있는 주부가 갑자기 문을 열더니 계단을 올라가려 하는 가쓰야와 마유를 봤다. 이거 곤란한데 하고 생각했지만 뾰족한 수가 없었다. 가쓰야가 노려보자 주부는 허둥대며 안으로 들어가더니 문을 닫았다. 스파이홀(Spyhole)을 통해 밖을 보고 있을 것

20 호안용 콘크리트 블록.

이 틀림없다. 경찰에게 신고하지는 않겠지만 이웃에 소문이 퍼질 것을 생각하니 마음이 찌무룩해서 견딜 수 없었다. 가쓰야와 마유 모두 피는 멈췄지만 옷에 피가 묻어 있었다.

팔을 붙잡고 계단으로 끌고 올라가 문을 열어 집안으로 내던졌다. 마유는 부엌 바닥에 얼굴과 가슴을 부딪친 후 가냘픈 신음을 흘리며 몸을 구부렸다. 그 움직임이 지금까지 참고 있던 분노의 꼭지를 돌렸다. 집안으로 들어가서 태아처럼 몸을 둥글게 말고 있는 마유의 넓적다리를 발끝으로 찼다. 몸이 밀려가자 넓적다리를 감싸려는 마유의 손을 발로 물리치고 계속해서 찼다. 손발로 기어서 도망치려는 엉덩이의 움푹 팬 곳을 발끝으로 푹 찌르듯 차자, 마유는 싱크대 미닫이에 머리를 부딪쳤다. 미닫이가 부서지며 나는 큰소리에 너무 심하게 때리면 안 된다는 생각을 하고 제정신으로 돌아왔다.

가쓰야는 엎드려 누워 몸을 비비 꼬고 있는 마유의 모습을 계속 보고 있으면 화가 더 치밀어 오를 뿐이라 생각해 방으로 들어가 수건을 꺼내 욕실로 들어갔다. 상의를 벗고서 거울에 오른쪽 뺨의 상처를 확인했다. 귀에서 코 쪽으로 나 있는 상처는 4센티미터 정도였다. 피는 멈춰 찰과상 정도였으나 바로 피하지 않았다면 경동맥을 당했을지도 모른다. 화가 다시 치밀어 올라 마유를 때리고 싶은 충동을 간신히 참았다.

미닫이보다 높게 얼굴을 들어 바닥에 엎드린 채 쓰러져 있는 마유를 보고 있자니 호텔에서 일어난 일이 눈에 선했다. 마유의 흰 손이 활 모양을 그리자 커터 칼날이 남자의 피부에 가서 박힌다. 목을 움켜쥐고 당황하며 마유를 보고 있는 남자. 손가락 사이로 흘러넘치는 따뜻한 피를 느끼면서 무슨 일이 벌어진 것인지 깨닫는다. 남자가 움직이기도 전에 반대편에서 수평으로 날아든 칼날이 남자의 안구를 가른다. 목덜미부터 온몸에 한기가 뻗어간다. 그저 공상이라 생각하며 겁쟁이 같은 자신을 비웃으려 했지만 평상시처럼 자조할 수만은 없었다. 가쓰야는 신중하게 얼굴을 닦고서 수건을 짜 상반신을 닦았다. 상처에서 다시 피가 새어 나오기 시작해 수건으로 눌러 피가 멈추기를 기다렸다.

부엌으로 돌아와 냉장고에서 캔 맥주를 꺼내 마셨다. 녹물 같은 맛이 나 반도 마시지 못하고 싱크대에 따라 버린 후 마유의 등에 캔을 집어던졌다. 검은색 비닐봉지로 끈을 만들어 마유의 손을 뒤로 묶었다. 발목을 묶고서 피를 닦은 수건으로 재갈을 물렸다. 마무리를 하기라도 하듯 옆구리를 발로 차자 마유는 벌레처럼 몸을 구부렸다. 그제야 웃음이 나왔다. 머리카락을 잡아 고개를 들게 하고서 "눈을 떠." 하고 몸을 흔들었다. 얇게 열린 눈 깊숙한 곳에서는 아무런 움직임도 느껴지지 않았다. 손을 놓자 이마가 바닥에 부딪치는 소리가 났다.

가쓰야는 옷을 갈아입고 밖으로 나가 근처 약국에서 소독약과 탈지면을 사 왔다. 욕실에서 거울을 보며 상처를 치료했다. 처음에는 거즈를 잘라 얼굴에 붙였지만 보기 흉해 벗겨냈다. 소독만 하고 바깥 공기에 노출시켰는데 상처 자국이 남아도 상관없다고 생각했다.

차에서 가져온 카메라에서 필름을 꺼내 파기했다. 호텔에서 무슨 일이 있었는지는 모르지만 만약에 사건이라도 터졌다면 증거가 될 만한 것을 남기지 않는 편이 좋다고 생각했다. 마유를 본 남자의 표정이 눈에 그려졌다. 그때 남자로부터 느꼈던 불쾌감이 되살아났다. 남자가 마유에게 폭력을 휘두른 것이라면 그래도 괜찮았다. 하지만 남자의 신상에 무슨 일이라도 생겼다면 어떻게 될까. 마유가 무슨 일이 있었는지 말하지 않는 한 알 수 없기에 모든 것이 억측에 불과해 무슨 생각을 하던 소용이 없었다. 현재 마유의 상태를 보면 무슨 일이 있었는지 이야기를 들을 수 있을 것 같지 않았다. 부엌에 엎드려 누워 있는 마유를 보니 자신이 무슨 짓을 했는지 기억조차 하지 못할 것 같았다.

어째서 이런 여자한테 휘둘려야만 하는 것일까? 부엌 바닥에 얼굴을 박고서 눈을 감은 채 움직이지 않는 모습을 보고 있자니, 아래위로 등이 전혀 움직이지 않는다면 죽은 사람으로 착각해도 이상하지 않아 보였다. 묶인 양 손발 앞쪽은 피가 통하지 않아 창백했다. 가쓰야는 이틀 연속으로 일어난 트러블이 무엇을 의미하는지, 어찌 대처하면 좋을지를 생각하려 했지만 흥분이 가라앉지 않아 머릿속이 혼란스러웠다.

가쓰야는 마유를 부엌 바닥에 방치한 채로 다시 외출했다. 차를 타고 58호선 연도에서 가장 가까운 파친코에 들어갔다. 달리 마음을 달랠 좋은 수단이 떠오르지 않았다. 2시간 정도 슬롯머신을 하자 수중에 남아 있던 2만 엔을 다 써버렸다. 더욱더 우울한 기분에 젖은 채로 밖으로 나왔다.

58호선을 북상해 올라가 기노완 시에 도착할 때까지 파친코 가게 안의 방송이나 머신에서 나오는 음향이 귓가에서 떠나지 않았고, 회전하는 드럼에 새겨진 도안과 점멸하는 램프가 눈앞에 어른거렸다. 담배와 먼지 냄새가 머리카락과 옷에 배어 차 안 공기를 더럽히고 있었다. 뺨의 상처가 쑤시기 시작하더니 열이 나자 피가 다시 흘러내릴 것 같은 기분이 들었다. 하지만 손가락 끝으로 상처 부위를 만져 보아도 아무것도 묻어 있지 않았다. 그런데도 피가 번지는 듯한 감각은 사라지지 않았다. "아무짝에도 쓸데없는 년이." 하고 욕설을 퍼부으면서 철조망 건너편 풍경을 바라봤다. 해질녘 불이 켜진 미군 주택을 보자 히가를 태우고서 오키나와 시로 향해 갔던 전날의 기억이 되살아났다. 이틀 동안 신문도 텔레비전도 보지 않아서, 미군에게 폭행당한 소녀 사건이 그 후 어떻게 됐는지 알 수 없었다. 라디오 전원에 손을 뻗었다가 그만뒀다. 아주 약간의 자극에도 과잉된 반응을 할 것 같은 자신을 경계했다.

후텐마(普天間) 삼차로에서 우회전하면 바로 있는 스낵 술집 주차장에 차를 세우고서 가게로 들어갔다. 문에 달려 있는 종이 딸랑딸랑하며 귀에 거슬리는 소리를 냈다. 손님에게 식사를 서빙하고 있던 긴죠(金城)가 가쓰야를 보더니 웃음을 띠며 주방에 말을 걸었다. 긴죠는 고등학교를 중퇴하고 아르바이트를 2년 이상이나 계속하고 있다. 점원에게 무섭게 구는 엄마 가게에서 어떻게 오랫동안 아르바이트를 할 수 있는지 신기했다. 그녀는 금발로 염색을 했고 화장도 짙었지만 겉보기와는 다르게 온순해서 가쓰야가 말을 걸면 얼굴이 금방 붉어질 정도로 순박한 구석이 있었다.

주방에서 나온 구시로(久代)가 가쓰야의 얼굴을 보더니 카운터에서 몸을 쑥 내밀면서 말을 걸었다.

"얼굴에 그 상처는 뭐야. 왜 그랬어?"

"뭐가? 별거 아니야."

"별거 아닌데 왜 그런 상처가 생겨?"

"아무 일도 아니라니까 그래. 그보다 배고프니 뭐라도 좀 줘."

가쓰야는 자신의 얼굴로 뻗어오는 엄마의 손길을 뿌리쳤다. 구시로는 걱정되는 듯이 보고 있다가 "부모를 슬프게 해선 안 돼." 하는 말을 남기고서 주방으로 돌아갔다.

가쓰야는 가로로 긴 자리에 앉아 가게 안을 바라봤다. 마주 보고 앉을 수 있는 소파가 놓인 탁자가 15개 있었는데 그중 3분의 1 정도에 손님이 앉아 있었다. 모든 자리에 포커나 화투 게임기가 놓여 있어서 모든 손님이 둘 중 하나를 했다. 게임기에는 각각 번호가 매겨져 있었고, 벽에는 각 게임기에서 나왔던 광(光), 열(閲), 단(短), 피(皮) 등의 일람표가 매달 붙어 있었다. 가쓰야는 경찰 단속을 생각해 떼라고 잔소리를 했다. 하지만 구시로는 손님 수에 따라 일람표를 직접 만들어 오히려 자랑스레 보여줬다. 아마도 단골손님 중에 경찰관 가족이 있거나 경찰서 내부의 옛 친구에게 손을 써둔 것이라고 생각했다. 구시로와 같은 이도(離島)[21] 출신자 중에는 폭력단과 경찰관이 많다.

구시로의 가게는 밤에 맥주도 팔았지만, 아와모리나 가라오케가 없어서 게임기를 하러 오는 손님만으로 돈을 벌고 있었다. 24시간 영업을 해

---

21 오키나와는 여러 섬으로 이뤄져 있는데 미야코 섬이나 이시가키 섬 출신은 본섬에서 차별의 대상이었다.

서 낮에는 미군에게 군용지를 대여한 돈으로 먹고사는 녀석들이나, 대학생, 주부들이 놀러 왔고, 저녁에는 퇴근길에 들른 샐러리맨이나 작업복을 입은 노동자가 식사를 하는 김에 놀다 갔다. 자정 무렵이면 가게를 닫은 파친코에서 나온 손님이, 새벽 3시 무렵이면 스낵에서 퇴근한 여자들이 왔다. 이른 아침 2, 3시간을 제외하면 손님이 끊이지 않았다. 식사를 하러 온 손님 중에는 그 참에 1, 2시간 놀다 가는 손님도 있었고, 매일 5, 6시간 이상 게임기에 완전히 빠져 있는 손님도 있었다. 음식이 맛있어서 택시 기사나 근처에 혼자 사는 사람들이 자주 왔지만, 게임기만으로도 돈을 꽤 벌고 있음이 틀림없었다.

구시로는 중학교를 졸업한 후 섬을 떠나 친척 집에서 하숙 생활을 하며 나하 시에 있는 고등학교에 다녔다. 졸업한 후에는 직장을 좀처럼 찾지 못해 파친코나 식당 등을 전전해서 집에 돈을 보내줄 정도의 수입도 얻지 못했다. 어쩔 수 없이 당시 베트남전쟁으로 경기가 좋았던 코자(コザ) 시[22]로 옮겨가 스낵 술집에서 일하게 됐다. 그곳에서 소신(宗進)과 만났다. 미군이 달러를 뿌리고 다니던 시절이라, 오키나와인 손님은 제대로 된 대접을 받지 못했는데 소신만은 달랐다. 가게 여자들 대부분이 소신의 비위를 맞추려 했다. 소신이 코자에서도 굴지의 자산가 집안 장남임을 곧 알게 됐다. 하지만 그것으로 구시로의 마음이 흔들리는 일은 없었다. 구시로는 제대로 된 일도 하지 않고 부모님 돈으로 술을 퍼마시고

22 현재의 오키나와 시.

다니는 방탕아[23] 주제에 하고 생각하며 그를 가볍게 경멸할 뿐이었다.

그런 소신에게 관심을 갖게 된 것은 그가 불과 29살인데도 부동산 업계에 발을 내딛고 정력적으로 일하는 모습을 봤을 때부터다. 소신은 결코 부모에게 얹혀살며 응석을 부리는 남자가 아니었다. 구시로는 그가 사업 상대를 가게로 데려와 대화를 나누는 모습을 슬며시 관찰했다. 소신은 젊은 나이임에도 실력을 인정받고 있었다. 소신의 데이트 신청을 받고서 교제를 시작한 것도 그런 모습을 평가해서였지 결코 타산이 밝아서가 아니었다. 구시로는 그렇게 생각했다. 하지만 주변에서는 그런 식으로 보지 않아서 같이 일하는 사람들의 엄부럭[24]이 지독해져 가게를 그만둘 수밖에 없었다. 소신이 "경제적으로 곤란할 일은 없을 거요." 하고 말했지만 구시로는 남자에게 의존해 자립심을 잃고 싶지 않았다. 하지만 소신의 열의에 눌려 함께 살게 됐다. 구시로가 25살, 소신이 31살 때다.

결혼한 후 15년 정도는 4명의 아이를 키우며 근처에 살고 있는 시부모의 시중을 들고 주위 친척들과의 교제에 쫓겨 전업주부로 살 수밖에 없었다.

그러다 어느 날부터 가데나 미군기지 제2게이트 근처 아파트에 스낵 술집을 내 그 일에 열중하게 됐다. 잔소리가 심했던 시엄마가 돌아가셔서 가능한 일이었지만 그보다 더 큰 이유가 있었다. 가쓰야가 그 이유를 알게 된 것은 고등학교에 입학한 후였다. 구시로가 술집을 내기 1년 전

---

23 아시바.
24 심술.

에 소신의 내연녀가 남자아이를 낳았다. 결혼한 후에도 외도가 끊이지 않았던 소신에게 구시로도 정나미가 떨어져 "집에 돌아오기만 해." 하고 말하게끔 됐다. 하지만 혼외 자식까지 만들자 더 이상 참을 수 없었다. 언쟁도 단순히 사랑싸움으로만 끝나지 않았다. 소신은 구시로에게 폭력을 휘두르지는 않았다. 하지만 싸울 때마다 살림이 부서져 집안이 순식간에 난장판으로 변했다. 그러는 사이 소신은 내연녀의 맨션에 들어가 살게 됐고 아예 그곳에서 회사 사무실로 출근하기 시작했다.

가쓰야는 소학생 무렵부터 부모님의 말다툼을 봐왔던지라 중학생 무렵에는 부모님 사이를 어느 정도 짐작하고 있었다. 다만 엄마가 스낵 술집 경영에 집중한 이유에 대해서는 고등학생 때 둘째 형이 말해줘서 겨우 알게 됐다. 그때까지는 자신에게 남동생이 있다는 사실조차 알지 못했다.

내연녀와의 생활을 묵인해주는 조건으로 구시로는 스낵 술집을 열 수 있을 정도의 돈을 받아냈다. 이혼을 해서 군용지 대여료를 포함한 집안 재산을 그 여자의 입안에 털어 넣어줄 의향은 터럭만큼도 없었다. 그렇다 해도 소신의 돈으로 입에 풀칠하는 처지도 참을 수 없었다. 만일의 경우에 대비해 자신의 자산을 만들고 싶었고 무엇보다 자신의 사업을 하고 싶다는 야심에서 남편과 거래를 했다.

그렇게 구시로가 술집을 궤도에 올려놓기 위해 필사적으로 노력하고 있을 무렵, 가쓰야는 중학교에 들어갔고 졸업을 했다. 어기찬 성격의 구시로는 자신의 사업이 부자의 심심풀이 소일거리로 보이는 것을 참을 수 없었다. 다른 술집 이상으로 번성해서 밑천으로 받은 돈을 언젠가 남편에게 돌려줄 작정이었다. 그랬던지라 하루 종일 일에 매달리는 바람에 아들인 가쓰야가 중학교에서 무슨 일을 당하고 있는지 알 길이 없었다. 가쓰야는 그런 부모님을 포기했다.

가쓰야는 엄마 구시로가 고생했던 이야기를 어린 시절 자주 들었다. 가쓰야는 그 이야기를 반복해 들으며 텔레비전에서 본 복귀 전 코자의 풍경과 엄마를 겹쳐보면서 젊은 시절 엄마의 모습을 상상하고는 했다. 하지만 엄마가 그런 이야기를 해주는 것도 중학교에 들어가기 전에 끝났다. 엄마도 학교에서 무슨 일이 있었는지 물어보지 않았고 집에서 얼굴을 서로 맞대지 않는 나날이 이어졌다. 가쓰야가 학교에서 돌아올 무렵 구시로는 출근했고 늘 새벽녘에 귀가했다. 등교 시간에는 엄마가 자고 있어서 누나가 식사를 준비해줬다. 두 형은 아직 집에 있었지만 제대로 대화를 나누는 가족은 3살 위의 고등학생인 누나 히토미(仁美)뿐이었다. 하지만 히토미도 2학년이 된 후 자주 외박을 하게 되면서 그마저도 확 줄었다.

가쓰야는 가족 안에서 자신이 잊히고 있음에 쓸쓸함과 분함을 느끼면서도 이도 출신으로 온갖 고생을 다한 끝에 염원하던 자신의 가게를 마침내 열게 된 엄마의 마음을 헤아렸다. 엄마는 가쓰야가 소학교에 다닐 때부터 자신의 가게를 열고 싶다는 뜻을 몇 번이고 들려줬다.

침대 이불 속에서 새벽녘 돌아온 엄마가 샤워하는 소리를 들으며 학교에서 벌어지고 있는 일을 이야기할까 망설인 적도 있다. 강한 체했지만 내심 엄마가 눈치채주기를 바랐다. 하지만 엄마는 잠든 가쓰야의 방을 들여다보지도 않았다. 가쓰야가 중학교에 들어가자 자신의 손을 떠난 자식이라고 생각하고 있었는지도 모른다. 가쓰야에게 엄마의 그런 태도는 무관심으로밖에 보이지 않았다. 우연이라도 좋으니 등이나 배, 허벅지에 난 출혈 자국을 보고서 학교로 와 목소리를 높여 혼을 내고 선생님께 울며 호소하기를 바랐다. 하지만 그런 일은 결국 일어나지 않았다.

뭐 그런 건 이제 아무래도 좋다. 가쓰야는 고등학교를 1학년 3학기[25]에 중퇴하면서 그런 마음이 들었다. 얼마 안 있어 집을 나와 나하 시내에 있는 아파트에 혼자 살게 된 후부터는 엄마 집에도 잘 가지 않게 됐다. 두 형은 아버지가 사업하는 아파트 한 채에 관리인 명목으로 입거했고, 누나도 본토에 있는 단기대학에 들어갔다. 엄마도 잠만 자러 집에 들를 뿐이었다. 아무도 맞아주는 사람 없는 집이었지만 구석구석에서 솟아나는 기억과 시간에 가쓰야는 애를 먹었다.

구시로는 가데나 미군기지 게이트 근처에 연 스낵바가 궤도에 오르자 후텐마 삼거리 부근에 문을 닫은 찻집을 찾아냈다. 그녀는 그곳을 빌려 24시간 영업하는 오락실 찻집을 개업했다. 개업 자금의 반은 남편인 소신에게 받아냈지만 영업에는 조금도 관여하지 못하게 했다. 본래 소신도 그럴 마음이 전혀 없었다. 소신도 구시로가 운영하는 스낵바의 평판을 들었던 터라, 손님 장사는 자신보다 그녀가 위라고 간살을 떨었다. 구시로도 남편이 조금이라도 생색을 내보려는 속마음을 뻔히 들여다보

25 일본의 초중고는 트라이메스터제를 실시한다.

고서 그것을 이용한 셈이다.

낮에는 후텐마의 오락실 찻집을 관리하고 밤에는 오키나와 시의 스낵
바로 일하러 갔다. 오락실 찻집은 야간에 2살 아래 동생인 세이지(誠治)
에게 맡겼다. 구시로는 새벽 4시 무렵에 스낵바를 닫고 다시 찻집으로
가서 정산을 했다. 도대체 언제 잠을 잘까 걱정이 들 정도의 활동량에
모두가 질려 했다. 그런 생활을 하면 몸을 망친다고 가쓰야와 히토미가
몇 번이고 잔소리를 해도 구시로는 웃음을 지을 뿐 무시했다. 그녀는 자
신의 내면과 가족의 현 상황을 똑바로 응시하는 것에서 도망쳐 끊임없
이 움직이며 일에 쫓겨 살고 있었다. 가쓰야는 그런 생각을 입 밖에 내
뱉지는 않았다. 그렇게 말한다 해도 아무것도 변하지 않으리라는 사실
을 잘 알고 있었기 때문이다.

가쓰야가 엄마 가게에 온 것은 한 달 만이다. 구시로는 아들을 위해 손
수 야채볶음을 만들었다.

"카레라이스면 되는데."

"밥은 매일 잘 챙겨 먹니? 외식이라도 좋으니 야채를 꼭 챙겨 먹어야
해."

구시로는 그렇게 말하고서 가쓰야가 밥 먹는 모습을 즐거운 듯 바라
봤다. 그릇에 담은 요리가 반쯤 줄어들자 구시로는 부엌에서 아이스커
피를 만들어 왔다. 유선방송에서 흘러나오는 음악 사이로 게임기 버튼
을 두드리는 소리가 섞여 있었다. 소파 사이를 뛰어다니는 아이들이 멈
춰 서서 가쓰야를 바라봤다. 4살 정도의 애니메이션 캐릭터 인형을 손

에 든 여자아이가 미소를 짓고 있는 가쓰야를 신기한 듯 눈을 크게 뜨고 쳐다봤다. 가쓰야는 그 표정이 귀여워서 자신이 진심 어린 미소를 짓고 있음을 깨달았다. 조금 떨어진 소파에서 여자아이의 엄마가 소리를 높이더니 아이를 게임기 옆에 세워놓고 큰소리로 꾸짖었다. 아이 엄마는 갈색 머리카락을 뒤로 묶고 있었는데 이제 겨우 23, 24 정도밖에 돼 보이지 않았다. 엄마의 험악한 표정에 여자아이는 금방이라도 울음을 터뜨릴 것만 같았다.

'씨발년이.'

가쓰야는 마음속으로 중얼거리고는 여자아이에게서 시선을 돌렸다. 가게 안에는 아이들을 데리고 온 주부나 가족이 늘 있다. 그중에는 젖먹이 아이를 소파에 재워둔 채 몇 시간이고 게임에 빠져 있는 젊은 부부도 있었다. 지루하게 앉아서 잠시는 기다릴 수 있겠지만 오랜 시간 참을 수 있는 아이가 있을 리 없다. 부모가 게임에 열중하고 있는 동안 아이들이 가게 안을 뛰어다니다가 불려가서 혼이 나는 모습을 자주 봤다. 그런 상황을 볼 때마다 가쓰야는 분노가 치밀어 올랐다. 담배 연기가 가득 찬 곳에 자기 아이를 몇 시간이고 방치하다니 있을 수 없는 일이다.

여자아이는 혼나는 것에 익숙한 모양인지 엄마 무릎에 얼굴을 묻고서 아양을 떨기 시작했다. 게임에 푹 빠진 여자의 얼굴에 화투 화면이 비쳤다. 여자아이는 몸을 일으키더니 엄마의 맞은편에 자리를 잡고는 눈앞에 있는 인형에게 말을 걸었다. 가쓰야는 카운터 석으로 몸을 돌리고 밥을 계속 먹었다. 여자아이가 자신의 미소가 아니라 뺨에 난 상처를 쳐다보고 있던 것이 아니었을까 하는 생각이 갑자기 들었다. 누그러진 마음이 차가워지더니 이내 뺨에 난 상처가 욱신거렸다. 구시로는 가쓰야가 무의식적으로 상처를 만지는 모습을 보며 말을 걸었다.

"왜 생긴 상처야?"

"그건 됐고 돈은 잘 벌려?"

가쓰야는 대답도 하지 않고 물었다.

"그저 그렇지. 그보다 누구랑 싸우다 상처 난 거 아니니?"

"싸우긴 누구랑 싸워. 그런 짓 안 해."

가쓰야는 시끄럽다는 시늉을 하며 대답했다.

"그렇다면 괜찮지만……."

못 믿겠다는 시늉을 하면서도 상처가 그리 깊지 않기에 구시로는 집요하게 묻지는 않았다. 그 대신 두 형에 대한 푸념을 늘어놓기 시작됐다. 가쓰야는 큰형인 무네타다(宗忠)와는 7살, 둘째 형인 무네아키(宗明)와는 5살, 누나인 히토미와는 3살 터울이다.

두 형은, 고등학교는 겨우 졸업했지만 무슨 일을 해도 오래 버티지 못해 지금은 아버지가 운영하는 아파트에서 관리인 일을 하고 있다. 관리인이라고 해도, 월세를 받거나 계약을 맺고 시설을 관리하는 등의 일은 아버지가 경영하는 부동산 회사에서 대행하기 때문에 쓰레기처리장을 정리하거나 주민들의 민원을 회사에 알리는 정도의 일을 할 뿐이다. 그러면서 두 형은 관리비 명목으로 아버지로부터 돈을 받았다. 형들은 그 돈으로 파친코를 밥 먹듯이 드나들어 그쪽이 오히려 직업처럼 보였다. 매일 단골 파친코가 문을 열기 전부터 가서 줄을 섰고 문 닫을 때까지 슬롯머신의 버튼을 두드렸다. 그렇게 하는데 어떻게 매달 적자가 나지 않는지 신기했다. 돈을 잃으면 아버지에게 쪼르르 달려가 용돈을 달라고 조를 것이 분명했다. 엄마에게 찾아가면 훈계를 들어야 하니 둘 다 아버지를 의지했다. 아버지는 두 형에게 한없이 물렀다. 부모와 자식 모두 자신의 약점을 피해 얼버무리며 적당히 봐주며 살아가고 있는 셈이다. 가쓰야는 그런 관계에 계속 혐오감을 품어왔다.

형들과 비교해 가쓰야는 어릴 적부터 아버지와 소원한 관계였다. 소학교에 올라갈 무렵 아버지와 엄마 사이가 험악해지면서 가족 여행도 별로 가지 않게 됐다. 소학교 2, 3학년 무렵부터 아버지는 집에 거의 없었고, 중학생 무렵에는 가끔 얼굴을 마주하는 정도였다. 그렇게 만나도 가쓰야는 아버지를 무시하는 태도를 보였다.

고등학교를 중퇴하고 집에서 나온 후부터 아버지와는 일 년에 몇 번 만나는 정도가 되었다. 정월이나 백중맞이, 청명제(淸明祭)[26] 때는 가족 모두가 한자리에 모였지만, 그 외에는 친척의 결혼식이나 제삿날이 아니면 만날 일이 없었다.

얼굴을 마주하면 아버지는 늘 몇 만 엔인가를 가쓰야에게 주려 했다. 네 형들에게는 훨씬 많이 주고 있으니 받아. 그렇게 말을 해도 가쓰야는 받지 않았다. 아무리 힘들어도 아버지에게 돈을 조르러 가지 않았다. 가쓰야가 소학교 5학년 무렵 아버지의 첩이 마사루(卓)라는 사내아이를 낳

26 4월 무렵 선조 공양일.

앉다. 아버지는 마사루를 누구보다 더 귀여워했다. 그 사실을 알게 된 가쓰야는 아버지가 자신을 가장 차갑게 대하며 형제 중에서도 자신을 가장 멀리한다는 생각을 품었다.

구시로가 두 형에 대한 푸념을 늘어놓은 뒤여서 가쓰야는 자신의 용건을 쉽게 꺼낼 수 없었다. 그는 아이스커피 잔을 손에 쥐고서 가까운 자리에 있는 게임기 화면을 바라봤다.

"아아 또 난리 브루스를 치고 있네."

구시로가 접시를 정리하면서 말했다. 가게 안쪽 벽 너머로부터 연설을 하고 있는 듯한 스피커 소리가 들려왔다. 인접한 고등학교 운동장에서 집회를 하고 있는 것 같았다.

"아무리 집회를 하고 데모를 해도 소용없어. 공무원은 참 한가해서 좋겠다."

구시로가 리모컨으로 카운터 안쪽에 있는 텔레비전을 켜더니 저녁 뉴스 프로그램을 틀었다. 옆 학교에서 벌어지고 있는 집회가 중계되고 있었다. 운동장에 눌러앉은 참가자가 두르고 있는 붉은색 머리띠에 기지 철거라고 쓰인 흰색 글자가 보였다. 클로즈업 된 40 전후의 남자가 은색 깃대를 쥐고서 단상의 발언자를 바라보고 있었다. 카메라가 시선을 좇으며 연설하고 있는 남자 위에 내걸린 횡단막 문구를 비췄다. 소녀를 폭행한 미군 셋을 규탄하는 집회였다.

"한밤중에 여자아이에게 심부름을 시키면 안 된다니까. 어린 미군들은 철이 없어. 부모가 좀 더 조심을 했어야지……."

구시로의 말에 그런 문제가 아니잖아 하고 가쓰야는 생각했지만 입 밖으로 내뱉지는 않았다. 군용지 대여료를 받아 기지의 은혜를 입고 있다는 사실에 양심의 가책을 느껴서 자신을 속이고 있을 뿐이잖아. 그렇게도 생각했지만 그런 부모의 돈에 의지하며 사는 주제에 대단한 말을 할 수 있을 리 없었다. 자신의 상황이 볼썽사납다고 생각했지만 히가의 얼굴을 떠올리자 번드르르한 말을 할 여유는 없었다.

"돈 좀 빌려줄래?"

텔레비전을 보고 있는 구시로에게 가쓰야가 말했다. 엄마한테 돈을 빌리는 것은 오랜만이다. 구시로는 가쓰야의 얼굴을 바라보다가 아무런 말도 하지 않고서 주방으로 들어갔다. 안쪽 방으로 들어가 지갑을 가져오려나 보다 하고 생각했다. 돌아온 구시로는 가쓰야 앞에 현금카드를 올려놨다.

"네 명의의 카드야. 두 형에게만 돈을 주지는 않아."

가쓰야는 은행명과 검은색 마그네틱 라인이 들어간 플라스틱 카드로 좀처럼 손을 뻗을 수 없었다. 엄한 얼굴로 자신을 바라보는 누나의 표정이 순간 떠올랐다.

부모님 돈에 의지해서 언제까지 그렇게 빈둥거릴 거야? 형들에게 아무렇게나 돈을 주는 아버지의 모습을 볼 때마다 히토미는 언제나 애를 태웠다. 그런 환경이 자신들을 망치는 것이라고 말했다. 절대로 형들을 흉내 내지 말라고도 했다. 고등학생 무렵부터 누나는 가쓰야에게 반복해서 말하며 타일렀다. 그 말을 떠올리자 꺼림칙함과 자기혐오가 마음에 퍼져갔다.

가족 중에서 가쓰야가 누구보다 신뢰하는 사람은 3살 위의 히토미였다. 히토미는 얼굴도 성격도 엄마와 닮았고 기가 세서 자기 할 말을 정확히 다 말했다. 가쓰야에게도 엄하게 말할 때가 많았지만 그것은 자신이 가쓰야를 돌봐줘야 한다는 의식의 발현이었다. 소학교에 입학하자 가쓰야는 누나의 손을 잡고 등교했다. 쉬는 시간이면 히토미는 가쓰야의 교실까지 가서 챙길 정도로 그를 귀여워했다.

특별히 축하할 일이 없는데도 용돈으로 손주에게 만 엔짜리 지폐를 아무렇지도 않게 건네는 조부모에게 이의를 제기한 것도 소학교 5학년 무렵의 히토미였다. 그 말을 듣고 조부모는 당황했지만 쓴웃음을 지을 뿐 전혀 태도를 바꾸지 않았다. 누나는 완고하게 용돈을 받으려 하지 않다가 두 형에게 욕을 얻어먹고 눈물을 흘렸다. 하지만 가쓰야는 그런 누나를 믿고 따랐다. 다만 그것도 중학교에 들어가 돈이 필요하게 되자 과거의 일이 돼 버렸다.

고등학생이 된 후 규슈의 단기대학에 진학해 학비와 생활비 모두를 스스로 해결하고 있는 누나를 따라 해보려 했다. 하지만 이미 몸에 밴 어리광을 좀처럼 극복할 수 없었다. 고등학교를 중퇴하고 홀로 아파트에서 생활하기 시작한 후부터는 선술집이나 주유소에서 아르바이트를 하며 생활비를 벌었다. 하지만 그렇게 번 돈은 뻔했다. 자동차 론을 체납하거나 유흥비가 불어나면 엄마 가게를 종종 찾아갔다. 일시적으로 빌리는 것뿐이야. 고리대금을 쓰는 것보다야 좋지 하며 자기합리화를 했지만, 그런 자신을 바라보는 누나의 눈빛을 의식하지 않을 수 없었다.

"이 카드에 늘 10만 엔을 채워 넣을 거야. 네 형들은 훨씬 더 많이 받아 가. 슬롯머신에다가 돈을 낭비하고 있을 뿐이지만. 그러니 사양하지 말고 가져다 써도 돼."

구시로의 말에는 될 대로 되라는 식의 울림이 있었다. 가쓰야는 손가락 끝으로 카드를 만지작거렸다. 약간의 망설임은 있었지만 가쓰야는 카드를 지갑에 넣었다.

"부모 돈에 너무 의지해서 형들처럼 되면 곤란해. 열심히 일하며 살아야 해."

가쓰야가 카드를 받아드는 모습을 본 구시로는 갑자기 걱정이 되는지 잔소리를 했다.

"너만 좋으면 여기서 주방 일을 좀 배워도 좋아. 한가한 시간에 와서 도와주면 큰 도움이 될 거야. 조금 익숙해진 후에 요리전문학교에라도 가면 더 좋겠지. 무언가 기술을 익히면 살아가는 데 큰 도움이 될 거야."

가쓰야는 그럴 마음이 없었지만 생각해볼게 하고 대답했다. 긴죠가 주저하며 구시로에게 말을 걸었다. 밀린 주문을 처리하러 구시로가 주방으로 돌아가자 가쓰야는 밖으로 나갔다.

가게 문을 열고 나가자마자 시끄러운 바깥 분위기가 가쓰야의 주위를 감쌌다. 미군기지 철조망 앞에 주차된 장갑차에서 대형 서치라이트가 빛을 발하고 있었다. 눈이 부셔서 엉겁결에 얼굴을 돌렸다. 도로를 따라 늘어선 순찰차의 붉은 등이 기동대원의 헬멧과 은색 방패에 반사됐다.

잠시 후 데모대가 지나가려는지 누군가가 장갑차에서 마이크를 잡고 방송했다. 1시간도 채 되지 않는 사이에 엄마 가게 앞의 풍경은 완전히 바뀌었다.

가쓰야는 차에 타는 것을 포기하고 삼차로 위의 육교로 걸어갔다. 계단을 올라가 육교 위에서 도로를 멀리 바라보니 자동차의 조명이 길게 늘어서 있었다. 뒤로 돌아서 반대 방향을 보니 기지 안에 있는 주택들에도 여기저기 불빛이 커져 있었다. 해질녘의 온화한 풍경을 뒤흔들며 경찰과 집회 참가자가 틀어놓은 스피커 소리가 반향해 울리고 있었다.

모자를 뒤집어쓰고 이어폰을 낀 남자 다섯이 육교 위에서 메모를 하거나 사진을 찍고 있었다. 그중 한 명이 수상하다는 듯 가쓰야를 보더니 옆에 있는 남자에게 무언가 속삭였다. 두 사람이 노려보는 것을 무시하고서 가쓰야는 정체된 도로를 바라봤다.

육교에서 5미터 정도 떨어진 곳에 있는 고등학교 교문 근처가 한층 더 소란스러워졌다. 그 앞에 멈춰 있던 경찰 차량이 천천히 움직이기 시작하더니 지붕에 마이크를 단 선전 차량이 교문 밖으로 나왔다. 그 뒤로 횡단막을 앞세우고서 데모대가 이어졌다. 플래카드를 손에 들고 붉은색 머리띠를 두른 데모 참가자들은 어둑어둑한 학교에서 도로로 나오면서 서치라이트 불빛을 받고는 일제히 얼굴을 찡그렸다. 선전 차량의 스피커에서 나오는 목소리에 맞춰 데모 참가자가 플래카드를 들어 올리면 모두 같은 구호를 외쳤다. 즐비한 붉은 깃발이 서치라이트 불빛을 받아 더욱 선명해 보였다. 모두의 함성은 미군병사가 오키나와 북부에서 벌인 소녀 성폭행 사건을 반복해서 규탄하는 내용이다. 스피커에서 목소리가 나오면 데모대가 따라 외쳤다. 그 소리가 좁은 도로를 끼고 있는 건물에 맞고 되돌아와 삼차로에서 기지 쪽으로 퍼져나갔다. 지금까지 몇 번이나 데모를 봐왔지만, 육교 아래에서 일어나는 외침은 평소와 달리 박력이 넘쳤다.

가쓰야는 참가자가 지닌 플래카드나 붉은 깃발에 적힌 단체명을 보고서 학교 선생님들의 데모임을 알았다. 그는 육교 아래로 지나가는 데모대의 행렬을 보면서 마유가 방으로 데려온 남자의 얼굴을 떠올렸다. 어쩌면 그 남자도 행렬 안에 있을지도 모른다고 생각해 교문에서 차례차례 나오는 참가자의 얼굴을 주시했다. 하지만 바보 같은 짓을 하고 있다는 생각이 들어 바로 그만뒀다.

육교 위에 있는 남자들이 데모대의 사진을 찍고 무선으로 연락을 취하고 있었다. 그중 한 명이 가쓰야를 계속 쳐다봤다. 그 눈빛과 표정, 온몸에서 풍기는 분위기로 그가 경찰임을 알았다. 개새끼들, 하고 침을 뱉은 후 가쓰야는 도로로 시선을 옮겼다. 고등학교에 입학한 후 모터사이클을 타고 폭주를 반복할 무렵의 일이다. 그는 몇 번이고 경찰에게 붙잡혀 두들겨 맞았다. 아스팔트 도로 위에 넘어져 경찰의 구둣발에 엉덩이를 얻어맞았을 때의 굴욕감이 되살아났다. 쇠 파이프가 있으면 육교 위의 경찰들을 두드려 패서 아래로 밀어 떨어뜨리고 싶었다.

한동안 데모를 보다가 차에 가려고 계단까지 갔을 때 이신다(石平) 구릉 위에 있는 해병대 사령부 건물이 눈에 들어왔다. 데모대는 그곳을 향해 질서 정연히 움직이고 있었다. 손에 방패를 든 기동대가 기지 측 인 도 위에 같은 간격으로 서서 데모대를 규제하고 있었다. 선두 선전 차량 에서 구호가 나올 때마다 데모대의 파도가 흔들렸다. 가쓰야는 많은 사 람이 모였는데도 그저 목소리 높여 걷고 있을 뿐이잖아 하고 생각했다.

데모대가 기지 철조망에 쇠줄 절단기를 걸치고서 끌어내려 쓰러뜨린 후 화염병을 던졌던 적이 있다. 일본 복귀 전[27]에 벌어졌던 사건을 아버 지로부터 들었다. 그 당시 아버지는 사상이나 이데올로기 등은 돈이 되 지 않는다고 바보 취급을 하며 방해 활동을 벌였다. 아버지는 젊은 A사 인바 업자들을 모아서 전오키나와군노동조합(全沖繩軍勞働組合)[28] 피케 팅 무리를 습격하는가 하면, 데모대 안에 섞여 들어가 기동대에 돌을 던 지는 등의 활동을 했다. 당시 아버지는 지조라고는 조금도 찾아볼 수 없 이 난폭한 활동을 벌였던 모양이다. 그런 아버지로부터 어린 시절의 가 쓰야는 코자 폭동 당시의 이야기를 몇 번이고 들었었다.

그날 코자의 어느 술집에서 술을 마시고 있던 아버지는 미군 차량이 불 타고 있다는 연락을 받고서 가게를 뛰쳐나가 폭동에 동참했다. 평소 미군 기지의 은혜를 입고 있는 주제에, 군중에 섞여 들어가 미군병사의 차량을 뒤집고 불을 지르고 다녔노라고 자랑을 했다. 검은 연기가 피어나며 활활 타는 노란색 번호판의 자동차를 군중이 둘러싸 손뼉 치고 손가락 피리를

---

27 1972년 5월 15일 전.
28 줄여서 전군노라 불렸다. 1961년 7월에 결성된 단체로, 1969년에는 조합원이 22,000명에 달했다.

불었다. 불의 열기에 자극을 받은 것처럼 가챠시(カチャーシ)[29]를 추는 사람도 있었다. 아버지는 가데나 미군기지 게이트로 향해 가는 박력 넘쳤던 군중의 모습을 말하며 자기 이야기에 완전히 취해서는 다시 한 번 일어날 수 있을까? 하고 중얼거리며 말을 끝냈다.

가쓰야는 그 이야기를 들으면서 미군 차량에 불을 붙이는 젊은 아버지의 모습과 연기가 자욱이 낀 도로 위에서 가챠시를 추는 어른들의 모습이 떠올라 흥분이 가시지 않았다. 오키나와 사람이 딱 한 번 자신들의 손으로 일으킨 폭동이다. 자랑스럽게 말하는 아버지의 이야기를 들으면서도 그런 사건과 조우할 기회는 좀처럼 오지 않으리라는 것을 어린 마음에도 이해했다.

"그때 미군병사로부터 카빈총을 뺏어서 한 명이라도 죽였다면 오키나와 역사가 변했을지도 몰라."

2년 전 청명제 때 친척들과 조상의 묘 앞에 모여서 술을 마시며 아버지는 그렇게 말했다. 군용지 대여료를 받아서 살아가는 처지면서 그런 말을 부끄러워하지도 않고 말하다니. 옆에서 듣고 있던 가쓰야는 생각했다. 한편으로는 아버지가 말한 그대로라는 공감도 생겼다. 카빈총을 손에 들고 가데나 미군기지 게이트를 향해 달려가는 남자들의 모습을 떠올렸다. 하지만 그것은 결국 공상에 지나지 않았다. 오키나와인들은 그저 차량을 불태우는 정도밖에는 하지 못했고 그것조차 앞으로 두 번 다시 일어날 것 같지 않았다.

29 템포가 빠른 오키나와 민요의 연주에 맞춰 추는 춤.

육교에서 바라보니 적어도 1000명은 넘어 보이는 데모대와 비교해 경찰은 기동대와 제복경관을 다 해도 100명 정도뿐이다. 그런데도 데모대는 어디까지나 얌전하게 도로 끝을 따라 행진하고 있다. 잘 보니 빠른 걸음으로 육교 아래를 지나가는 데모대 안에는 담소를 나누고 있는 사람도 보였다. 분노를 표출하기는 하지만 결코 넘어서는 안 되는 선이 기지의 철조망처럼 사람들의 마음에 온통 둘러쳐져 있다. 그런 생각이 들었다. 기지를 철거해라, 범인인 미군병사를 넘기라고 외치는 구호를 듣고 있자니 짜놓은 대본 같아서 참을 수 없었다.

한여름 해변가에서 강제로 위를 보고 눕혀져 미군병사 3명에게 팔 다리를 제압당한 소녀의 모습이 눈앞에 갑자기 떠올랐다. 얼굴 전체를 거의 뒤덮을 정도로 검고 커다란 손으로 입을 틀어 막힌 소녀의 눈이 공원에서 가쓰야를 보고 있던 소학생 시절 누나의 눈으로 바뀌었다. 온몸에서 땀이 솟았다. 부릅뜬 두 눈에서 흘러내리는 눈물이 가쓰야의 가슴을 도려냈다. 응시하는 눈은 어느새 마유의 눈으로 바뀐다. 몸 깊숙한 곳에 비틀어 박힌 돌의 감촉에 가쓰야는 숨을 깊이 내뱉으며 더 이상 생각하지 말자고 자신을 타일렀다.

데모대의 선두는 구릉 위에 있는 해병대 사령부 건물 근처까지 진출했다. 낮 동안 펄럭이고 있던 성조기와 일장기는 내려져 있었다. 지면에서 쏜 조명을 받고 있는 흰 건물에 불이 붙어 불타는 모습을 가쓰야는 상상했다.

'도대체 왜 불태우지 않는 거야?' 가쓰야는 속으로 중얼거렸다. 헬멧

쓴 학생들이 화염병을 던지면서 기동대를 향해 전진하는 기록영상을 텔레비전에서 본 적이 있었다. 도망치지 못하고 도로에 쓰러져 있는 기동대원을 학생들이 각목으로 마구 때리거나, 화염병을 직격으로 맞아 불덩어리가 된 기동대원의 영상을 보면서 방에 있던 친구들은 손뼉을 치며 기뻐했다. 개조한 모터사이클을 타고 다니면서 목도나 금속 야구방망이를 휘두르며 허세를 부렸지만 막상 붙잡히고 나면 아무것도 할 수 없는 자신이 부끄러웠다. 예전에 그랬던 것처럼 우리에게 저만큼 쪽수가 있다면 뭐든지 했을 텐데 하고 혼자 중얼거렸다. 한동안 흥이 깨진 분위기가 이어지다가 다른 한 명이 채널을 바꿨다. 격렬하게 춤을 추면서 노래하는 오키나와 출신 아이돌 가수의 영상에 한밤중 시가지를 달리며 화염병을 던지는 학생들의 영상이 겹쳐졌다. 활활 타오르는 불꽃이 뒤집힌 미군 차량을 휩싸고 젊은 아버지가 손가락 피리를 부르며 가데나 미군기지 게이트를 향해 뛰어가는 모습이 떠올랐다. 가쓰야는 그 시대에 스물을 맞이하고 싶었다고 생각했다.

육교 아래로 지나가는 교사들 중에서도 그 무렵 학생이었던 치들도 꽤 있을 것이다. 그런데 지금은 무해한 쥐들처럼 무리를 지어 앞으로 나아갈 뿐이다. 이 데모나 집회 상황을 텔레비전이나 신문을 보고 알게 된 아버지는 미군과 일본 정부에 대한 압박이 커지면 군용지 대여료가 오를 것이라 생각해서 아마 무척 기뻐하고 있을 테다. "미군들이 가끔씩 사건을 일으키지 않으면 곤란해. 혁신 단체가 가만히 있으면 군용지 대여료가 오르지 않거든. 사건이나 사고가 없으면 그것보다 곤란한 건 없어."

친척들이 다 모였을 때 아버지는 술을 단숨에 털어 넣으면서 여러 번 말했다. 참을 수 없는 기분을 느끼며 가쓰야는 육교에서 내려왔다.

데모대 속으로 비집고 들어가 차를 몰고 나오자 교통규제를 하던 경관이 호루라기를 불면서 가쓰야에게 손짓했다. 가쓰야는 가볍게 무시하고 후텐마 삼차로에서 좌회전해 58호선으로 차를 몰았다. 오른쪽으로 펼쳐진 미군기지를 보니 주택에 불이 들어와 있었다. 그 불빛 아래에서 미군병사 가족이 데모가 벌어지고 있는 것도 모른 채 식사를 하거나 텔레비전을 보고 있겠지 하고 생각했다. 철조망 하나를 사이에 두고 완전히 다른 세상이 펼쳐져 있었다.

전날 주택 앞에서 바비큐를 하고 있던 가족의 모습이 떠올랐다. 남동생과 함께 놀고 있던 소녀가 오키나와 남자에게 폭행을 당하면 얼마나 소란 법석을 떨까? 하고 생각해봤다. 미군병사에게 오키나와 소녀가 당했다면 똑같이 대갚음해주면 된다. 그렇게 생각하고 실행하는 녀석이 50년 동안 단 한 명도 없었다니. 이곳은 습격을 하는 놈과 당하는 놈이 정해져 있는 그런 섬이다. 다른 목소리가 가슴을 스쳤다. 아무것도 하지 않는 주제에 무슨 소리를 하는 거야? 부모의 돈에 기대 히가가 시키는 대로 움직이고 맛이 간 여자들을 돌보는 것 외에는 아무것도 할 줄 모르는 비겁한 놈이……

한여름의 어느 날 오후, 공원에서 미친 듯이 울어대는 말매미 소리가 머릿속에서 울려댔다. 곤충채집망을 손에 들고서 앞서 달리고 있던 누나를 가쓰야는 놓치고 울고 싶어졌지만 겨우 참았다. 누나를 찾아 헤맸다. 공원 안에는 오래된 무덤이 여기저기 있어 그 앞을 뛰어서 통과하자 자갈이 깔린 작은 길에 쭈그리고 앉아 있는 남자의 등이 보였다. 짧게 자른 금발 머리카락이 햇볕을 받아 반사되고 있었다. 짙은 녹색 티셔츠의 어깨 부근에서 검은 머리카락이 흔들렸다. 남자의 옆에 떨어진 곤충 채집망 안에서 매미가 날개를 퍼덕이고 있었다. 고개를 들고 가쓰야를 응시하는 누나의 눈은 간절히 도움을 바라고 있었다. 하지만 가쓰야는 앞으로 나가지도 목소리를 높일 수도 없었다. 뒤돌아본 남자는 젊은 백인으로, 큰소리로 외치면서 일어나더니 오른손을 격렬하게 흔들었다. 뛰어온 남자가 때리려고 덤벼들었다. 바로 그 순간 가쓰야는 다리에 힘이 풀려 무릎을 꿇었고 뺨이 실룩거려 눈물이 흘러내렸다. 남자는 허둥대면서 바지 벨트를 채우더니 나무가 무성한 공원 깊숙한 곳으로 뛰어갔다. 누나는 무릎까지 내려진 속옷을 올린 후 웅크린 채 목소리를 죽여 울었다. 가쓰야가 뛰어 다가서려 했지만 누나는 째려보며 "오지 마!" 하고 외쳤다. 누나는 갑자기 가쓰야 쪽으로 걸어오더니 등에 손을 두르며 꽉 껴안았다.

적색 신호가 눈에 번져 퍼져나갔다. 가쓰야는 엄지손가락과 집게손가락으로 눈을 닦았다. "좆같은 미군 새끼들." "아무한테도 말하면 안 돼." 하고 말하던 누나와의 약속을 지키기 위해 봉인했던 기억이 생생한 아픔으로 되살아나자 그는 당황했다. 한밤 해변가에서 강제로 위를 보고 눕혀진 소녀의 위로 올라간 미군병사 3명이 목소리를 높이고 거친 숨을 토하면서 교대로 몸을 움직인다. 입이 틀어 막힌 채로 눈물을 흘리고 있는 소녀의 눈이 공원에서 가쓰야를 바라보던 누나의 눈으로 바뀐다.

아무 생각도 하지 마.

끝없이 흘러넘쳐 제멋대로 튀쳐나온 기억과 상상을 가쓰야는 막았다. 생각해서 뭐 해. 더 이상 자신을 몰아붙이지 말자. 그렇게 자신을 타이르며 운전에 집중했다.

아파트에 돌아오니 9시가 넘었다. 문을 열자 이상한 냄새가 코를 찔렀다. 욕실 문 앞에 소변을 본 마유가 엎드려 누워 있었다. 창문을 열어 환기를 시키고 화장실에서 두루마리 휴지를 가져다 바닥에 고인 오줌을 닦아냈다. 수분을 제대로 섭취하지 못해 소변량은 적었다. 하지만 냄새가 지독했다. 젖은 두루마리 휴지를 변기에 흘려보내고서 수건을 적셔 바닥을 닦았다. 몸이 몹시 약해져 미동도 하지 않는 마유의 모습을 보니 더 이상 때릴 생각이 들지 않았다. 손발을 묶은 비닐 끈을 푼 후 질질 끌어다 욕실에 집어넣고 누워 있는 마유의 얼굴에 뜨거운 물을 뿌렸다.

"몸을 씻어."

어깻죽지를 가볍게 발로 차자 마유는 고개를 들더니 양손을 바닥에 대고서 꾸물꾸물 네 손발로 기었다. 상반신을 지탱해 일으켜 세우자 무릎이 M자로 흐트러지면서 바닥에 오줌을 묻히며 주저앉았다.

"혼자서 벗어."

가쓰야는 성가시다는 생각을 하며 욕실 문을 열어놓고 싱크대에서 손을 씻었다. 10분 정도 침대에 누워 있다가 욕실을 들여다보니 벌거벗은 마유가 샤워기를 머리에 대고서 바보처럼 서 있었다. 늑골이 튀어나오고 엉덩이 살이 없고 골반과 치골이 밀려나온 몸을 보니 앞으로 얼마나 더 버틸 수 있을지 불안했다. 더 이상 귀찮은 일에 휘말리고 싶지 않았다.

더 이상 쓸 수 없어지면 히가가 데려가면 좋을 텐데 하고 생각하면서 가쓰야는 목욕수건을 마유에게 주고 빨리 나오라고 말했다. 가쓰야는 수도꼭지를 바라보면서 멍하니 서 있는 마유의 모습에 초조한 마음이 들어 욕실에 들어가 샤워기를 껐다. 그는 마유의 젖은 몸을 목욕수건으로 감싸고 난폭하게 닦았다. 밀려나온 어깨뼈 위에 날개를 펼치고 있는 무지개 새가 순간 날개를 움직인 듯한 느낌이 들어 가쓰야는 움직이던 손을 멈췄다. 온기가 돌면서 혈색이 돌아온 피부에 일곱 가지 날개깃 색이 선명하게 떠올랐다. 마유가 쇠약해지는 것과는 반대로 등 뒤의 새는 오히려 생명력이 넘치고 있는 것 같았다. 가만히 날개깃에 손을 대자 손가락 끝이 붉은색과 청색에 물들 것 같은 기분이 들었다.

숙이고 있던 얼굴을 든 마유가 가쓰야를 바라봤다. 얇은 막이 쳐진 듯한 눈 깊숙한 곳에서 전과 같은 이상한 움직임이 다시 느껴졌다. 이 여자는 이미 죽었고 다른 생물이 기생하고 있다. 그런 느낌이 들었다. 예전에 비디오로 봤던 영화의 한 장면이 떠올랐다. 등이 세로로 갈라지면서 점액 범벅의 곤충처럼 생긴 거대한 생물이 모습을 드러낸다. 가쓰야는 마유의 왼쪽 유방에 오른쪽 손바닥을 댔다. 몸의 온기가 전해져 왔다. 단단해진 젖꼭지의 감촉과 약간 부풀어 오른 유방 아래에서 느껴지는 고동에 한동안은 괜찮겠지 하고 생각했다.

치근이 맞물리지 않은 채로 덜덜 떨고 있는 마유를 지탱하며 방으로 데려갔다. 속옷과 티셔츠를 입히고서 침대에서 재웠다. 수건 천으로 만든 여름용 이불을 덮어준 후 방문을 닫고 욕실로 돌아와 벗어놓은 청바지 주머니를 뒤졌다. 쪼글쪼글해진 만 엔짜리 지폐 3장이 들어 있었다. 호텔에 들어가면 남자에게 미리 돈을 받으라는 지시를 했다. 이제야 그걸 떠올린 자신이 한심스러웠다. 가쓰야는 만 엔이나 더 돈을 낸 남자가 마유에게 무슨 짓을 하려던 것인지 상상하려다 도중에 그만뒀다. 방으로 돌아와서 드라이기로 돈을 말리니 어떻게든 쓸 수 있을 듯해 지갑에 넣고 밖으로 나갔다.

아파트 근처에 있는 바에 들어가 위스키를 마시면서 히가에 대한 대응 방법을 고심했다. 마유를 어떻게 하면 좋을지 생각해봤다. 얼굴에 상처를 입고 화가 나서 마유를 더 약하게 만들다니 큰일이다. 손님을 받지 못하게 되면 곤란해지는 건 다름 아닌 가쓰야 자신이다. 창가 탁자에 홀로 앉아 술기운이 초조함과 불안함을 없애주기를 기다렸다. 뺨에 난 상처는 그렇게 아프지 않았지만 신경 쓰였다. 마유에 대한 분노와 함께 호텔에서 무슨 일이 벌어진 것인지 다시 의문이 들었다. 설마 마유가 자신의 상황을 남자에게 말해서 동정심에 남자가 커터 칼을 준 것은 아닐까? 만약 그렇다면 상황은 간단하다. 하지만 신문이나 텔레비전에서 피범벅이 된 남자가 발견됐다는 뉴스가 나온다면……

히가는 가쓰야 외에 다른 수하에게도 동일한 방식으로 여자를 맡기고 있다. 최근 3개월 동안 협박해서 돈을 뺏은 남자가 50명도 넘을 것이다.

경찰에 신고하지 않도록 주의를 기울이고 있으나 언제 어디서 불이 붙을지 모를 일이라고 가쓰야는 생각했다. 그 발화점이 자신이 되지 않기만을 바라며 가능한 한 조심했다. 자신의 실수로 경찰에 발각된다면 어떤 꼴을 당할지 뻔했다. 일이 커지면 히가가 조사를 받지 않도록 자신이 모든 혐의를 뒤집어쓸 생각이다.

만약 마유가 커터 칼을 써서 가쓰야로부터 도망칠 수 있다 해도 히가로부터 도망칠 수는 없다. 마유도 그 사실을 잘 알고 있을 것이다. 자신의 생각대로 되지 않을 때 히가가 상대를 어떻게 대하는지 중학교 때부터 질릴 정도로 봐왔다. 마유나 가쓰야 모두 움푹 팬 구덩이 속에 빠진 채로 발버둥 치는 존재일 뿐이다.

중학교에 입학한 지 2달 정도 지난 무렵이었다. 히가 그룹은 가쓰야에게만 매주 내는 상납금 액수를 올렸다. 다른 동급생은 매주 2천 엔을 냈는데, 가쓰야만 6월 한 달 동안 매주 5천 엔을 내야 했다. 그러다 여름방학 전에는 7천 엔으로 올랐다. 가쓰야네 집이 고액의 군용지 대여료를 받고 있음을 알고서 상납금 액수를 올린 것이다.

그 무렵 엄마는 매달 용돈으로 2만 엔을 줬다. 그 외에도 참고서나 책을 산다고 하면 필요한 만큼 돈을 줬다. 가끔 아버지와 마주치면 아버지는 모른 척하는 가쓰야를 불러 세워놓고 만 엔짜리 지폐를 쥐여줬다. 할아버지 가게에 놀러 가도 돌아오는 길에 용돈을 받을 수 있었다. 아버지도 엄마도 할아버지도 자식이나 손자에는 한없이 물렀다. 아니, 그렇다기보다 용돈으로 자신들의 애정이 얼마나 깊은지를 확인하고 경쟁이라도 하는 듯했다. 신년 축하 용돈이나 입학 축하금을 모아놓은 예금도 상당했다. 통장은 엄마가 관리하고 있었지만 유사시에는 그 돈을 쓸 작정이었다. 그렇게 하지 않아도 여유가 있었다. 가쓰야에게 매달 3만 엔 정도를 상납하는 일은 그리 어렵지 않았다. 2학기가 되자 매주 만 엔으로 상납금이 올랐다. 그 무렵부터 가쓰야는 히가의 그룹에게서 좋은 평가를 얻기 시작했다.

한편 같은 학급 친구들은 히가에 대한 분노를 가쓰야에게 돌리기 시작했다. 상납금을 내지 못하는 아이는 눈에 띄지 않게 배나 등을 얻어맞았다. 그뿐 아니라 이제 막 나기 시작한 거웃을 태우거나 허벅지를 담뱃불로 지졌다. 심한 경우는 성기에 크레졸 원액을 뿌리기도 했다.

히가 그룹에게 빈번히 호출을 받는 사이에 가쓰야는 심부름꾼처럼 학급 연락 및 호출 역할을 하게 됐다. 학급 친구들 사이에서 눈엣가시 같은 존재가 돼 혐오와 분노를 한 몸에 받고 있음을 가쓰야는 알아차렸다. 아무도 말을 걸어오지 않았고 수업이나 학급 활동 때 조를 짜도 최소한도로 접촉했다.

동급생들의 그런 반응을 가쓰야는 당연하다고 생각했다. 히가의 마음에도 들고 친구들에게도 환영받는, 꿩 먹고 알 먹고 식의 편리한 일이 세상에 있을 리 없다. 동급생들로부터 고립을 당하면 자신도 관심을 끄면 그만이라고 생각했다. 꽤 무리하고 있다는 사실도 자각하고 있었다. 쉬는 시간에 교실에서 홀로 있는 게 싫어 교정을 어정거리며 시간을 죽이거나 학교 밖으로 나갔다가 그대로 귀교하지 않는 날들이 이어졌다.

방과 후에는 히가 그룹에게 불려갔다. 교실에 있는 것보다 그들과 함께 있는 시간이 오히려 더 마음이 편했다. 동급생들이 눈앞에서 맞는 걸 봐도 고통스럽지 않았다. 오히려 교실에서 무시당하며 느꼈던 분노가 싹 가시는 느낌조차 들었다. 그렇게 자신은 동급생들과 반대편에 속해 있음을 깨달았다.

상급생의 지시로 동급생 한 명을 때린 일이 결정적이었다. 하지만 마음의 고통은 느껴지지 않았다. 배를 감싸고 신음하는 동급생의 머리를 잡고서 무릎으로 갈겼다. 누가 시키지도 않았는데 스스로 한 행동이었다. 상급생이 웃으면서 눈에 잘 띄는 부위를 그렇게 때리면 어떻게 하냐며 주의를 줬다. 그날 처음으로 시너를 흡입했는데 몸에 잘 맞지 않아 토하고 말았다. 2, 3일 동안 두통이 가시지 않았다. 그 후로는 시너에 손을 대지 않기로 했다.

바 안에서 대학생으로 보이는 무리가 야단법석을 떨고 있었다. 카운터 자리에 앉은 단골손님들이 선술집에 갔다가 가끔 2차로 바에 오는 치들의 소란을 지겹다는 표정으로 바라보고 있었다. 창가에 있는 2인석 자리에 앉아 있던 가쓰야도 짜증을 가라앉혔다. 가쓰야 연배에 혼자 온 손님은 아무도 없었다. 그래서 조금 기가 죽었지만 근처에서 차분히 술을 마실 수 있는 술집은 이곳뿐이다.

대학생 무리에서 갑자기 날카로운 소리를 낸 여자가 가쓰야의 시선을 느끼고는 옆에 앉은 남자에게 귀엣말을 했다. 코와 입술에 피어싱을 한 남자가 가쓰야를 보더니 코웃음을 치고서 여자에게 기대 머리카락을 만졌다. 여자가 가쓰야를 보면서 부자연스럽게 하품을 했다. 등에 땀이 번졌다. 여자의 입에 칼을 깊이 박고서 뺨을 찢어버리고 싶었다. 술렁이는 가슴을 진정시키고 창밖으로 눈을 돌렸다. 차광 비닐이 쳐진 유리창 너머에서 몸집이 작은 미군병사가 오키나와 여자와 언쟁을 벌이는 모습이 보였다. 겉보기에도 기가 세 보이는 30대 중반의 여자가 미군병사에게 욕을 퍼붓고 있었다. 여자는 당황한 표정으로 자신의 허리를 안으려는 미군병사의 손을 뿌리치면서 과장된 몸집으로 아우성을 쳐댔다. 미군병사는 질린 표정으로 양손을 벌려 사과했다.

작은 체구에 방언을 금방 외우는 미군병사는 심리작전이나 정보작전에 속해 있는 치들이 많다. 예전에 누군가로부터 들었던 이야기가 떠올랐다. 이 지역 남자들에게는 인기가 없는 중년 여자로부터 무시당하는 미군병사를 보며 모멸적인 웃음이 새어 나온다. 베트남에서 돌아왔거나 출병하기 직전 미군들이, 카운터 아래 있는 양동이에 밟아서 넣어야 할 만큼 많은 달러를 뿌렸던 일도 이젠 옛이야기다. 엔고로 달러의 가치가 몇 분의 일로 떨어져, 몇 시간 동안 맥주 한 병을 시켜놓고는 죽치고 앉아 있어 진상 취급을 받는 병사도 많았다. 중부에 있는 디스코텍에는 여자를 꾀러 온 미군병사와 미국을 좋아하는 여자가 모여든다. 때때로 띠가 두 번 돌 만큼 나이차가 나는 연상 여자에게 거꾸로 걸려든 미군병사도 있다고 한다.

길 맞은편에서 걷고 있는 여자를 작은 체구의 미군병사가 열과 성을 다해 말을 걸며 따라갔다. 그 뒷모습을 보면서 중학교 때 사회과목 선생님이 해주셨던 이야기가 떠올랐다.

오키나와전이나 미군기지 문제를 곧잘 화제에 올리던 그 교사가 어느 날 북부훈련장에 대해 말해줬다. 베트남전 당시 남베트남해방전선의 게릴라 작전에 맞서기 위해 지형과 식물이 비슷한 얀바루(ヤンバル)[30] 산속에서 수행되는 미군 특수부대의 훈련에 대해 교사는 꽤 잘 알고 있는 듯한 표정이었다.

병사들을 한 명씩 산속으로 보내 스위스 군용 칼 이외의 장비 없이 한 달 이상 머물게 한다. 자연 속에서 몸을 숨기는 기술을 배워 상대의 경동맥을 한순간에 잘라버리거나, 손가락으로 숨통을 끊어버리는 기술을 몸에 익힌다. 하브[31]나 작은 새를 잡아 날것으로 먹고, 개구리를 산 채로 집어삼키고, 식용이나 약용 식물을 구분해낸다. 배고픔을 참고서 오감을 갈고닦아 적의 기척을 눈치채고, 나무 그늘이나 무성한 풀 혹은 진흙탕 속에 잠수하는 등 삼림과 일체가 된다. 마른 잎 위에서도 소리를 내지 않고 살며시 적의 뒤로 다가가 겨드랑이 아래에 양팔을 넣어 목을 조르고 재빨리 경동맥을 자른다. 교사는 집게손가락을 목에 대고서 옆으로 그었다. 여학생 몇몇이 비명을 내질렀다.

사회과목 교사들은 그런 식으로 군대에 대한 공포심을 심어서 학생들을 기지나 전쟁, 군대를 부정적으로 인식하게 만들려고 했던 것은 아닐까. 대부분의 학생들에게 그것은 성공적이었다. 하지만 교사의 말이 환

30 오키나와 북부의 높고 깊은 숲.
31 독뱀.

기시킨 미군 특수부대 이미지는 오키나와에서 무척 충실한 삶을 살고 있던 가쓰야에게 선명한 인상을 남겼다.

거리를 청바지 차림으로 걷고 있는 일반 병사들과는 다른 진짜 군인이 얀바루 숲속에 잠입해 있다. 고온의 숲에서 적과 독뱀을 경계하며 땀 범벅이 된 채로 전진하는 젊은 군인들. 휘감겨 오는 덩굴과 젖은 풀고사리를 헤치고 온몸으로 투명한 촉감을 뻗어가며 계속 걷고 있는 군인들의 얼굴은 회색이나 녹색, 검은색으로 위장돼 있다. 적의 기척을 미리 감지하고서 풀고사리 그늘에 몸을 숨긴 채 가까이 다가오는 적의 등 뒤로 돌아가 입을 막는 것과 동시에 스위스 칼로 경동맥을 단숨에 베어버린다. 부드럽게 칼날이 박히면서 가벼운 저항감과 함께 경동맥이 절단된다. 혹은 넘어뜨린 적의 위에 올라타 엄지손가락을 눈구멍 속으로 두개골까지 밀어 넣는다. 가슴팍에서 경련하는 적의 몸과 목덜미에 전해오는 매끄러운 피. 풀과 흙냄새 속에서 죽어가는 남자의 피와 배설물 냄새가 뒤섞인다. 시체를 숨기고서 다시 숲 깊숙한 곳으로 나아가는 군인의 모습을 상상하던 가쓰야는 교실 안에서 성기가 단단하게 서서 어찌할 바를 몰랐다.

하지만 중학생 때 들었던 이야기는 이미 과거의 일이다. 베트남전쟁이 종결된 것은 20년 전으로 지금도 얀바루 산속에서 그런 훈련을 하고 있는지는 알 수 없다. 유리 너머로 오키나와 여자에게 고개를 숙이고 있던 작은 체구의 미군병사 모습은 과거 가쓰야가 상상했던 특수부대원 이미지와는 완전히 동떨어져 있었다. 지금도 얀바루 숲에서 온몸에 진흙을 바르고는 스위스 칼 하나만 지니고 살아남는 훈련을 하는 미군병사가 있다면, 그 모습을 잠시라도 좋으니 보고 싶다. 숲속에서 그들에게 습격당해 경동맥이 잘려 살해된다면 그것도 나쁘지 않다. 그보다 더 좋은 죽음은 없을 것 같다는 생각조차 들었다.

술집에서 나온 가쓰야는 걷기도 귀찮을 만큼 지쳐 있었다. 티셔츠 한 장만 걸치고 다니기에 꽤 추운 밤이 되었다. 자판기에서 캔 커피를 하나 뽑아 홀짝이며 방에 겨우 도착했다.

마유의 방을 들여다보니 이불을 머리까지 뒤집어쓰고는 온몸을 떨고 있었다. 침대에 앉아 이마에 손을 대자 땀이 끈적였고 이불 아래에서는 체열과 땀 냄새가 느껴졌다. 가쓰야는 취기와 피곤함과 싸우며 옷장에서 마른 수건을 꺼내 마유의 온몸을 닦아주고 속옷과 티셔츠를 갈아입혔다.

냉장고에서 우유를 꺼내 데워와 마유를 안아 일으켜 반 컵 정도 마시게 했다. 열을 재려 했지만 체온계가 없었다. 히가의 명령으로 병원에 데려갈 수도 없었다. 부상이나 병 등의 비상사태가 벌어졌을 때는 히가에게 연락해 지시를 기다려야 했다. 쇠약해진 몸으로 얼마나 버틸 수 있을지 걱정됐지만 그렇다고 히가에게 전화를 걸고 싶지도 않았다. 한동안 침대 옆에 앉아 수건을 이마에 대고 열을 식혀주고 있는데, 마유의 건조해져 하얘진 입술 사이로 이상한 구취가 숨을 타고 새어 나와 가쓰야는 얼굴을 찌푸렸다.

가쓰야는 방을 나와 주차장으로 내려갔다. 차로 5분 거리에 있는 유흥가 부근에 심야까지 영업하는 약국이 있다는 사실을 떠올렸다. 샛길을 지나 신중하게 차를 몰아 약국에서 체온계와 감기약, 영양제를 샀다. 돌아가는 도중에 편의점에 들러 음료수 등을 샀다. 방으로 돌아와 마유에게 약을 먹인 때가 새벽 3시였다. 체온계로 마유의 열을 재니 39도 2분이다. 괴로운 듯한 마유의 숨소리를 들으며 가쓰야는 바닥에 앉아 빵을 먹었다. 반 정도 먹었을 때 갑자기 격렬한 구토가 올라왔다. 서둘러 욕실로 가서 변기에 손을 대고 위에 있는 모든 것을 토해냈다. 알코올과 위액 냄새가 남아 있는 입을 헹구고는 방으로 가 침대 위에 등을 대고 쓰러졌다. 조금도 움직이고 싶지 않았다. 몸 아래로 깊은 어둠이 열리더니 빨려 들어가듯 잠에 빠져들었다.

마유는 이틀 내내 침대에서 일어나지 못했다. 화장실에 갈 때는 가쓰야가 어깨로 지탱해 데려갔다. 가쓰야도 편의점이나 비디오 대여점에 들르는 것을 빼고는 방에 틀어박혀 있었다. 마유가 이런 상태니 손님을 상대할 수도 없었고, 가쓰야도 감기가 옮은 것인지 온몸이 무거워 움직이기도 귀찮았다. 침대에 누워 영화를 보며 시간을 보냈다. 때때로 마유의 상태를 보러 갔는데, 이마에 땀을 흘리면서 짧은 호흡을 반복하며 계속 잠을 자고 있었다. 식사를 하거나 화장실을 가고 옷을 갈아입힐 때도 마유는 거의 눈을 뜨지 않았다. 요구르트나 영양식품 젤리를 먹여도 두 입 세 입에서 끝났다. 화를 내고 혼내도 말을 듣지 않았다. 다만 살고자 하는 본능이 작동한 것인지 분말 감기약을 섞은 우유만은 하루에 세 번

10분 가까이 시간을 들여 다 마셨다.

마유의 열은 사흘째 되는 날 37도로 내렸다. 마유가 조금 진정이 된 것을 확인한 가쓰야는 10시가 넘은 시간에 파친코로 갔다. 개점한 지 30분도 채 지나지 않았는데 슬롯머신 코너는 반 이상 손님이 차 있었다. 터지지 않으면 재빨리 다른 자리로 이동했는데 다섯 번째 옮긴 자리에서 크게 터졌다. 단순 반복 작업을 하듯 코인을 넣고 바를 내리고 버튼을 눌렀다. 아무것도 생각하지 않고 그 작업에 몰두했다. 가쓰야의 슬롯머신 화면에 7자가 더블이나 트리플로 늘어서자 옆 손님이 질린 표정으로 바라봤다. 가쓰야는 좀처럼 맛보기 힘든 흥분과 만족감을 느끼려는 듯 파친코 머신을 천천히 훑어보면서 같은 번호가 나란히 나오는 순간의 애달픔과도 같은 쾌감을 천천히 즐겼다.

오후 4시가 지났을 무렵이었다. 점원을 부른 가쓰야는 금방이라도 또 터질 것 같은 자리에서 일어나 코인이 가득 찬 달러박스를 옮겨달라고 했다. 옆자리에 앉아 있던 70살은 돼 보이는 노파가 잽싸게 담뱃갑을 빈 자리의 코인 놓는 자리에 올려놓았다. 가쓰야는 카운터에서 경품과 영수증을 받아 들고 주차장 구석의 교환소로 향했다. 6만 엔 넘게 돈이 들어왔다.

가쓰야는 서둘러 집으로 돌아와 샤워를 마치고 마유의 상태를 살펴봤다. 조금만 더 있으면 훌훌 털고 자리에서 일어날 수 있을 것 같았다. 하지만 언제 다시 손님을 받을 수 있을지 알 수 없었다. 수건으로 얼굴과 목에 흐른 땀을 훔치고서 미닫이문을 조용히 닫고 방에서 나왔다. 차에 타서 시동을 걸었을 때, 사흘 동안 회피해 오던 생각이 눈앞에 밀려왔다.

사진 한 장 없이 히가와 만난 적은 없었다. 히가의 지시를 어긴 적도 없으며 언제나 요구하는 것 이상의 성과를 내려고 노력해왔다. 최근 2, 3년 동안은 히가에게 도움이 되는 자신을 실감할 수 있었다. 히가가 직접 칭찬을 한 적은 없어서 자기만족일지도 모르지만 그런 느낌만으로도 충분했다. 가쓰야는 차를 몰고 58호선으로 진입해 국제거리로 향하는 차 안에서 변명거리를 계속 찾아봤다. 마유가 감기에 걸려 어쩔 수 없었다고 하면 과연 히가가 납득할지 불안함을 억누를 수 없었다. 다만 쓸데없는 말을 하면 할수록 결과가 좋지 않을 것임을 경험으로 알 수 있었다.

미쓰코시 백화점 뒤편 주차장에 차를 세우고 국제거리에 있는 은행으로 가 엄마가 준 현금카드에서 10만 엔을 인출했다. 지폐를 넣은 은행봉투를 반으로 접은 가쓰야는 당구장으로 향했다. 한방약국 옆 계단을 올라 문을 열고 가게 안을 들여다봤다. 히가의 모습은 당구대 어디에도 없었다. 카운터에 앉아 있는 노파로부터 히가가 찻집에 있을 거라는 말을 듣고 허둥대며 밖으로 나갔다. 북적이는 인파를 가로지르며 건너편 찻집 계단을 올라갔다. 안쪽 탁자에 히가만이 아니라 마쓰다가 함께 앉아 있는 모습이 보였다. 시너를 너무 흡입해 썩은 뿌리만 남아 있는 앞니를 드러내고 있는 마쓰다가 웃으면서 가쓰야를 손짓해 불렀다. 가쓰야는 탁자 옆에 서서 메모장을 쳐다보는 히가에게 인사를 한 후 마쓰다의 옆자리에 앉았다. 웨이트리스에게 뜨거운 커피를 주문하곤 아무런 말도 하지 못한 채 자리에 앉아 있자 마쓰다가 웃으면서 가쓰야의 뺨에 집게

손가락을 대더니 제자리로 쓰윽 가져갔다.

"누구한테 당했어?"

"별거 아니야."

눈을 내리깔고서 받아넘기자 히가가 고개를 들더니 가쓰야를 봤다.

"죄송합니다. 여자애가 지독한 감기에 걸려서 일요일부터 방에서 나오지 못하고 있습니다."

가쓰야는 고개를 깊이 숙이고서 10만 엔이 든 봉투를 탁자 위에 놓았다. 히가는 의자에 기대고서 가쓰야를 응시한 채 아무런 말도 하지 않았다.

"애초에 완전 맛이 간 여자를 가쓰야에게 떠민 거잖아. 그러니 너무 심한 말은 하지 마. 지금까지 그 여자로 돈 번 게 신기할 정도야. 손님을 더 이상 받을 수 없다면 찍어놓은 영상을 쓰면 될 테고……."

마쓰다가 해준 뜻밖의 말이 고마웠다. 히가는 아무런 말도 하지 않고서 가쓰야를 보고 있다. 가쓰야는 탁자에 놓인 커피에서 피어오르는 수증기를 바라봤다. 무릎에 올려놓은 손바닥에서 땀이 흘렀다.

"여자는?"

히가의 질문에 가쓰야는 몸이 굳었다.

"아파트에 있습니다."

히가는 봉투를 들어 안을 확인하곤 세컨드백에 넣더니 자리에서 일어났다. 가쓰야가 셋이 마신 찻값을 모두 계산하고 찻집에서 나오자 계단 아래에서 기다리고 있던 마쓰다가 차는 어디에 있어? 하고 물었다. 주차장에 세워뒀다고 알리고는 앞장서서 북적거리는 평화거리를 걸어갔다. 미쓰코시 앞 횡단보도를 건널 때 마쓰다가 옆으로 바싹 다가오더니 가라데는 아직 하고 있지? 하고 물으면서 가쓰야의 어깨를 손가락으로 가볍게 쿡 찔렀다. 어딘가로 끌려가서 두들겨 맞을 것 같다는 생각에 가쓰야는 다리가 움츠러드는 것 같았다. 마쓰다는 가쓰야의 어깨를 감싸더니 이야기를 시작했다.

마쓰다의 지인이 점장을 맡고 있는 전화방에 여중생 2명이 사흘 전부터 전화를 걸어왔다고 한다. 전화를 받고서 약속 장소에 나간 손님이 젊은 남자 그룹에게 습격을 당하고 돈을 뺏기는 일이 연속해서 일어나고 있다. 가게에 호소하러 온 손님의 이야기를 들은 점장은 피해 입은 손님이 경찰에 신고하러 가기 전에 매듭을 지어야 한다며 초조해하면서 소녀와 젊은 남자 그룹을 붙잡아 해결해 달라고 마쓰다에게 의뢰했다.

히가는 여자들이 전화를 걸 때 투샷다이얼만을 쓰게 해서 전화방 손님과 겹치지 않게 했다. 실제로는 양쪽 다 이용하는 손님도 있을 테지만 전화방 업자와 다투지 않기 위해 어떻게든 공존을 꾀했다. 돈을 빼앗긴 상대방이 경찰에 호소해서 단속이 심해지면 히가와 전화방 업자 모두 타격을 입는 것은 매한가지다. 그것은 히가와 전화방 업자 위에 있는 류세카이에까지 영향이 미치게 되는 일이라 히가라 해도 꼭 피해야만 했다.

가쓰야는 주차장에서 차를 빼 히가와 마쓰다를 태우고 마쓰다가 지시하는 대로 도마리대교(泊大橋)[32]가 보이는 해변가 연변의 공원으로 향했

32 오키나와 나하 시에 있는 1,118m 길이의 다리.

다. 가쓰야가 자주 이용하는 공원으로부터 5분 정도 떨어진 장소로, 중학생 소녀들이 이 공원 입구 근처에 있는 공중전화를 빈번하게 이용하고 있는 듯했다.

이틀 전 습격당한 중년 남자는 약속 장소인 공원 화장실 앞으로 갔다가 안에서 나온 남자 셋에게 장애인용 화장실로 질질 끌려가서는 뭇매를 맞고 지갑을 빼앗겼다.

"세 놈이면 너 혼자서도 어떻게든 되겠지?"

마쓰다가 뒷좌석에서 웃으며 말했다. 가쓰야 외에도 2대의 차로 나눠 탄 일행이 공원 주변을 돌아다니면서 습격한 그룹을 찾고 있다고 했다. 속고 있는 손님임을 가장한 미끼가 필요하다며 가쓰야에게 그 역할을 하라고 마쓰다가 말했다. 소녀들이 지정한 장소로 가면 숨어서 기다리고 있던 남자들과 싸우게 될 것이 뻔했다.

"사진을 찍지 못했으니 이런 기회에 만회해 둬야지."

마쓰다의 말을 듣고 가쓰야는 끄덕였다. 1년 전이라면 다소 싸움에 익숙한 상대라 해도 셋까지는 쓰러뜨릴 자신이 있었다. 하지만 최근 반 년 이상 제대로 된 훈련을 하지 못해서 몸이 얼마나 움직여줄지 알 수 없었다.

공원에서 조금 떨어진 소학교 담장 옆에 차를 세우고 전화방 개인실에 있는 도마(当間)라는 남자로부터 연락이 오기를 기다렸다. 전화는 알선 방식으로, 소녀들이 전화를 걸면 점장이 도마에게 연결해주고 도마가 약속 장소와 시간을 정해 마쓰다에게 연락하는 수순이었다. 어제와 그제 소녀들이 전화를 걸어온 시간은 오후 8시경이었던 모양이다. 차 안의 시계는 7시 26분을 가리켰다. 차를 아이들링[33]하면서 앞 유리 너머 하늘을 바라봤다. 짙은 감청색 하늘에 별이 빛나고 있었다. 수평선 근처에는 아직 푸른색과 녹색의 중간색이 남아 있고 도마리대교의 외등이 활 모양을 그리며 늘어서 있었다.

마쓰다는 핸드폰으로 다른 차에 연락해 상황을 확인했다. "붙잡은 여자는 호텔로 끌고 갈 거야. 너도 할 거지?" 하고 웃음기 어리게 앞 좌석까지 입 냄새를 풍기며 말했다. 가쓰야는 애매하게 대답한 후 팔을 가볍게 문지르며 창밖으로 주의를 기울였다. 낮과는 달리 에어컨의 냉기가 빨리 퍼져 추울 정도였지만 더위를 못 참는 마쓰다가 신경 쓰여 바람의 세기를 조절할 수 없었다. 길모퉁이를 돌아 앞에서부터 천천히 접근해오던 자동차가 가쓰야 일행 옆에 와서 멈추더니 운전석 문을 열었다. 마쓰다의 중학교 후배로 가쓰야도 얼굴과 이름 정도는 알고 있었다. 신죠 (新城)라는 남자로 20살 정도다. 그 외에도 조수석과 뒷좌석에 남자 둘이 타고 있었다. 마쓰다가 창문을 열고서 신죠와 이야기 나누는 것을 가쓰야는 듣고만 있었다.

공원 입구 공중전화 부스에 소녀 둘이 있었고 근처에 남자 셋이 타고 있는 개조된 자동차가 멈춰 있다. 신죠가 보고하자 마쓰다는 남자들의 차가 도망치지 못하도록 협공할 계획을 세우고는 바로 올 수 있는 장소에서 대기하라고 지시했다.

33 엔진을 저속으로 공전시키는 것.

신죠의 차가 출발하고 4, 5분 후에 마쓰다의 핸드폰이 울렸다. 도마로부터 연락을 받은 마쓰다는 공원 입구에서 50미터 정도 떨어진 곳에 멈춰 있으라고 가쓰야에게 지시했다. 바로 차를 몰고서 공원으로 향하자 뒤에 앉은 마쓰다가 다른 차에 연락했다. 말한 장소까지 가는 데는 2분도 채 걸리지 않았다. 공원 주위는 콘크리트가 들어 있는 가짜 목재로 둘러싸여 있었고 바닷가에는 유우나나무[34]가 방조림으로 심어져 있었다. 공원과 해안 기슭막이 사이에는 도로가 100미터 정도 곧장 뻗어 있다. 그 중간 즈음에 공원 입구가 있었고 공중전화 불빛이 보였다. 저녁이 되기 전까지는 조깅을 하고 있는 사람이나 기슭막이에서 대화를 하고 있는 젊은이들의 모습을 볼 수 있지만, 가로등이 적어 해가 지면 인기척이 전혀 없는 곳이다.

운전석에서 내리려 하자 뒷좌석의 마쓰다가 가쓰야의 어깨를 두드렸다.

"너무 봐주지는 마."

가쓰야는 히쭉거리는 마쓰다를 보며 고개를 끄덕이고서 차문을 닫고 공원에 있는 공중전화 부스로 향했다. 걸으면서 주위를 살피던 가쓰야는 입구에서 20미터 정도 떨어진 곳에 이쪽을 보며 주차해 있는 흰색 승용차를 확인했다. 어두워서 차 안의 상황을 확인할 수는 없었지만, 소녀들과 한패인 남자들이 타고 있는 게 분명했다. 가쓰야는 차 쪽을 보지 않으려 노력하며 공중전화 부스 옆으로 갔다. 부스 안에서 웅크리고 앉아 이야기를 하고 있던 소녀 2명이 고개를 들었다. 둘 다 청바지에 흰 티

---

34 큰 황근의 일종으로 아욱과의 늘 푸른 키 큰 나무다. 노란색 꽃이 나비가 날아가는 것처럼 진다.

셔츠, 단발머리를 하고 있었는데 가쓰야가 노크하자 고개를 끄덕이고는 밖으로 나왔다. 한 명의 키는 160센티미터 정도로 머리카락을 갈색으로 염색했고 어른스러운 용모였다. 다른 한 명은 체구가 작고 생김새가 어려 소학생 정도로밖에는 보이지 않았다. 가쓰야는 바로 마유를 떠올렸다.

"전화했던 아저씨야?"

머리를 갈색으로 물들인 소녀가 물었다. 가쓰야는 고개를 끄덕였다.

"차는 어디 있죠?"

"저쪽에 세워뒀어."

가쓰야가 자신이 온 방향을 눈으로 가리키자 갈색머리 소녀가 발돋움을 해 가쓰야의 시선이 향하는 너머를 바라봤다.

"여기까지 가져왔으면 좋았잖아."

작은 체구의 소녀가 혀 짧은 어조로 불평을 했다. 소녀들의 재촉을 받으며 공원 입구 앞에 서 있을 때 갈색머리 소녀가 주변을 둘러보더니 손을 들었다. 정차돼 있던 흰 승용차가 라이트를 켜더니 가쓰야 쪽을 비췄다. 급발진하는 엔진과 타이어 소리가 나자 가쓰야는 달려서 도로를 건너고 도랑을 뛰어넘어 도로에서 50미터 정도 높이의 기슭막이로 올라갔다. 소녀들의 앞에 급정거한 승용차는 개조된 범퍼에 검은색 홈이 나있었고 뒷좌석 문에는 어둠 속에서도 확실히 알 수 있을 정도로 패인 자국이 보였다. 뒷좌석 창문에 일부러 눈에 띄게 해군 깃발 스티커를 붙인 것을 보고서 이 병신들이 하고 생각하며 가쓰야는 코웃음을 쳤다.

운전석에서 내린 남자가 위협하는 목소리로 소리를 지르며 다가왔다. 남자들이 건축 노무자가 입는, 옷자락이 넓은 작업복을 입고 있음을 공중전화 불빛 덕분에 확인했다. 도랑에 가랑이를 벌리고 서서 오른쪽 발을 걸치고 있는 남자가 건너오려고 몸을 띄운 순간이었다. 가쓰야는 남자의 디딤 발 쪽 무릎 관절을 발로 찼다. 발목과 무릎이 자연스럽게 휘어진 순간 몸을 다시 바로 세우려고 남자가 손을 뻗었다. 가쓰야는 한 발 더 앞으로 다가가서 양손으로 남자의 가슴을 들이받았다. 남자의 몸이 1미터 이상 날아가 바닥에 등을 세게 부딪쳤다. 테트라포드에 파도가 부서지는 소리와 몸이 땅에 부딪치는 소리가 겹쳐졌다. 뒤통수를 감싸고 옆으로 구르며 신음하고 있는 남자를 차 옆에 있던 일행 2명 중 하나가 구해주려 달려왔다. 다른 한 명이 "뭐야, 이 새끼." 하며 새된 소리를 지르고 가쓰야에게 달려들었다. 학습 능력이 없는 남자가 도랑을 건너려고 한쪽 발을 똑같이 걸치고서 기슭막이로 올라오려 했다. 균형을 유지하기 위해 양손을 벌리고 있어서 얼굴 쪽이 무방비 상태였다. 가쓰야는 코를 노리고 손바닥 아래로 남자의 얼굴을 찔렀다. 남자의 얼굴이 예상보다 더 앞쪽으로 나와서 위턱을 쳤다. 남자의 앞니가 흔들리는 감촉과 동시에 가쓰야는 손목에 통증을 느꼈다. 입을 막은 남자의 복부 옆을 발로 차자 남자는 한쪽 발을 도랑에 처넣고서 위를 보고 쓰러졌다. 도랑에서 기어 나와 무릎과 얼굴을 감싸 쥐며 주저앉았다. 가쓰야는 남자가 한동안 일어서지 못할 거라고 생각했다. 오른 손목을 삔 것 같은 통증이 느껴졌지만 꽉 쥔 주먹에 힘이 충분히 들어갔다.

먼저 쓰러진 남자를 도와 일으키려 하던 또 다른 남자가 자세를 채 갖추기도 전에 가쓰야가 기슭막이에서 내려왔다. 차 옆에 서 있던 두 소녀가 비명을 내지르며 도망치려 했다. 마쓰다가 타고 있는 자동차가 라이트를 켜고 맹렬한 속도로 다가왔다. 반대 방향에서도 타이어 소리를 내면서 신죠의 차가 속도를 내 도착했다. 양쪽에서 라이트를 쏘자 소녀들은 미동도 할 수 없게 됐다. 길가에 쓰러진 리더로 보이는 남자 옆에 중학교 1학년 정도밖에 안 되어 보이는 소년이 쭈그리고 앉아 있었다. 왜소한 몸을 움츠리고서 두려운 눈빛으로 가쓰야를 보고 있었다.

"역시 가라데 유단자야. 실력이 어디 가지 않네."

운전석에서 내린 마쓰다가 가쓰야에게 말을 걸었다. 마쓰다는 소년에게 다가가서는 가죽 구두 밑바닥으로 소년의 옆머리를 찼다. 쓰러진 소년이 머리를 감싸 쥐자 구두 앞 끝으로 배를 깊게 찍어 찼다. 다른 차에서 내린 신죠와 동료들이 쓰러져 있는 2명을 인정사정 봐주지 않고 발로 차기 시작했다. 양손으로 머리를 감싸며 무릎을 꿇고서 용서를 구하는 두 남자를 신죠 패거리가 집요할 정도로 괴롭혔다. 가쓰야는 머리를 차지 말라고 주의를 줬지만 전혀 들으려 하지 않았다. 오히려 가쓰야가 한 말에 자극을 받은 것인지 뒤통수를 발로 걷어찼다.

"씨발, 여기서 죽일 생각이야. 아무도 안 올 때 차에 태워."

마쓰다의 지시에 신죠 등은 구타를 겨우 멈추고 위를 보고 뻗어서 힘없이 고개를 흔들고 있는 리더로 보이는 남자를 질질 끌어 일으켰다. 벗긴 티셔츠를 찢어 아갈잡이를 하고서 손목을 뒤로 돌려 벨트로 묶었다.

구두를 벗겨 바다에 던져버리곤 신죠의 차 트렁크에 옆을 보게 눕힌 후 문을 닫았다. 남은 2명도 구두를 벗겨 바다에 던지고 벨트로 손목을 묶어 뒤늦게 도착한 다른 차 뒷좌석에 분승시켜 밀어 넣었다.

그 사이 마쓰다는 목소리조차 내지 못하며 벌벌 떨고 있는 두 소녀의 팔목을 잡아 히가가 타고 있는 차 뒷좌석에 태우려 했다. 왜소한 소녀가 거부하려고 팔을 휘두르자 마쓰다가 목덜미를 잡아 차문에 내동댕이쳤다.

"여자라고 봐줄 것 같아?"

쭈그리고 앉은 왜소한 소녀의 머리카락을 움켜쥐고서 일으켜 세워 창문에 얼굴을 눌렀다. 왜소한 소녀는 울먹이며 용서를 빌었다.

두 소녀가 뒷좌석에 앉자 안에 있던 히가가 마쓰다에게 신호를 했다. 마쓰다는 신죠에게 다른 장소에서 남자들을 적당히 혼내고 '주의'를 줄 것을 지시한 후 가쓰야에게 차키를 던졌다. 가쓰야는 손목 상태를 확인하면서 운전석에 앉았다. 신죠의 차가 짧게 경적을 울리고는 앞서 출발했다. 마쓰다는 가볍게 손을 들어 배웅한 후 조수석 문을 열었다.

"매번 가는 호텔로 가."

마쓰다는 가쓰야에게 말하더니 뒷좌석에 앉은 두 소녀를 봤다.

"조용히 하고 있으면 아무 짓도 안 할 거야."

웃어 보이는 마쓰다의 얼굴을 보더니 훌쩍이며 울고 있던 왜소한 소녀가 울음을 그쳤다. 가쓰야는 목격자가 없는지 주위를 확인하며 좁은 주택가 길을 핸들을 능숙하게 꺾어가며 빠져나가 호텔로 향했다.

나미노우에 러브호텔 거리로 들어서서 마쓰다가 말한 호텔 1층 주차장에 차를 세웠다. 제일 먼저 내린 마쓰다가 뒷좌석 문을 열고서 소녀들에게 내리라고 말했다.

"도망치려 해도 소용없어. 그놈들을 살리고 싶으면 시키는 대로 하는 게 좋아."

두 소녀는 고개를 끄덕이곤 차에서 내리더니 서로 바짝 달라붙으며 주위를 살폈다. 히가가 내리는 걸 기다렸다가 차를 잠근 가쓰야는 호텔 로비로 들어가는 마쓰다의 뒤를 따라갔다. 마쓰다는 두 소녀의 어깨를 가운데로 들어가 안으며 정면 벽을 올려다보더니 벽에 걸린 조화 속에 숨겨진 감시 카메라에 엄지손가락을 세워 신호를 보냈다. 이곳은 마쓰다의 아버지가 운영하는 러브호텔로, 젊은 종업원은 모두 마쓰다의 부하다. 5층 건물인 호텔의 맨 꼭대기 층에 마쓰다 혼자 쓰는 전용 룸이 있는데 가쓰야도 여자들이 오는 술자리에 몇 번인가 참석한 적이 있다.

로비에 있는 전시판에는 빈 방 표시가 거의 없었다. 평일 밤인데도 북적이는 것 같았다. 승강기로 5층까지 올라가는 동안 마쓰다는 참을 수 없다는 듯 소녀들의 몸을 주무르기 시작했다. 마쓰다는 가슴과 하복부를 만지며 저항하지 못하고 얼굴을 찡그리고 있는 두 소녀를 향해 썩은 치아를 드러내고 웃었다. 왜소한 소녀는 이미 굴복하고 있었지만 갈색머리 소녀는 아직 반항심이 남아 있는 표정을 지었다. 티셔츠의 옷깃 언저리로 들어오는 손을 반사적으로 잡은 갈색머리 소녀가 도와달라는 표정으로 히가를 바라봤다. 히가가 뒤돌아보자 갈색머리 소녀가 허둥대며 눈을 피했다. 가쓰야는 두 소녀의 달콤한 체취에 개운치 않은 기분을 느끼며 맨 마지막으로 승강기에서 내렸다.

모조 관엽식물 화분이 놓인 복도에는 벽돌색 카펫이 깔려 있었다. 가쓰야는 도중에 4명을 추월해 가장 깊숙한 곳에 위치한 방문을 열었다. 마쓰다는 소녀들을 소파로 안내해 앉게 하고는 둘 사이에 파고들어 앉았다. 건너편 소파에 앉은 히가가 품평을 하듯 두 소녀를 관찰했다. 가쓰야는 냉장고에서 맥주와 위스키를 꺼내 모자란 만큼의 유리잔과 얼음을 프런트에 부탁했다. 마쓰다가 가쓰야에게서 전화기를 받아들더니 피자를 주문해 달라고 지시했다. 가쓰야는 히가 옆에 놓인 일인용 소파에 앉았다. 마쓰다는 캔 맥주를 유리잔에 따라 히가 앞에 놓더니 캔 맥주를 더 따서 직접 마시기 시작했다.

방문을 노크하는 소리가 나자 가쓰야는 종업원으로부터 유리잔과 얼음을 받아들었다. 가쓰야도 알고 있는 10대 소년이다. 그 소년이 재미 좀 보시겠군요 하는 의미의 눈짓을 했다. 순간 주먹이 나가려는 것을 참고서 가쓰야는 문을 닫았다. 자리로 되돌아와 유리잔을 두 소녀 앞에 놓았다. 마쓰다가 "뭐가 좋아?" 하고 묻자 두 소녀는 주스라고 대답했다. 가쓰야는 냉장고에서 주스를 꺼내 잔에 따랐다. 마쓰다가 주스에 위스키를 섞었다. 히가와 마쓰다의 잔에 적절한 비율로 술과 물을 섞은 후 가쓰야는 우롱차 캔을 땄다.

"너도 마셔."

마쓰다가 말했지만 가쓰야는 고맙다고 대답했을 뿐 자신의 술은 만들지 않았다. 히가는 맥주를 단숨에 들이켜고서 가쓰야가 만든 술을 마셨다.

"사양하지 말고 마셔. 식사도 올 테니."

마쓰다가 양옆 두 소녀에게 친절하게 말했다. 웃을 때 드러나는 검은 잇몸 뿌리에 남은 앞니가 섬뜩했지만 마쓰다는 붙임성 있게 말을 걸 요량이었다. 겁을 먹으며 주뼛주뼛 손을 뻗은 두 소녀가 잔에 손을 대는 것을 보고서 마쓰다는 리모컨을 들어 텔레비전 전원을 켰다. 성인 채널에 맞추자 여자의 신음소리가 방안에 울려 퍼졌다. 음량을 조절하면서 마쓰다는 두 소녀가 경직된 자세로 화면에서 눈을 돌리는 모습을 흥미로운 듯 바라봤다. 갈색머리 소녀는 불쾌한 표정을 지으며 유리잔을 탁자에 놓았다.

"너희들 중학생이지. 어디 중학교 다녀?"

마쓰다는 소녀들이 화면에 보이는 반응을 관찰하면서 물었다. 가쓰야는 마쓰다의 상스러운 표정을 더 이상 지켜보기 힘들었다.

"가출해서 돈이 궁하니. 그래서 그런 짓을 한 거야, 응?"

입을 다물고 있는 몸집 작은 소녀의 목덜미를 마쓰다가 손바닥으로 가볍게 문지르면서 손가락으로 귓불을 주물렀다.

"학교도 따분하고 부모님도 시끄럽고 진절머리가 나는 거구나. 응?"

마쓰다의 말에 갈색머리 소녀가 살짝 웃은 것 같았다. 가쓰야는 마쓰다가 눈치채지 못하기를 바랐다.

"내가 그렇게 싫어? 돈이 필요하면 이 오빠한테 상담을 해도 돼. 주스 마실래? 아니면 맥주? 사양하지 않아도 돼."

마쓰다가 눈빛으로 신호를 보내는 것을 보고서 가쓰야는 냉장고에서 맥주 두 캔을 꺼내 탁자에 놓았다. 마쓰다가 캔 맥주를 따 작은 체구의 소녀에게 권했지만 그녀는 잡지 않았다. 가져가, 이 바보가. 가쓰야가 속으로 중얼거렸다. 마쓰다가 작은 체구의 소녀 입에 캔 맥주를 강제로 가져다 댔다. 고개를 돌리면서 맥주 거품이 흘러넘쳐 마쓰다의 무릎으로 떨어졌다. 마쓰다가 캔 맥주를 탁자에 올려놓고 천천히 거품을 손으로 닦았다.

"아저씨 죄송해요. 집에 가게 해주세요."

갈색머리 소녀가 하필이면 최악의 타이밍을 골라 말을 했다. 가쓰야는 혀를 작게 끌끌 차며 갈색머리 소녀를 바라봤다. 오기 어린 표정으로 입술을 앙 다물고 마쓰다를 보고 있는 소녀의 눈은 아름다웠다. 지금까지 사내아이들 그룹에서 그렇게 자기주장을 해왔던 모양이다. 남자들도 그런 소녀의 주제넘은 행동을 허용해 왔을 것이다. 하지만 그런 행동이 전혀 통하지 않는 남자가 있다는 사실을 갈색머리 소녀는 아직 알지 못했다.

가쓰야는 마쓰다와 히가의 반응을 살폈다. 마쓰다는 쓴웃음을 지으며 코 옆을 긁었다. 두 사람이 아무런 말도 하지 않자 갈색머리 소녀가 우쭐해져 왜소한 소녀의 손을 잡더니 이제 그만 가자 하고 소파에서 일어섰다. 마쓰다는 갈색머리 소녀의 팔을 잡아 억지로 다시 앉혔다. 소녀가 저항하자 마쓰다가 뒤에서 오른쪽 팔로 소녀의 목을 감았다. 날뛰는 소녀를 가슴팍으로 당기더니 머리를 주먹으로 두 번 쳤다. 둔한 소리가 난 후 소녀의 움직임이 멈췄다. 왜소한 소녀가 양손으로 얼굴을 감싸더니 훌쩍이며 울기 시작했다. 마쓰다는 리모컨을 집어 텔레비전 소리를 올렸다.

"오른손을 탁자에 내밀어."

마쓰다의 변화를 갈색머리 소녀도 눈치채고 있음이 분명했다. 하지만 몸은 미처 반응하지 못했다.

"손을 내밀라니까."

목을 조른 손에 힘이 더 들어갔다. 소녀는 허둥대며 오른손을 탁자 위에 올렸다. 자신이 큰 실수를 저질렀음을 겨우 깨달은 듯했지만 이미 늦었다. 가쓰야는 소녀의 손을 탁자 위에 올려놓고 손가락을 활짝 펴게 했다. 소녀의 귀가 빨개지고 얼굴이 충혈됐지만 자기 손을 볼 수 없음은 오히려 행운이었다.

히가가 상의 안주머니에서 칼을 꺼냈다. 금속 소리가 나면서 칼날이 빛을 발했다. 가쓰야 대신 소녀의 손을 누른 히가가 집게손가락 사이에 쑥 하고 칼날을 찔러 넣고서 붉은색 매니큐어가 칠해진 손톱을 젖혀 뜯어냈다. 마쓰다의 오른팔에 힘이 더 들어가자 소녀의 목소리는 더 이상 들리지 않았다.

"이번에 소리를 내면 손톱 정도로 끝나지 않아. 부탁이니까 조용히 해 줄 거지?"

마쓰다가 팔에 힘을 빼자 소녀는 목구멍을 울리며 숨을 쉬었지만 소리는 새어 나오지 않았다. 두 소녀가 더 이상 반항하지 않는 것을 확인한 마쓰다가 텔레비전 소리를 줄였다. 히가가 누르고 있는 오른손이 작게 떨리고 있었고 손가락 끝에서 솟아난 피가 탁자 위로 흘러내렸다. 히가는 양손으로 얼굴을 감싼 채 계속 울고 있는 왜소한 소녀를 보더니 가쓰야에게 탁자 위에 있는 재떨이를 가져오라고 눈으로 지시했다. 가쓰야는 바보 같은 여자들이 하고 속으로 욕하면서 고개를 끄덕였다.

"눈을 떠!"

얼굴을 감싸고 있는 왜소한 소녀의 손을 떼어내더니 호통을 쳤다. 소녀는 흑흑 흐느끼며 가쓰야를 바라봤다. 어릴 적 기르던 반려견의 눈과 똑같았다. 그 반려견은 어떻게 됐을까 하는 생각이 갑자기 떠올랐다.

"너 그 재떨이로 이 년 손가락을 으깨버려. 대충 했다가는 네 손가락을 부숴버릴 거야."

가쓰야는 소녀의 손에 두터운 재떨이를 쥐여줬다.

"부탁드려요. 용서해 주세요. 이제 전화방에 전화를 하지 않을 게요. 제발 용서해……."

왜소한 소녀가 눈물로 더러워진 얼굴을 히가에게 향하고서 고개를 숙였다. 그런 행동은 히가의 분노를 더 급상승시킬 뿐이었다. 가쓰야는 소녀의 뺨을 후려친 후 재떨이를 치켜들게 하고서 귓가에 다시 고함을 질렀다.

"이미 늦었어, 등신아. 얼른 해! 아니면 네 손가락이 으깨질 거야. 얼른 하는 게 좋아."

탁자 위에 펼쳐진 가늘고 긴 손가락은 피와 매니큐어의 붉은색으로 장식돼 있다. 왜소한 소녀는 손을 움직이려 했지만 내려치지 못했다.

"얼른 해!"

가쓰야는 다시 한 번 소리를 질렀다. 소녀는 눈을 감고서 팔을 휘둘렀다. 재떨이는 손등에 맞고서 튕겨나갔다. 갈색머리 소녀가 신음소리를 냈고 왜소한 소녀는 얼굴을 감싸 쥐고 흐느껴 울었다. 재떨이가 닿는 순간 힘이 약해져 손등에는 붉은 흔적이 남아 있을 뿐이었다. 탁자 아래로 떨어진 재떨이를 히가가 집어 들더니 왜소한 소녀의 옆머리를 때렸다. 마쓰다 쪽으로 쓰러진 소녀는 양손으로 얼굴을 가렸다.

"얼른 하라니까."

히가가 탁자에 재떨이를 놓았다. 몸을 일으킨 소녀의 관자놀이가 푸르게 부어올라 있었다.

"이게 마지막 기회야."

가쓰야의 말에 소녀는 훌쩍이면서 천천히 재떨이를 잡아 어깨 부근까지 들어 올렸다.

"좀 더 위로 올려."

가쓰야의 말에 머리 위까지 재떨이를 들어 올리더니 왜소한 소녀는 미안해 미안해 하고 반복해 말한 후 내려쳤다. 두툼한 유리가 집게손가락 끝에 떨어졌다. 살이 찌부러지는 소리와 재떨이가 탁자에 부딪치는 소리가 텔레비전에서 흘러나오는 여자의 신음소리를 한순간 지워버렸다. 갈색머리 소녀의 전신이 경직되자 마쓰다가 웃으면서 몸을 눌렀다. 손목을 잡고 있는 히가가 가쓰야를 봤다. 가쓰야는 세면대 선반에서 수건을 꺼내와 평평해진 손가락 끝에서 피가 흐르고 있는 소녀의 오른손을 감쌌다. 마쓰다가 목에 감은 팔을 풀어주자 갈색머리 소녀는 오른손을 감싸더니 목소리를 죽여 울기 시작했다. 왜소한 소녀도 재떨이를 손에 들고 고개를 숙인 채 울고 있었다. 히가는 소녀의 얼굴을 들게 하더니 재떨이를 집어 들고 사방으로 튄 피가 묻은 자신의 겉옷 소매를 보여줬다.

"지금부터 일해서 변상해야지."

그렇게 말하고서 히가가 재떨이를 탁자 위에 올리자 왜소한 소녀가 몇 번이고 고개를 끄덕였다.

가쓰야는 살점이 붙은 손톱을 휴지로 싸서 휴지통에 버린 후 휴지를 몇 장 더 뽑아 탁자 위의 피를 닦고 재떨이를 정리했다. 위스키를 잔에 따른 후 적당량의 물을 타 히가와 마쓰다 앞에 다시 놓았다. 히가는 무표정이었고 마쓰다는 히죽히죽 웃으면서 잔을 들어 술을 마셨다. 가쓰야는 똑같은 술을 만들어 두 소녀 앞에도 두었다.

"사양하지 말고 마셔."

마쓰다의 말에 왜소한 소녀는 잔으로 바로 손을 뻗었다. 갈색머리 소녀도 왼손을 뻗어 잔을 쥐었다. 입가로 가져가는 잔이 떨렸고 치아에 잔이 닿을 때 소리가 났다. 갈색머리 소녀의 무릎에 떨어지는 술을 마쓰다가 흥미로운 듯 지켜봤다.

변태 새끼.

가쓰야는 속으로 내뱉었다. 왜소한 소녀도 잔에 입을 대고 있었지만 술은 줄지 않았다. 마쓰다가 눈치 빠르게 얼른 마셔 하고 소녀의 머리를 손가락으로 쿡 찔렀다. 소녀는 허둥대며 반 정도 들이켰다.

현관문 노크하는 소리가 들려 가쓰야가 자리에서 일어났다. 문을 열자 종업원이 피자 상자를 들고 서 있었다.

"더 필요하시죠."

피자와 함께 종업원이 위스키 병을 내밀었다. 고맙다고 하며 받아든 가쓰야는 문을 닫았다. 상자에서 꺼낸 피자를 탁자 위에 놓았다. 마쓰다는 오래 기다렸다는 듯 손을 뻗어 한 조각을 집더니 입이 미이도록 잔뜩 밀어 넣었다.

"어서 먹어."

마쓰다의 말에 두 소녀는 당황하며 한 조각씩 집어 들었다. 소녀들은 입으로 조각 피자를 가져가 조금 베어 먹는 시늉만 했다. 가쓰야는 한 조각을 다 먹은 후 더 이상 손도 대지 않았다. 배가 고프기는 했지만 위가 음식을 받아들이지 않았다. 히가는 소파에 기대 비디오를 보고 있을 뿐 피자는 건드리지도 않았다. 가쓰야는 잔이 다 빈 것을 확인하고 다시 술을 섞어 히가의 앞에 놓았다. 종업원이 가져온 위스키를 가쓰야가 열고 있자 마쓰다가 방 한 쪽을 턱으로 가리켰다. 침대 옆에 비디오카메라가 든 가방과 삼각대가 놓여 있다. 마쓰다가 히가에게 괜찮지? 하고 확인한 후 텔레비전 소리를 줄였다. 마쓰다가 왜소한 소녀의 손을 잡더니 소파에서 일어났다.

"시키는 대로 해."

왜소한 소녀가 싫어하는 시늉을 보이자 가쓰야가 목소리를 높였다. 왜소한 소녀는 가쓰야를 보고 소파에서 일어섰다. 조금이라도 거역하는 시늉을 하면 히가나 마쓰다를 자극할 뿐이었다. 어차피 도망칠 수 없다면 빨리 끝내는 편이 좋았다. 갈색머리 소녀가 수건을 감싼 오른손을 가슴 앞으로 끌어안고서 왜소한 소녀를 보더니 바로 고개를 숙였다. 눈물로 더러워진 얼굴이 가쓰야의 가슴에 아련히 통증을 남겼다. 이제 와서 뭘 어떻게 하겠어. 어차피 늦었어. 가쓰야는 동정하는 마음을 완전히 지워버렸다.

왜소한 소녀는 어떻게 하면 되는지를 깨달은 듯했다. 하지만 막상 침대 옆으로 데려가자 주저했다. 우물쭈물 대는 모습에 초조해하면서 가쓰야는 삼각대를 세우고 비디오카메라를 설치하고 새로운 테이프를 넣었다.

"옷 벗어."

가쓰야가 촬영 준비를 마친 것을 보고 마쓰다가 소녀에게 명령했다. 가쓰야는 소녀가 티셔츠를 벗는 장면부터 카메라에 담았다.

"여기를 봐. 얼굴을 숨기지 말고."

등을 보이고 있는 소녀에게 가쓰야가 명령하자 소녀가 청바지를 벗고서 속옷을 벗으려 했다. 가쓰야가 그 모습을 정면에서 촬영했다. 소녀가 벌거벗자 속옷 한 장만을 입은 마쓰다가 뒤에 서서 가슴을 가리고 있던 소녀에게 양손을 들어 올리라고 명령했다.

"고개 들어."

금방이라도 울음을 터뜨릴 것 같은 소녀의 몸은, 중학생치고는 무척 어려 보였다. 그런 여자아이를 좋아하는 손님도 많았다. 비싸게 팔리겠군 하고 가쓰야는 생각했다. 소녀의 전신을 찍은 후에 근접 촬영으로 발목부터 무릎, 넓적다리, 그리고 이제 막 털이 나기 시작한 음모 쪽으로 카메라를 천천히 움직였다.

지금까지 제작한 비디오는 30개 이상이다. 촬영한 소녀의 대부분은 용돈을 벌 목적이었기에 스스로 납득했다. 그중에는 속이거나, 협박하거나, 억지로 찍은 것도 있다. 그런 비디오가 더 잘 팔렸다. 일단 영상을 찍고 나면 소녀들은 어찌할 도리가 없다. 가출을 했거나 놀 만큼 놀았던 소녀들뿐이라, 가족에게 보낸다고 하거나 이웃에게 뿌린다고 위협하고 눈앞에 고액의 돈을 보여주고 쥐어주면 거역하기는커녕 또 하고 싶다는 표정조차 보였다. 실제로 그렇게 해서 2, 3번이나 영상을 찍은 소녀도 있었다. 다만 찍히는 것에 익숙해져 버리면 상품가치는 내려간다. 혐오와 공포와 굴욕감으로 일그러진 표정이 담긴 첫 영상이 제일 인기가 많았다.

동안에 미숙해 보이는 몸매의 소녀라서 꽤 잘 될 것 같았다. 침대 위로 올라가는 선이 딱딱한 등과 작게 흔들리는 엉덩이를 바라보며 마음속에서 느껴지는 애처로움의 정도를 헤아려봤다. 미숙함과 애처로움. 이 두 가지는 매상으로 연결되는 중요한 요소다. 보고 있기에 다소 꺼림칙함을 느끼는 정도가 딱 좋았다. 위를 보고 누워 지시를 기다리는 소녀를 마쓰다가 카메라를 마주 보게 하고 옆으로 눕게 한 후 다리를 뒤에서 들어 올렸다. 다리를 벌리고 소녀의 중심을 손가락으로 만지작거렸다. 금방이라도 울 것 같은 소녀의 얼굴을 찍고 있자니 마쓰다가 소녀의 손을 잡으며 스스로 해보라고 명령했다.

"해본 적 있잖아. 어서 해. 너도 친구처럼 되고 싶어?"

소녀는 고개를 옆으로 흔들더니 손을 움직이기 시작했다. 마쓰다는 무리한 자세를 취하고 있는 소녀의 몸을 지탱하며 숙인 고개를 들어 올렸다.

"카메라를 봐야지. 같은 말을 또 하게 하지 마."

가쓰야는 카메라를 뒤로 움직여 전신을 찍고서 다시 천천히 가까이 다가가 얼굴과 가슴, 하체로 이동해 손가락의 움직임을 찍었다. 마쓰다는 10분 정도 소녀에게 자위를 시킨 후 소녀의 손 위에 자신의 손을 겹친 후 난폭하게 움직이기 시작했다. 가쓰야는 삼각대에서 카메라를 분리한 후 직접 손에 들고 찍기 시작했다. 고통을 참고 있는 소녀의 얼굴을 담기 위해 발 아래쪽으로 움직여 격렬하게 움직이는 손가락과 하체를 찍기 시작했다. 소녀의 눈에서 눈물이 흘러내렸고 젖은 성기에서 소리가 났다. 마쓰다는 소녀를 위를 보고 눕게 한 후 전신을 혀와 손가락으로 훑으며 소녀의 몸이 거부 반응을 보이자 그것을 즐겼다. 마쓰다의 표정과 몸의 움직임을 보고 있자니 구역질이 날 것 같았다. 그래도 가쓰야는 소녀의 몸과 표정이 일그러지고 떨리며 휘어지는 모습을 계속해서 찍었다. 마쓰다가 삽입을 한 후 끝내기까지 10분 동안 체위가 몇 번이고 바뀌었다. 소녀가 위를 보고 누워 몸을 뒤트는 사이 마쓰다가 안에 사정하며 끝났다.

"괜찮은 작품 나왔어?"

마쓰다가 침대에서 내려와 위스키 잔을 들고 마시며 물어봤다. 엎드려 몸을 떨고 있는 소녀의 다리를 벌리고 안에서 흰 액체가 흘러나오는 것을 찍고 있던 가쓰야가 작은 목소리로 "응." 하고 대답했다. 소녀는 베개에 얼굴을 묻고 있었다. 마쓰다는 손에 잔을 든 채 욕실로 향했다. 가쓰야는 샤워기에서 물이 나와 흘러내리는 소리를 들으며 녹화 스위치를 껐다. 비디오카메라와 삼각대를 정리하고 있는 도중에도 침대 위에 엎드려 있는 소녀는 계속 울었다. 마음이 개운치 않았지만 아무리 그래도 화를 내는 것은 내키지 않았다.

히가는 미국 프로농구 시합 채널로 텔레비전을 돌리더니 위스키를 계속 마셨다. 두 병째 위스키도 반 이상 마신 상태였다. 손톱이 뽑힌 소녀는 수건으로 감싼 손을 끌어안은 채 고개를 계속 숙이고 있었다. 왜소한 소녀가 흘리는 신음소리를 계속 듣고 있었을 것이다. 손가락이 으깨지지 않았다면 소녀 또한 녹화를 해야 한다는 사실을 알고 있을까 하고 가쓰야는 생각했다. 앞날을 생각한다면 녹화를 하는 것보다 손가락 하나가 부서지는 편이 행운인지도 몰랐다.

가쓰야는 침대 맞은편에 있는 이불을 펼쳐 왜소한 소녀의 등을 덮어줬다. 부어오른 위아래 눈꺼풀을 비비고 있자 마쓰다가 몸을 닦으며 욕실에서 나왔다. 프런트에 전화를 하더니 술을 더 가져오라고 명령했다. 그러곤 소파에 앉아 핸드폰을 손에 쥐고서 여자가 있으니 호텔로 오라며 동료 몇몇에게 전화를 돌렸다.

전화를 끊자 마쓰다는 냉장고에서 우롱차 캔을 꺼내 갈색머리 소녀의 목덜미에 댔다. 소녀가 놀라서 몸을 뒤틀었다. 마쓰다가 소리를 내며 웃더니 마개를 따고 차를 단숨에 들이켰다. 갈색머리 소녀는 소파 구석에서 몸을 움츠리고 앉아 떨고 있었다. 손톱을 뽑히는 편이 행운이었노라 생각한 것은 실수다. 다른 동료들이 오면 손톱을 다친 정도로 그냥 넘어가지는 못할 것이다.

"넌 이제 돌아가도 돼."

마쓰다의 말에 가쓰야는 안심했다. 더 이상 소녀들이 괴롭힘당하는 것을 보고 싶지 않았다. 히가에게 고개 숙여 인사를 하고서 문 쪽으로 향했다. 방에서 나가며 소파 쪽을 보자 갈색머리 소녀가 도움을 청하는 눈빛을 보내고 있었다. 이제부터 소녀들에게 일어날 일을 생각하니 마음이 무거웠다. 하지만 가쓰야가 할 수 있는 일은 아무것도 없었다. 전화방에 연락해 경솔하게 돈을 뺏은 대가가 얼마나 큰 것인지 이제부터 실감하면 될 것이다. 내면의 꺼림칙함을 눌러 죽이듯 속으로 말을 내뱉으며 문을 닫았다.

아파트로 돌아오면서 편의점에 들러 캔 맥주와 안주, 우유와 요구르트를 샀다. 문을 열자 실내에 가득 찬 열기와 냄새가 흘러나왔다. 부엌불을 켜고 현관 옆 창문을 열어젖힌 후 환풍기 버튼을 켰다. 캔 맥주를 따고 비닐봉지 안에 든 식료품을 냉장고에 넣었다. 마유의 방에 들어가자 열기와 냄새가 더 지독해져 있었다. 마유는 계속 켜놓은 형광등 아래에서 수건 천으로 만든 여름용 이불을 뒤집어쓴 채 반대편을 보며 자고 있었다. 몸이 눈에 띌 정도로 작아진 것 같아 내심 조금 불안했다. 땀이 흘러 머리카락이 관자놀이와 이마에 달라붙어 있었다. 손을 대 재보니 열이 내렸고 숨소리도 온화했다. 호텔에 남기고 온 두 소녀를 떠올렸다. 지금쯤 무슨 짓을 당하고 있을지 생각하자 왠지 참을 수 없는 기분이 들었다. 그런 반응을 하는 자신이 낯설었다. 여자들에게 과도한 동정심을 품는 일은 위험하다. 동정을 해도 아무것도 변하지 않을 뿐만 아니라, 자신의 행동에 혐오감을 품으면 실패할 위험이 커져 결국 험한 꼴을 당하게 되는 것은 자기 자신이다.

마유를 동정하는 것도 마찬가지다. 체력이 회복되면 바로 손님을 받아야만 한다. 가쓰야는 자신을 타이르며 부엌에 가서 컵에 우유를 따른 후 감기약을 섞어 방으로 가져갔다. 마유를 침대에서 일으켜 세우면서 보니 티셔츠의 옷깃 언저리 너머로 등에 난 화상 자국이 보였다. 가쓰야는 티셔츠 옷자락을 젖혔다. 등에 날개를 펴고 있는 무지개 새는 더욱 아름다움을 뽐내고 있었다. 날개깃 하나하나가 명확한 윤곽을 드러내고 있고 전체를 보면 색이 스며들어 미묘하게 변화하고 있다. 땀이 밴 흰 피부에 조각된 아름다운 색채가 두드러지는 만큼 옥죄인 살이 지독하게 부풀어 올라 있었다. 시간을 들여 우유를 마시게 하곤 침대에 눕히자 마유는 조용히 잠이 들더니 숨소리를 냈다. 이렇게 평온하게 자는 얼굴을 본 것은 처음이었다. 가쓰야는 마유가 자는 모습을 한동안 바라본 후 자기 방으로 돌아갔다.

침대에 앉아 비디오를 보면서 캔 맥주를 마셨다. 베트남 전쟁터에서 살아남은 특수부대 출신 남자가 귀국해서도 일상생활에 제대로 복귀하지 못한 채 자기 몸에 각인된 살인 기술과 전쟁터에서의 기억에 괴로워하며 도시에서 계속 방황하는 내용의 영화였다.

베트남 밀림 속에서 남자가 소속된 부대는 적 부대에 둘러싸여 괴멸적인 타격을 입는다. 살아남은 동료도 그 후의 전투에서 속속 전사해 남자 외에 불과 3명만이 귀국한다. 그들도 약물에 빠져 급사하거나 범죄에 휘말려 살해당하고 재회한 가족과 좋지 않게 지내다가 자살한다. 홀로 남겨진 남자는 전쟁터에서의 기억에 괴로워하면서 자신이 전쟁을 수행했던 이유를 스스로에게 계속해서 되묻는다. 심야에 도시를 헤매는 주인공의 음침한 모습을 보면서 사회과목 선생님이 수업시간에 해준 이야기의 나머지 부분을 떠올렸다.

얀바루 숲 깊은 곳에서 훈련을 하고 있던 특수부대 대원들에게는 전설 같은 이야기 하나가 전해 내려온다. 스위스 군용 칼로 적의 목을 따는 이야기를 한 다음, 사회 교사는 흑판에 판서하던 손을 멈추고 본격적으로 이야기를 시작했다.

얀바루 숲에는 환상의 새가 살고 있다. 비둘기 정도의 크기로 꼬리가 길어 신장이 1미터 가까이 되며 머리에는 장식용 깃이 자라 있다. 전신이 극채색인 날개로 뒤덮여 있어 미군은 그 새를 레이보우 버드, 즉 무지개 새라 부른다. 만약 숲속에서 그 새를 발견한다면 아무리 격렬한 전쟁터에 있더라도 반드시 살아 돌아올 수 있다. 군인들은 그렇게 믿고 있다.

이야기를 듣고 있는 가쓰야의 눈에 새의 모습이 선명하게 떠올랐다. 어스레한 숲속을 유유히 날아오르는 한 마리 새. 적, 청, 녹, 황색의 선명한 색을 띤 날개에 뒤덮여 긴 꼬리를 흔들면서 빛의 가루를 공중에 흩뿌린다. 심홍색 얼굴에 금색 홍채와 칠흑 같은 동공이 두드러지고, 날카로운 부리에서 터져 나오는 울음소리가 어두운 숲속에 울려 퍼진다. 가쓰야는 그 소리를 들은 적이 있기라도 한 양 몸을 떨었다.

하지만 말이야 그 새를 발견한 사람이 있었는지는 알 수 없어. 그 새를 봤다고 다른 사람에게 말해버리면 새가 불러오는 기적은 사라져 버리고 말아. 그래서 설령 새를 본 사람이 있다 해도 누구도 그 이야기를 입에 담지 않으니 새의 존재를 증명할 수 없지. 그리고 또 하나의 이유가 있는데, 그 새를 본 사람은 살아남을 수 있으나 부대의 다른 동료들은 전멸한다고 해. 거꾸로 다른 동료들이 살아남기 위해서는 무지개 새를 본 자를 죽여야만 해. 그렇기에 무지개 새를 본 사람은 그 사실을 누구에게도 말하지 않지. 그런 이중적인 의미로 존재를 증명할 수 없는 새인 셈이야. 그러니 환상의 새라고 해야겠지만.

선생님은 그 후 새에 관한 전설이 생긴 게 특수부대 병사라 할지라도 전쟁터에서 죽지 않고 살고 싶다는 소망 때문이라고 그럴싸하게 설명하곤 평상시처럼 반전 평화론으로 이야기를 끌고 갔다. 그런 사족은 가쓰야에게 아무래도 좋았다. 순간 눈앞에 일곱 색깔의 모습이 보였고 날카로운 울음소리가 귓가에 들려오는 것만 같았다. 가쓰야의 가슴에 무지개 새는 명확한 존재로 각인돼 언젠가 그 새를 볼 수 있다면 하고 염원하는 바람이 깊이 뿌리내렸다. 영화가 종반부로 진행되면서 음침함이 더해져 갔다. 주인공 남자는 제멋대로 생각을 부풀려 젊은 여자가 다른 남자와 사귀기 시작했다고 판단한 나머지 자신이 배반당했다고 굳게 믿고는 두 사람을 살해한다. 경찰에 쫓겨 차로 도망치는 도중에 남자는 어린 여자아이를 납치해 인질로 삼아 마지막에는 숲으로 간다. 남자는 여자아이를 안고 숲속을 걸어 짙은 청록색 호수에 당도한다. 그곳은 살아남은 전우들과 한 번 모임을 가졌던 장소로 낚시와 캠핑을 했던 호반이다. 머리 위에 경찰과 주(州) 소속 군인들이 탄 헬기가 다가온다. 호수 표면이 물결치고 헬기에 탄 병사들의 총이 남자를 포착한다. 여자아이의 목에 군용 칼을 대고서 큰 나무 그늘에 숨은 남자는 군용견이 짖는 소리가 다가오는 것을 듣더니 여자아이를 땅에 내려놓는다. 흰 원피스를 입은 작은 등을 밀어 호수 쪽으로 가게 한 남자는 자기 목을 칼로 긋고서 큰 나무뿌리에 쓰러진다. 쓰러진 남자의 열린 눈에 쭈그리고 앉아 남자를 바라보는 여자아이의 모습이 비친다. 경찰관 몇 명이 달려와 여자아이를 끌어안는다. 군인들이 데려온 셰퍼드가 죽은 남자에게 으르렁거린다. 쓰러진 남자가 손에 들고 있는 칼은 베트남에서 죽은 전우의 유품이다.

숲 위를 날아가는 텔레비전 방송국 헬기에서 카메라로 남자를 담는다. 도시의 쇼윈도 텔레비전 화면에 쓰러진 남자의 모습이 비친다. 꾸깃꾸깃한 종이봉투에 위스키 병을 넣은 부랑자가 화면을 응시한 채 위스키 한 모금을 마시며 죽은 남자를 위해 눈물을 흘린다. 멀리 고층빌딩을 배경으로 숲 위를 선회하고 있는 헬기 3대의 영상에 베트남 밀림 위를 날아가는 헬기 영상이 겹쳐진다. 전쟁터에서 도움을 요청하는 무선 통신 소리가 울리며 화면이 암전 된다.

엔드 롤이 올라가는 도중에 가쓰야는 비디오를 되감기 했다. 침대에서 내려와 냉장고로 가 생수를 꺼내 마셨다. 어둠 속을 날아가는 무지개새의 모습을 떠올리며 불을 껐다.

다음 날, 가쓰야는 오전 10시가 넘어 눈을 떴다. 침대에서 내려와 에어컨을 켜놓은 채로 창문을 열고 환기를 시켰다. 햇빛이 방에 쏟아져 들어오자 얼굴을 찡그리고는 빨래를 해야겠다고 생각했다. 샤워를 하고 몸을 닦은 후 방에서 운동복 바지와 티셔츠를 갈아입고 냉장고에서 생수를 꺼내들고는 마유의 방으로 들어갔다.

커튼을 통과한 빛이 형광등 빛과 섞이자 방안 전체가 초록색 같은 기묘한 색깔로 물들었다. 에어컨이 꺼져 있는지라 방안에 열기가 가득 차 냄새를 참기 힘들었다. 가쓰야는 에어컨을 켜 온도를 조정했다. 그러곤 마유를 일으켜 세워 들고 있던 생수를 입에 가져다 댔다. 마유는 눈을 감은 채로 두 모금 정도 마셨다. 옷상자 안에서 수건을 꺼내 마유의 몸을 닦고 속옷과 티셔츠를 갈아입혔다.

가쓰야는 부엌으로 돌아가 컵에 우유를 따르고 감기약을 타서 방으로 돌아왔다. "약이니까 마셔." 하고 귓가에 속삭이자 마유가 눈을 살짝 떴다. 등을 손으로 지탱해주자 입술에 대준 컵을 손으로 잡고 스스로 우유를 마시기 시작했다. 처음 있는 일이라 가쓰야는 깜짝 놀랐다. 마유가 우유를 전부 다 마신 후에 휴지로 입가를 닦아주고 침대에서 조심히 내려오게 했다. 바닥에 선 마유의 얼굴에 희미한 웃음이 떠오른 것만 같았다. 착각이라 해도 가쓰야는 기뻤다.

마유는 서너 걸음 옮겨 방 한가운데 앉아 껴안은 무릎에 턱을 올리고 눈을 감았다. 가쓰야는 섣불리 회복됐다고 생각해 한숨 돌린 자신이 우스꽝스러워졌다. 뭘 그리 기뻐하는 거야? 하고 말하는 목소리가 들려오는 것만 같았다. 손님을 받게 하려면 며칠은 더 걸릴 것이다. 쉬고 있는 동안 돈을 벌지 못하니 상납할 돈을 따로 마련해야 했다. 현금카드에 들어 있던 10만 엔은 이미 다 써버렸기에 돈을 마련할 생각을 하자 무기력한 자신의 모습이 비참하고 우울해졌다. 얼렁뚱땅 자신의 그런 모습을 지우기 위해서는 아무런 생각도 하지 않는 것 외에 딱히 방법이 없었다.

가쓰야는 방구석에 모아둔 마유의 빨래를 안아 들고 자기 방 베란다로 나가 세탁기 안에 넣었다. 오전 중에 마유와 자신의 빨래를 세탁하고 건조대에 널었다. 여자의 속옷을 널고 있는 모습이 우스꽝스러웠지만 그것 또한 히가가 부여한 임무 중 하나라는 식으로 자신을 타일렀다. 방으로 가자 마유는 바닥에 누워 다시 잠들어 있었다. 여름용 이불을 덮어준 후 가쓰야는 방과 부엌을 청소했다.

오후에는 근처 카페에서 점심을 먹고 비디오테이프를 반납하며 새로운 영화를 빌렸다. 그러곤 58호선 근처 오락장으로 가서 슬롯머신 바(bar)를 당겼다. 머릿속을 비우는 데는 회전하는 드럼의 도안을 응시하며 범람하는 기계음과 방송 소리에 몸을 맡기는 것이 최고다.

해질녘 방에 들러 마유에게 감기약을 넣은 우유를 마시게 하고 요구르트를 조금 먹였다. 빨래를 들고 정리한 후 방을 나섰다. 도중에 밥을 먹고 다시 오락장으로 돌아가 문 닫을 때까지 같은 자리의 슬롯머신에 몰두했다. 코인을 얻고 다시 집어넣기를 반복한 결과 7천 엔을 잃었다. 돌아가는 길에 단골 술집에 들러 멍하니 밖을 바라보며 맥주와 위스키를 마셨다.

방으로 돌아온 때는 오전 2시가 넘어서다. 마유의 방을 들여다보자 저녁 무렵 새로 갈아준 시트 위에서 등을 돌린 채 자고 있었다. 방안의 냄새도 참을 수 있을 만큼 괜찮아졌고 티셔츠도 젖어 있지 않아서 그냥 자게 내버려 뒀다. 가쓰야는 온화한 모습으로 자고 있는 마유의 옆얼굴을 한동안 바라보다 자기 방으로 돌아갔다. 새로 빌려온 비디오테이프를 볼 힘은 남아 있지 않았다. 침대에서 위를 보고 누운 채로 눈을 감자 바로 잠으로 굴러떨어졌다.

다음 날 가쓰야는 10시 전에 아직 개장하지 않은 오락장으로 가서 모닝 서비스 슬롯머신[35]을 노리고 줄을 섰다. 하지만 모두가 앉고 싶어 하는 서비스 머신을 배정받지 못했다. 저녁 무렵 밥을 먹을 겸 방에 돌아간 때를 빼고는 하루 종일 오락장에서 슬롯머신을 해서 만 엔 조금 넘게 땄다. 환금 창구에서 돈을 받아 들고 단골 술집에서 새벽 3시 넘어서까지 맥주와 위스키를 마셨다. 술을 깊이깊이 체내에 스며들게 해 의식의 싹을 말랑말랑하게 만들지 않으면 잠시 후 무슨 짓을 저지를지 알 수 없다는 불안함을 참을 수 없었다.

35 어드밴티지를 제공하는 소수의 슬롯머신을 아침 손님에게 서비스로 배정하는 것.

술집을 나선 후 도중에 몇 번이고 구토가 치밀었지만 간신히 참고 집에 돌아왔다. 부엌에 불을 켜고 수도꼭지에서 물을 틀어 마시자 구역질이 치밀어 올라와 싱크대에 위 속에 들어 있는 것을 모조리 쏟아냈다. 입을 헹구고 몸을 일으켜 세우려 할 때 위가 다시 넘실대기 시작했다. 토를 3번 반복하고서야 겨우 싱크대와 헤어졌다.

마유의 방에 들어갔는데 더위도 냄새도 신경이 쓰이지 않아 마치 어젯밤부터 시간이 멈춰 있는 것 같은 기분이 들었다. 오히려 자신의 몸에서 나는 냄새가 방을 더럽히고 있는 듯했다. 침대 옆에 서서 내려다보자 마유의 숨소리는 조용했고 땀도 흘리지 않았다. 최근 5일 동안은 마유의 상태가 좋지 않아 히가가 먹이라고 한 알약을 감기약과 섞어 먹이지 않았다. 계속 이렇게만 하면 마유가 체력을 회복하고 일상생활로 돌아갈 수 있으려나? 그런 생각이 떠올랐다. 그건 불가능하다. 이렇게까지 추락했거늘 설령 체력이 회복된다 해도 원래대로 회복될 리 없다.

마유가 사라졌는데도 마유의 엄마는 아무런 대응도 하지 않았다고 마쓰다가 말했다. 원래 있던 곳으로 돌아가려 해도 이제 돌아갈 곳이 없다. 가쓰야는 마유의 티셔츠 옷깃 언저리 틈 사이로 손을 넣어 그녀의 등에 난 상처를 살짝 만졌다. 화상의 흔적은 조금 축축하고 차가웠다. 이 상처처럼 찌부러지고 말았어. 열려 있던 모든 가능성이. 자고 있는 마유도 그렇고 자신 또한 그렇다는 생각이 샘솟았다.

마유를 불쌍히 여기는 척하면서 자신을 가상히 여기고 있는 것뿐이잖아? 이제 와서 후회해도 소용없어. 가쓰야는 속으로 중얼대며 벽에 손을 대 몸을 지탱하면서 자기 방으로 돌아갔다. 침대에 앉아 리모컨으로 텔레비전을 켜자 얀바루 숲을 공중에서 촬영한 영상이 화면 한가득 나오고 있다. 선명한 신록이 복잡한 기복을 형성하며 산을 덮고 있다. 오키나와 민요를 현대식으로 바꾼 음악이 숲을 비추는 영상에 맞춰 흘러나오고 있다. 가쓰야는 화면을 바라보며 중학교 2학년으로 올라갔던 날의 기억을 떠올렸다.

일요일 아침이었다. 홀로 집 근처 길을 걷고 있던 가쓰야 옆으로 소형 버스가 멈춰 섰다. 가쓰야는 중학교 이름이 새겨진 버스를 보고 경계하는 자세를 취했다. 조수석 창문이 열리고 누군가 말을 걸어왔다. 1학년 때 사회과목을 가르치던 선생님이었다. 사회 선생님은 다른 선생님들과는 달리 가쓰야를 이상한 눈초리로 보지 않았다.

"지금부터 얀바루 숲으로 갈 거야. 괜찮으면 너도 함께 가지 않을래? 5시까지는 돌아올 거란다. 요즘 신록이 무척 아름다워."

생각지도 못한 말이었다. 다른 선생님이 같은 말을 했다면 가쓰야는 못 들은 척하고 계속 가던 길을 갔을 터다. 하지만 사회 선생님의 말엔 기쁨을 감출 수 없었다. 이렇다 할 일정은 없었다. 버스 안에서 가쓰야를 보고 있는 학생들과 열린 버스 문을 번갈아 보면서 어찌할 것인지 망설였다. 꽤 거북한 분위기가 될 것임은 예상할 수 있었다. 그런데도 버스에 탄 건 사회 선생님이 수업 중에 말해줬던 미군 특수부대가 훈련하고 있는 숲을 직접 보고 싶었기 때문이다.

가쓰야가 타자 버스는 다시 출발했다. 20명 정원인 버스는 거의 만원이었다. 남학생이 창가에 앉아 있는, 제일 가까운 자리에 앉았다. 혼자 앉아 있던 남학생은 몸을 창가에 바싹 붙이더니 밖을 쳐다본 채로 가쓰야 쪽을 보려 하지 않았다. 버스에 타고 있는 학생은 대부분 이번 연도 학생회 간부와 반장들이었다. 사회 선생님이 학생회 고문 역할을 하고 있음을 떠올리고서 학생회 연수나 레크리에이션 활동 중 하나라고 생각했다. 자신이 타기 전까지는 온화했던 분위기였을 텐데, 모두 거북한 듯 입을 다물고 있는 모습을 보자 버스에서 내려야겠다고 생각했다. 이렇게 한나절을 보낼 생각을 하니 견디기 힘들었다. 은근히 달콤한 기대를 했던 자신을 향한 분노가 치밀어 올랐다.

그때 운전 보조석에 앉아 있던 사회 선생님이 뒷자리로 몸을 내밀며 가쓰야에게 말을 걸었다. 숲에 사는 생물이나 초목의 삽화가 들어간 수제 팸플릿을 건네더니 이 계절의 얀바루 숲이 얼마나 멋진지 설명하기 시작했다. 가쓰야를 향해 말하고 있었지만 다른 학생들도 듣고 있었다. 열심히 설명하는 선생님을 보니 버스에서 내리겠다는 말을 입 밖으로 내뱉지 못했다. 2학년이 되면서 담임선생님과 수업 담당 선생님이 바뀌었다. 어떤 선생님이든 이렇게 열심히 자신에게 말을 걸어주는 것은 정말 오랜만이었다.

사회 선생님의 전공은 역사로, 대학에 다닐 때는 반더포겔(Wandervo-gel)[36] 동아리에 소속돼 산속에서 홀로 캠핑을 한 적도 있다고 했다. 얀바루의 지리와 동식물에 관한 지식도 풍부해 자신이 경험한 것을 바탕으

---

36 산야를 도보로 집단 여행하는 청년 운동.

로 설명을 첨가했다. 가쓰야도 흥미를 품기 시작했다.

버스 안에서 몇 명인가의 여학생이 자연스레 선창을 시작했다. 가쓰야도 뒤에서 누군가 돌린 수제 가사모음집을 받아들고 작은 소리로 노래를 따라 불렀다. 가쓰야의 그런 모습이 다른 학생들에게는 의외였던 모양이었다. 직접 말을 걸어오지는 않았지만 버스에 탔을 때의 긴장감은 사라지고 농담과 웃음소리가 버스 안을 가득 채우기 시작했다. 소학교에 다닐 무렵에는 일상적으로 반 친구들과 함께 했는데 중학교에 들어가 히가 그룹에 끌려 들어간 후부터는 진심으로 웃을 수조차 없었다.

어디서부터 잘못되기 시작한 것일까. 아주 조금 무언가가 달라졌다면 자신 또한 처음부터 이 버스에 탄 채로 아무런 이물감 없이 웃거나 노래를 불렀을지도 모를 텐데. 그렇게 생각하자 분함과 쓸쓸함만으로는 다 설명되지 않는 기분이 치밀어 올라왔다. 가쓰야는 감정을 애써 억제했다. 자신의 태도 때문에 버스 안의 분위기가 깨질 것을 염려해 눈에 띄지 않게 행동해야겠다고 생각했다. 아주 잠깐만이라도 좋으니 중학생이라면 당연히 누리는 분위기에 젖고 싶었다. 옆에 앉아 있는 선배가 가쓰야를 대하는 태도는 불쾌했지만, 그날은 참을 수 있을 정도로 마음의 여유를 부릴 수 있었다.

사회 선생님은 가끔 조수석에서 엉덩이를 들어 뒤를 돌아보며 도로 주위의 지형이나 식생, 해안가의 특징 등을 모두에게 설명했다. 가쓰야가 지루하지는 않을지 신경 쓰면서도 특별한 배려는 하지 않았다. 가쓰야는 그런 모습이 기뻤다.

2시간 반이 지나 목적지인 구니가미손(國頭村)[37]의 임간 도로로 들어섰다. 댐 근처에 있는 공터에 버스가 멈춰 섰다. 사회 선생님이 선두에서 산길을 오르기 시작했다. 가쓰야는 일렬로 오르기 시작한 행렬 맨 뒤에 섰는데 버스를 운전한 체육 선생님이 뒤에서 그 모습을 보고 있었다. 수업을 들은 적은 없었지만 학교에서 가쓰야 그룹을 보는 눈빛이 매우 차가웠고 여차하면 바로 주의를 주겠다는 태도를 금방 읽을 수 있었다. 사회 선생님이 가쓰야를 버스에 태웠으니 어쩔 수 없이 상대해준다는 식의 태도를 느낄 수 있어서 가쓰야는 줄곧 체육 선생님을 무시했다.

처음에는 이렇다 할 난관이 없었던 산길이었지만 10분 정도 걷자 경사가 급해지고 길의 폭도 좁아졌다. 큰 비가 내려 파인 것인지 길을 세로로 길게 자른 것처럼 도랑이 생겨 걷는 게 갈수록 힘들어졌다. 여학생들이 과장되게 웃으며 남학생들에게 도움을 청했다. 주위 학생들의 놀림을 받으면서 몇몇 학생들이 서로 손을 잡았다. 가쓰야는 자신이 그들을 부러워한다는 사실을 떨쳐내기라도 하듯 빨리 걷기 시작했다. 평소 함께 하는 히가 그룹과는 완전히 다른 세상이 여기 있다. 이게 바로 일상적인 중학생의 모습이라고 생각하는 자신을 느꼈다. 가쓰야는 1년 동안 단숨에 나이를 먹은 것만 같았다.

가쓰야는 앞서 걷던 학생들을 차례차례 앞질러 산길을 올랐다. 어느새 맨 앞에 서서 모두를 끌고 있는 사회 선생님 바로 뒤에서 걷고 있었다.

"역시 가라데를 하니 허리와 다리가 튼튼하구나."

37 오키나와 현 북부의 지명.

사회 선생님이 돌아보더니 웃으며 말했다. 어떻게 알았지? 하고 의아하게 생각하면서도 저절로 웃음이 나왔다. 선생님은 가쓰야를 시험이라도 하듯 걸음을 빨리했다. 가쓰야도 필사적으로 따라붙었다. 다른 학생들은 자연스레 뒤처지기 시작해 산 정상 근처까지 오자 둘뿐이었다.

"여기부터는 경사가 급하니까 로프를 잡으며 올라가자."

멈춰 서더니 가쓰야의 상태를 확인한 선생님은 바위에 박힌 쇠 말뚝에 고정된 로프를 붙잡고 발 디딜 곳을 확인하며 산을 오르기 시작했다. 가쓰야도 바로 뒤를 따라갔다. 눈앞의 등산화에 뒤처지지 않으려고 얼굴에 흐르는 땀도 닦지 않고 산을 오르고 있을 때 회색 바위 위에서 갑자기 등산화가 멈췄다. 고개를 들자 선생님이 뒤를 보라고 재촉했다.

옅은 봄 안개가 낀 푸른 하늘 아래로 딱딱한 나무껍질을 뚫고 나온 신록은 황록색만이 아니라, 금색과 황색, 밤색 등 다양한 색깔의 잎사귀를 움트고 반들반들 빛나며 빛을 우주로 되돌려주고 있었다. 초목이 싹트는 기세에 산이 부풀어 올라 들끓고 있는 것 같았다. 나뭇가지 하나하나가 소리를 내며 산속에 멀리 울려 퍼지고 있었다.

"어떠니 가쓰야?"

산을 망연히 바라만 보고 있는 가쓰야에게 선생님이 말을 걸었다. 가쓰야는 말없이 고개를 끄덕였다. 다시 산을 오르기 시작한 선생님의 뒤를 따라 단숨에 산 정상에 도달했다. 다른 학생들이 다 올라올 때까지 5, 6분 정도의 시간이 있었다. 산꼭대기라 해도 오키나와의 산 높이는 뻔했다. 표고 350미터 정도밖에 안 된다. 그런 건 아무래도 좋았다. 가쓰야는 몇 킬로미터 이상 뻗어가며 펼쳐진 밀림을 처음으로 봤다. 햇빛에 빛나는 초록색 빛 아래로 무수히 많은 생명이 넘쳐나고 있다. 그런 실감이 숨이 막힐 정도로 가쓰야를 덮쳐와 엉겁결에 몸을 부르르 떨었다.

그중에는 얼굴에 위장크림을 바르고 군용 스위스 칼을 손에 든 채 이동하고 있는 미군 특수부대원도 있다. 가쓰야는 선생님에게 이 숲에서 미군이 서바이벌 훈련을 하고 있는지 물었다. 선생님은 가쓰야의 눈을 보더니 조금 의외라는 표정을 짓고는 북쪽을 왼쪽에서부터 오른쪽으로 가리켰다. 그러더니 저 주변 일대가 모두 미군의 훈련장이야 하고 말했다. 그때까지 그저 신록이 퍼져 있는 곳으로만 보였던 장소가 갑자기 깊이 있는 신비한 색채를 띤 숲으로 변해갔다.

"그런데 말이지, 지금도 훈련이야 하겠지만 베트남전쟁 때처럼 특수 훈련은 하지 않을 거야."

가쓰야는 실망하면서도 그 말을 예상하고 있었던 것만 같았다. 숲을 응시하며 밀림 아래로 몸을 숨기고 있는 군인을 상상했다. 나무가 뿜어대는 숨이 콱콱 막히는 냄새와 습기 속에서 숲과 일체를 이루고 있는 군인이 위장을 풀고 모습을 드러낸다. 뒤에서 적이 다가와 겨드랑이 밑으로 양팔을 넣어 목뒤로 꽉 몸을 쥔 후 경동맥을 칼로 재빨리 자른다. 얼굴에 뿌려진 피의 열기와 가슴팍에서 발버둥 치는 몸에서 전해오는 경련.

아래에서 여학생의 비명 소리가 들려왔다. 뒤따라오던 학생들이 그 여학생 근처까지 올라오자 길을 피해주다가 발을 헛디딘 모양이다.

"괜찮니?"

사회 선생님은 가쓰야의 옆을 지나쳐 서둘러 여학생을 도와주러 갔다. 손을 잡아끌고 산 정상에 올라온 여학생을 본 순간 일부러 그랬군하고 가쓰야는 생각했다. 여학생은 가쓰야의 시선을 무시하고 선생님의 손을 잡고는 뒤따라 올라오는 학생을 맞이하며 웃음소리를 냈다. 가쓰야는 좁은 공간 끝으로 가서 환성을 올리고 있는 무리로부터 떨어졌다.

　미군이 연습하는 곳 일대를 보니 신록 위로 구름 그림자가 움직이고 있었다. 숲이 수증기를 발산해 대기가 훨씬 투명하게 보이는 것 같았다. 산 주위에서 울고 있는 새소리가 들려왔다. 봄날의 햇빛이 나무와 나무 사이로 쏟아져 들어와 날아다니는 새의 날개가 더욱 빛나 보였다. 무지개색 빛이 나무 사이를 흘러갔다.

　만약 지금 내가 무지개 새를 직접 본다면 어떻게 될까? 돌아가는 길에 버스 사고가 나서 나를 제외한 모든 사람이 죽게 될까? 좁은 산 정상에서 서로 밀치락달치락하며 신록을 보고 찬탄하는 학생들과 두 선생님을 바라보며 가쓰야는 생각했다. 밀림에서 날아오른 무지개 새가 푸른 하늘에 커다란 반원을 그린다.

　그건 상상에 불과했다. 무지개 새는 모습을 드러내지 않았다. 설령 이 숲 어딘가에 정말로 무지개 새가 존재하더라도 내 눈에 보일 리 없다. 그렇게 생각하자 순식간에 마음이 차갑게 식어갔다.

　산에서 내려와 근처 자연공원에서 점심을 먹을 때였다. 여학생 몇 명이 가쓰야에게 도시락을 나눠줬다. 고맙다고 하며 받았지만 함께 먹자는 권유에는 응할 수 없었다. 겉으로 거부감을 드러내지는 않았지만 자신이 그들에게 기분 좋은 일행이 아님은 분명했다. 그 사실을 상기하니 꺼림칙한 기분에 자기혐오가 밀려와 온몸을 단단한 껍질로 뒤덮었다. 소학교 시절이었다면 가쓰야의 그런 성격을 친구들도 잘 알아서 껍질을 깰 수 있게 도와줬을 것이다. 하지만 중학교에서는 바랄 수 없었다. 히가 그룹의 일원으로 간주된 후부터는 차가운 시선만 받았기에 몸을 뒤덮은 껍질이 더욱더 딱딱해졌다. 가쓰야는 껍질을 깰 기력을 상실한데다 타인에게 기댈 마음은 털끝만큼도 없었다.

올 때 함께 앉았던 남학생은 뒤에 있는 보조석으로 자리를 옮겼다. 가쓰야는 돌아가는 버스 안에서 홀로 앉아 내내 창밖만 바라봤다. 꼬리에 꼬리를 물고 이어지는 노랫소리가 지겨워 참기 힘들었다. 사회 선생님은 지친 것인지 돌아가는 길에는 딱 한 번 뒷자리를 돌아봤을 뿐이다.

버스는 오키나와 시로 들어섰고 가쓰야는 아침에 탔던 장소에서 내렸다. 조수석 창문이 열리더니 사회 선생님이 웃으면서 또 같이 가자 가쓰야 하고 말했다. 달리는 버스 안에서 학생 몇 명이 손을 흔들었다. 설령 사교적인 제스처라 해도 기뻐하는 자신의 모습을 소중히 하자고 생각한 가쓰야는 고개를 끄덕이며 소심하게 손을 흔들었다. 내일 아침 눈을 뜨면 모든 것이 변해서 다른 학생들과 비슷한 일상을 보낼 수 있을 거야. 그런 몽상이 마음을 스쳤다.

다음 날 학교에 갔지만 가쓰야에게 말을 거는 동급생은 단 한 명도 없었다. 함께 버스를 타고 갔던 학생회 간부들도 학교에서 얼굴을 마주치자 아무 일도 없었다는 듯 가쓰야를 완전히 무시했다. 그 후 가쓰야는 히가 그룹의 멤버로서 학교 안에서 자신이 있을 곳을 더욱 명확히 했다. 동급생이라도 해도 전혀 봐주지 않게 됐다.

새해 들어 히가가 졸업한 것을 절호의 찬스라고 여긴 교사들이 학교를 개혁하겠다고 나섰다. 얀바루 숲에 갈 때 운전을 했던 체육 교사도 중심 멤버였다. 그밖에 새로 부임해 온 교사 서넛이 중심이 돼 학교 개혁을 급속도로 진행했다. 시(市) 교육위원회가 움직여 완력이 센 교사를 학교로 보냈다는 소문이 학생들 사이에 퍼졌다. 압도적으로 많은 수의 학생들은 교사들의 개혁이 성공하기를 간절히 바랐다. 하지만 누구 하나 겉으로 드러내지는 못했다.

얀바루 숲을 본 지 2주 정도 지났을 무렵이었다. 신입생 학부모가 자식이 학교에서 돈을 뺏겼다며 학교에 따지러 왔다. 그것을 계기로 학교 전체적으로 조사가 이뤄졌다. 짧은 HR 시간에 무기명 앙케트 용지를 나눠주고 바로 걷어갔다. 다음 날 방과 후 가쓰야는 학생지도실로 불려갔다. 얀바루 산을 올라갈 때 운전을 했던 체육 교사 외에 2명의 학생지도 교사가 와 있었다.

학교에 상납금 제도가 있는 모양인데 우리가 그걸 반드시 없애줄 테다. 체육 교사가 호언장담을 늘어놨다. 가쓰야는 그로부터 매일 같이 방과 후나 때로는 수업 중에도 불려나가 조사를 받았다. 시치미를 뚝 잡아떼는 가쓰야에게 체육 교사가 몇 번이고 손찌검을 했다. 가쓰야는 반항하지 않고 냉정하게 상황을 관찰했다. 히가의 지시이기도 했다. 졸업은

했지만 상납금 제도의 정점에 히가가 있는 상황은 그대로였다. 입을 연대가로 히가가 가할 제재에 비하면 체육 교사의 폭력은 새 발의 피였다. 가쓰야 외에도 조사를 받는 2학년과 3학년 학생이 40명 넘게 있었지만 단 한 명도 입을 열지 않았다. 속이 까맣게 타들어 간 학생지도부 교사들이 가쓰야와 학생 몇 명을 중심 멤버로 간주하고 집중적으로 압력을 가하기 시작했다. 그러는 사이 히가가 그들을 학교 밖으로 호출했다.

모두가 모인 장소는 엄마가 새벽녘까지 술집에서 일하는 3학년 가와미쓰(川滿)네 아파트였다. 올해 3월에 졸업한 히가와 에노가와(榮野川)를 중심으로 호출된 2학년과 3학년생 3명씩 2개의 그룹이 만들어졌다. 가쓰야는 히가의 그룹에 들어갔다. 그룹을 나눈 뒤 에노가와가 설명을 시작했다. 학생지도부 주임을 맡고 있는 베테랑 국어 교사와 상납금 제도를 없애는 데 가장 열을 올리고 있는 체육 교사 둘을 협박하는 방법을 가족 구성과 주거, 그들의 일상생활 등을 포함해 설명했다. 에노가와가 지시한 한 명 한 명의 역할을 가쓰야는 머릿속에 확실히 입력했다. 국어 교사를 에노가와 그룹이 담당하고 히가 그룹이 체육 교사를 담당하기로 정했다.

교사 둘을 협박하기로 한 당일, 가쓰야는 학교를 쉬고 정오가 조금 지났을 무렵 약속 장소로 갔다. 히가와 가쓰야, 3학년생인 가와미쓰와 기마(儀間) 외에도 히가의 친구인 20살 전후의 남자가 한 명 더 왔다. 그 남자가 운전하는 차를 타고 체육 교사가 사는 아파트로 향했다. 매일 오후 3시 무렵, 체육 교사의 아내가 3살 된 딸을 데리고 근처 슈퍼마켓까지 걸어가서 장을 본다. 장을 보고 돌아가는 길에 아파트 근처 공원에서 잠시 쉬며 아이를 마음껏 뛰어놀게 하는 것이 일과다.

차 안에서 계획을 다시 확인하고 아파트에서 50미터 떨어진 곳에 차를 댔다. 가쓰야와 히가, 가와미쓰와 기마가 짝을 지어 차에서 내렸다. 차는 금방 다른 곳으로 이동했다. 두 방향으로 나눠 아파트가 보이는 쪽에 서서 잡담하는 척하며 기회를 엿봤다.

교사의 아내가 아이를 데리고 집을 나선 시각은 오후 3시 전이다. 에노가와가 말한 것처럼 그녀는 슈퍼마켓에서 장을 본 후에 봉지를 들고 공원으로 들어가 벤치에 앉더니 아이의 손을 놓았다. 미끄럼틀과 그네, 조그만 모래밭이 있는 작은 공원은 최근에 만들어진 모양으로, 나무줄기를 포로 감싼 나무에는 푸른 잎이 조금밖에 없었다. 정오를 조금 지났을 무렵의 주택가에는 지나가는 차나 행인이 적었다. 공원에는 체육 교사의 아내와 아이 둘뿐이었다. 계산대로 일이 진행됐다. 히가가 신호를 보내며 걷기 시작하자 가쓰야는 그 뒤를 따라 공원으로 향했다. 30미터 정도 떨어진 골목길에 있던 가와미쓰와 기마도 종종걸음으로 다가왔다.

낮은 철망이 둘러쳐진 공원에는 입구가 2개뿐이다. 히가는 체육 교사의 아내 뒤에 있는 입구로부터 공원으로 들어가더니 벤치 옆을 지나 모래밭에서 놀고 있던 여자아이를 끌어안았다. 울타리를 넘어온 가와미쓰와 기마가 아이의 엄마가 소리를 지르기 전에 입을 틀어막고 몸을 눌러 꼼짝 못 하게 했다. 빠른 걸음으로 아이를 끌고 화장실로 들어가는 히가의 뒤를 가쓰야가 뒤따랐다. 히가는 남자화장실 안에서 여자아이를 앞으로 안은 자세로 입을 틀어막고서 스커트를 걷어 올리고 팬티를 벗겼다. 가쓰야는 주머니에서 꺼낸 유성 매직펜의 뚜껑을 빼 둥글게 부풀어 오르는 아이의 하얀 배에 '뒈질래'라고 휘갈겼다. 가쓰야는 아이를 콘크리트 바닥으로 내던지기 직전 히가가 아이의 성기에 가운뎃손가락을 반쯤 비틀어 집어넣는 것을 봤다. 바닥에 머리가 닿는 커다란 소리가 났다. 가쓰야는 도망치면서 여자아이를 봤다. 여자아이는 옆으로 누운 채 울지도 않고 바들바들 떨고 있었다. 무릎 부근까지 흘러내려져 있는 흰 팬티의 그림과 작은 엉덩이의 푸른 반점이 가쓰야의 눈에 강렬하게 각인됐다.

가쓰야는 화장실을 나와 공원 울타리를 뛰어넘어 주택가로 들어가 구획 정리된 길을 내달렸다. 히가와 다른 2명의 모습을 확인할 여유는 없었다. 넷은 각자 뿔뿔이 흩어져 도망치면서 쫓아오는 사람이 없는 걸 확인하고 집합 장소에 모이기로 약속했다. 공원에 들어가 나올 때까지 채 1분도 걸리지 않았을 것이다. 아무도 따라오지 않는 것을 확인하고 큰 길로 나가 택시를 잡았다. 택시를 두 번 갈아탄 후에 집합 장소로 갔다. 히가와 가와미쓰, 기마는 이미 차에 타고 있었다. 가쓰야가 차에 타자 운전석의 남자가 매우 서툴게 콧노래를 부르며 차를 몰았다. 가와미쓰의 아파트에서 에노가와 그룹과 합류해 계획대로 일이 잘 됐는지 점검했다. 실수는 전혀 없었다. 그 후 해질녘의 번화가로 나가서는 분담한 대로 공중전화 부스에 들어가 학생지도부 교사들 집으로 무언의 전화를 계속 걸어댔다.

다음 날부터 체육 교사의 태도가 급변했다. 학생지도를 전담하던 다른 교사들의 태도도 마찬가지였다. 겉으로는 엄격히 학생지도를 하는 것처럼 보였지만 교사들이 히가를 얼마나 무서워하는지 잘 알 수 있었다. 졸업을 했다고 해도 히가는 학교 안 서클에 막대한 영향력을 행사했다. 그저 그런 불량 중학생 서클과는 차원이 달랐다. 히가를 인식하기 시작한 교사들은 그를 자극하면 어떤 짓을 당할지 모른다고 생각하고는 겁을 집어먹었을 것이다.

가쓰야는 혹시라도 경찰이 움직이지 않을까 내심 염려했지만 그런 움직임은 전혀 없었다. 학생지도실에 불려가 추궁을 당하는 일도 사라졌다. 체육 교사의 아내가 가쓰야의 얼굴을 봤는지는 알 수 없었다. 하지만 그날 학교를 쉰 가쓰야가 히가와 함께 행동했다고 생각하리라는 것은 명확해 보였다.

학생지도부 이외의 교사들도 그전보다 더 가쓰야의 존재를 무시하기 시작했다. 얀바루 숲에 가쓰야를 데려간 사회 교사도 마찬가지였다. 가쓰야는 사회 교사가 눈도 마주치려고 하지 않는 모습에 당연하다고 생각하면서도 쓸쓸함을 느끼지 않을 수 없었다. 그런 자신의 감정을 뿌리치기라도 하듯 그는 학교에서 더욱더 난폭하게 굴었다.

가쓰야는 중학교 2학년 여름방학 전에 학교 전체의 상납금을 혼자 도맡아 관리하게 됐다. 학교는 갔지만 수업에는 채 절반도 나가지 않았다. 젊은 여자 선생님이 임시 담임을 맡았는데 겉으로만 가쓰야에게 주의를 줄 뿐이었다. 집에서는 부모님이 서로 얼굴만 마주쳐도 언쟁을 벌여서 그럴 바에야 각자 자신의 회사와 가게 일에만 전념하기로 한 듯했다. 가쓰야는 부모님 얼굴을 마주치기도 싫어 저녁에도 집에 가지 않고 놀러 다니며 외박을 밥 먹듯 했다.

텔레비전 화면이 얀바루 숲에서 유럽의 성(城) 풍경으로 바뀌었다. 클래식 음악이 깔리고 비행기에서 찍은 옛 성이 화면에 차례차례 나왔다. 가쓰야는 눈을 감고 한밤중에 숲을 날아오르는 날개 소리를 들어보려 했다.

무지개 새를 보고 싶다. 그 새를 본 사람만 살아남고 부대 다른 동료들은 모두 죽는다고 하는 바로 그 무지개 새를. 가쓰야에게 부대는 히가와 그 일당이다. 한밤중의 얀바루 숲을 일곱 색 분말을 흩날리며 극채색을 한 새가 날아오르는 모습을 볼 수만 있다면……. 그런 날이 오면 모든 게 바뀌겠지.

시시한 몽상에 빠져 있는 자신을 비웃는 목소리가 들려온다. 몽상은 현실에서 실현되지 않는다. 무지개 새 따위는 겁쟁이 사회 교사가 아는 척하며 뽐내려고 지어낸 이야기에 불과하다. 가쓰야는 주먹을 허공에 내지르고는 몸을 일으켜 침대에서 내려왔다.

마유의 방으로 가서 침대 옆에 무릎을 꿇었다. 여름용 이불을 허리까지 내려주고 엎드려 누워 자고 있는 마유의 티셔츠를 위로 젖혔다. 어깨뼈 위까지 퍼진 날개의 칼깃뿌리가 오른쪽 어깨와 왼쪽 옆구리까지 뻗어 있고 긴 꼬리가 허리를 휘감고 있다. 높이 날아오르려 하는 새의 힘

찬 울음소리가 들려올 것만 같았다. 날카로운 발톱은 피부를 찢어발길 것처럼 위협적이었다. 적색, 주황색, 오렌지색, 청색, 황색, 녹색, 자색으로 깃뿌리 한 장 한 장이 미묘하게 색조를 바꾸고 있었다. 색채의 변화는 일곱 가지 색이 다가 아니었다. 가쓰야는 윤기를 머금은 색채를 허리에서 등골을 따라 문지르며 어깨뼈 좌우에 양쪽 손바닥을 대봤다. 마유의 몸은 마르기는 했어도 피부는 빨려 들어갈 것처럼 매끈매끈했다.

가쓰야는 담뱃불에 지져진 자국을 들여다봤다. 이것이 내가 볼 수 있는 무지개 새란 말인가. 부풀어 오른 살은 상처 입은 육체를 묶어두려고 새의 머리에 박아 넣은 굵은 못대가리 같았다. 가쓰야는 마유의 티셔츠를 다시 내리고는 어깨까지 여름용 이불을 덮어줬다. 형광등을 끄고 조용히 문을 닫았다.

냉장고에서 생수를 꺼내 자신의 방으로 돌아갔다. 책장에 올려둔 위스키와 물을 번갈아 마시며 책상 서랍에서 약을 꺼내 은종이를 찢었다. 두 알을 손바닥에 굴리며 씹어 으깨고는 위스키를 들이켰다. 가쓰야는 빌려온 비디오테이프를 틀었다. 침대에 앉아 예고편을 빨리 감기로 보기 시작했다.

소련 삼림지대 중에서도 오지에 운석이 낙하한다. 그것을 조사하러 간 대원의 이야기를 그린 오래전 영화다. 낙하 충격으로 쓰러진 나무들이 몇 킬로미터나 이어진 이상한 공간에 들어간 순간부터 5명의 대원은 같은 환상에 사로잡힌다.

지구에 생물이 생긴 이래 반복돼 온 투쟁과 살육의 역사를 압축한 내용이다. 대원들은 여러 지역과 시대를 병사로 혹은 인간 이외의 것으로 모습을 바꿔가며 끝없이 싸워나간다. 창과 도끼로 싸우는 수백 년 전의 전쟁을 그리다 수만 년 전의 수렵생활 장면으로 바뀌더니 어느새 수천만 년 전의 다른 생물이 돼 생존경쟁에 휘말린다. 시대와 장소가 어지러울 정도로 바뀌고 공간이 뒤틀리고 색채가 칙칙해졌다고 생각했을 때였다. 물체의 윤곽이 번지고 색깔도 형태도 허물어지더니 마치 다른 생물의 눈에 비친 세계처럼 모든 것이 변한다.

가쓰야는 자신이 보고 있는 이미지가 대원들이 환상 속에서 보고 있는 세계인지, 자신이 약에 취해 보고 있는 환상인지 구별이 잘되지 않았다. 온몸이 나른해 잠들어 꿈을 꾸고 있는 것만 같았다. 소리도 색채도 격렬하게 흔들리며 일그러지고 유동하는 환상 속에서 인간들끼리 혹은 인간과 다른 생물이, 동물과 조류가, 어류, 곤충, 식물 등 모든 생물이 서로 죽이고, 번식하고 다시 죽이기를 반복했다. 쓰러져 있는 거대한 나무가 순식간에 원래대로 돌아가고 극한의 땅이 열대로 변하고 숨이 꽉꽉 막히는 열기와 습기가 자욱이 낀 숲속에서 몇 십만 몇 백만의 투쟁을 벌이고 있다. 파충류와 곤충, 식물의 투쟁이 차례차례 비추고 그것이 고대 생물로 다시 바뀌더니 바닷속과 하늘에서도 투쟁이 벌어진다. 기괴한 형태의 물고기와 오징어와 어룡이 서로의 몸을 먹으면서 피 색깔로 변한 바다를 헤엄치는가 하면, 어지러울 정도로 색깔이 바뀌는 하늘 위로 새가 날아다니다 반딧불 무리처럼 빛을 뿜으며 다니는 거대한 해파리를 부리와 발톱으로 찢어발긴다.

그러다 끝내 환상 속에서 대원들끼리 서로 죽이기 시작한다. 쓰러진 대원들의 몸을 짐승과 곤충, 박테리아가 다 먹어치운다. 끝까지 살아남은 대원 한 명이 스스로 목숨을 끊은 후 그 살을 쪼아 먹던 새 떼가 어둡고 흐린 하늘로 날아오르더니 쓰러진 나무 위를 지나간다. 이윽고 숲 저편에 고층빌딩이 죽 늘어선 도시가 보인다. 빌딩 위를 날아가는 새 떼로부터 떨어진 자색의 작은 새 한 마리가 빌딩 골짜기 사이에 있는 공원에 놓인 유모차에 내려앉는다. 웃으며 손을 뻗은 갓난아기의 손가락에 움직임을 멈춘 작은 새의 눈에 카메라가 가까이 다가간다. 검은 눈 속 깊숙이, 깊디깊은 숲이 출현하더니 갓난아기가 순식간에 어른으로 변하고 거목 아래에 알몸으로 선다. 고개를 숙이고 있는 그의 오른쪽 손에 피가 묻은 칼이 쥐어져 있다.

갓난아기의 이름을 부르는 엄마의 목소리가 들려오자 화면은 다시 순진하게 웃는 갓난아기의 얼굴로 바뀐다. 엄마가 내민 손에 작은 새가 날아올라 앉은 후 놀란 엄마의 목소리와 갓난아기의 웃음소리가 함께 들려온다. 엄마가 미는 유모차 덮개에 멈춘 작은 자색 새가 아름답게 지저귄다. 머리를 비스듬히 기울인 채 울고 있는 작은 새의 얼굴이 순간 섬뜩한 웃음을 짓고 있는 것처럼 보인다. 단풍이 아름다운 공원길을 걸어 집으로 가는 엄마와 아이의 뒷모습을 비추며 영화는 끝난다.

엔드 롤이 지나가고 파란 조정화면도 끝나 화면에 모래폭풍이 가득해도 가쓰야는 엷은 웃음을 띤 채로 화면을 계속 응시했다. 몸은 이미 죽어 있는데 눈만 살아서 뇌에 영상을 만들고 있다. 영화에서 본 갓난아기가 발밑에서 기어 다가온다. 도망치려 했지만 몸이 움직이지 않고 목소리도 나오지 않는다. 간신히 눈꺼풀을 감은 가쓰야는 넓적다리에 놓인 갓난아기의 손바닥과 무릎의 감촉을 필사적으로 참아내고 있다. 그때 비디오테이프가 자동으로 감기는 소리가 들려왔다. 갓난아기의 감촉도 사라져간다. 뇌리에 떠오르다가 형체를 갖추지 못하고 흔들리는 영상이 어둠 속으로 빨려 들어가는 것과 동시에 졸음이 눈 속 깊숙이 퍼져갔다.

다음 날 아침 11시가 지날 무렵 눈을 떴다. 두통이 심해 좀처럼 일어날 수 없었다. 침대에서 내려와 문 손잡이를 잡고 일어섰다. 싱크대 수도로 물을 벌컥벌컥 마시곤 화장실에 가서 속을 게워냈다. 세면대 수도에 입을 대고 물을 더 마시고는 변기를 손으로 잡고 계속 토했다. 욕지기가 사라진 후에 두통이 이어졌다. 싱크대 서랍에서 두통약을 꺼내 삼켰다.

오후 5시에 히가에게 상납금을 내야 한다. 그전에 무슨 수를 써서라도 현금을 마련해야 한다. 샤워를 한 후 청바지에 티셔츠를 입고 마유의 방으로 갔다. 커튼과 창문을 열고 정체된 공기를 환기시켰다. 여자들을 들인 후부터는 창문을 잘 열지 않아서 바깥 공기를 들인 것이 3개월 만이다. 냉장고에서 우유를 꺼내 컵에 따라 들고 방으로 가져갔다. 감기약은 섞지 않았다. 바람이 불어와 커튼이 출렁인다. 어깨를 가볍게 흔들자 마유가 고개를 움직이며 일어서려 했다. 오른쪽 팔꿈치로 몸을 지탱하려다 도중에 움직임을 멈추고 몸을 떨었다. 가쓰야는 마유의 등에 손을 둘러 안고는 침대에 앉혔다. 우유가 든 컵을 입가에 가져가자 푸른 혈관이 튀어나온 흰 손이 천천히 올라오더니 컵 바닥을 떠받쳤다. 가쓰야는 가만히 컵을 건네줬다. 마유는 5분 정도 들여서 우유를 다 마셨다.

가쓰야는 옷상자에서 수건을 꺼내 싱크대에 가서 적신 후 가볍게 물기를 짜내 마유의 온몸을 정성스럽게 닦아줬다. 연분홍색 등에 무지개 새가 나타났다. 긴 꼬리가 천천히 활 모양을 그리고 허리와 겨드랑이에 빛의 분말을 빛나게 하고 있다. 녹색 커튼이 출렁일 때마다 무지개 새의 색깔도 미묘하게 변했다. 무지개 새의 얼굴만 망쳐놓지 않았다면 좋았을 걸 하고 생각하니 분했다.

문득 마유를 차에 태워 도망쳐 버릴까 하고 생각했다. 도망쳐? 도대체 어디로……. 둥글게 부푼 화상 자국을 마치 무지개 새에게 박아 넣은 굵은 못 같다고 생각했던 어젯밤의 기억이 되살아났다. 자신에게도 마유에게도 굵은 못이 박혀 있다. 그걸 **빼낼** 힘은 없다. 가쓰야는 새 티셔츠를 마유에게 입히고 셔츠 위로 등을 어루만져 줬다. 마유는 눈부신 것처럼 눈을 가늘게 뜨며 창밖을 봤다. 오늘까지 방에서 자게 놔두자고 생각하며 마유를 침대에 다시 눕혔다. 여름용 이불을 덮어주자 마유는 숨소리를 내며 바로 잠이 들었다. 에어컨을 25도에 설정하고 창문과 커튼을 닫은 후 현관을 나왔다. 주차장으로 내려가 쾌청한 가을 하늘을 바라보니 기분이 좋아졌다. 조수석에 마유를 태우고 바다를 보러 가고 싶다는 생각이 들었다. 모든 것을 던져버리고 하루 종일 멍하니 바다를 바라보고 싶다. 손목시계를 보니 12시 반을 지나고 있다. 가쓰야는 차에 탄 후 마치 현실회피 욕망을 제거하기라도 하듯 시동을 걸었다.

58호선을 따라 북상해 도마리(泊)에서 우라소에 쪽으로 향해 갔는데 평소보다 차가 많은 것에 놀랐다. 승용차는 물론이고 관광버스가 몹시 많았다. 햇살을 튕겨나가게 하는 자동차 보닛[38] 위로 아지랑이가 흔들리고 있었다. 미군기지 철조망을 따라 심어놓은 협죽도에 피어 있는 짙은 핑크색 꽃이 독살스러울 정도로 선명했다. 도로의 정체는 나하 시를 벗어나서도 이어졌다. 58호선에서 우회전해 우라소에 시내를 벗어나 기노완 시로 향하는 우회도로로 진입했다. 그곳도 정체가 극심한 상태다. 가쓰야는 시계를 보며 혀를 몇 번이고 끌끌 찼다. 마에하라(眞榮原)에서 후텐마 방향으로 차를 몰아 330호선을 타고 엄마가 운영하는 찻집에 도착한 것은 2시 조금 전이었다.

가게 안으로 들어가자 평소보다 손님이 적은 것이 눈에 띄었다. 카운터 안에 선 채 텔레비전을 보고 있던 구시로가 기쁜 표정을 지으며 가쓰야를 쳐다봤다. 손님이 너무 없잖아? 하고 물었다. 그러자 다 그것 때문이야 하고 텔레비전 화면을 가리켰다. 잔디 광장에 플래카드나 깃발을 손에 든 사람들이 도란도란 모여앉아 있다. 모자나 수건으로 햇볕을 가린 채 연단을 응시하고 있는 얼굴은 무척 진지해 보였다. 헬기가 비치고 있는 화면으로 넘어가자 사각형 광장에 사람들이 가득 차 있다. 지금까지 가쓰야가 보아왔던 집회와는 참가자 수부터 압도적으로 달랐다.

"무슨 일이지?"

38 엔진 덮개.

가쓰야가 정말 모르겠다는 표정으로 물었다. 그러자 구시로가 뭘 하고 쏘다니면 이것도 몰라? 하는 표정으로 쳐다봤다.

"소학생이 미군병사에게 폭행을 당했잖아. 그것에 항의하는 집회야."

얼마 전 가게에 왔을 때 경험한 데모를 떠올렸다. 히가나 마유 일에 빠져 있어서 신문이나 텔레비전을 볼 생각조차 못 했다. 그 사이에 사건이 계속 커져 갔던 모양이다. 텔레비전에 비치는 집회 모습을 보고 기노완 시 컨벤션센터 근처라는 것을 알았다. 길이 정체된 건 시위에 참여한 놈들 때문이었네 하고 생각했다.

"덕분에 손님도 별로 없단다. 평소에 집회나 데모에 참가하는 걸 바보 취급 하던 사람들까지 소란을 떨고 있어. 정말로 뭐가 뭔지 알 수가 없다니까. 나쁜 미군 놈들 물러가라니. 장사에 방해만 되잖아."

"엄마는 자기 장사 걱정뿐이야?"

주방에서 얼굴을 내민 히토미가 엄마에게 말했다.

"가쓰야, 오랜만이야."

히토미는 아이스커피를 가쓰야 앞에 놓으면서 웃음을 지었다. 누나와는 2달 만이다. 무심코 히토미의 배를 보니 꽤나 부풀어 올라 있는 모습이 눈에 띄었다.

"내년 2월이야. 예정은 그래."

가쓰야의 시선을 느낀 히토미가 말했다.

"마사토는?"

4살이 되는 조카의 소식을 묻자 저 집회에 가 있어 하고 텔레비전 화면을 가리켰다. 가족 셋 다 참석할 생각이었지만 남편 마사후미(政文)가 히토미를 염려해 가게에 남으라고 하고는 마사토를 데리고 둘이서 나갔다고 한다. 아르바이트를 하는 긴죠도 집회에 참가하기 위해 5시까지 나오지 못해서 히토미가 가게 일을 돕고 있었다.

"몸을 움직이지 않으면 뱃속의 아이에게 오히려 좋지 않아."

히토미는 그렇게 말하더니 카운터 안에 있는 의자에 앉았다. 히토미는 단기대학[39]을 나온 후에 1년 동안 기간제 교사를 하며 임용고시를 준비했다. 하지만 일이 너무 바빠 시험공부를 할 시간이 없었는지 그만 1차 시험에서 떨어지고 말았다. 그때 직장에서 알게 된 마사후미와 결혼한 후 마사토가 태어나는 바람에 지금은 집안일에 전념하고 있다. 둘째도 곧 태어나는데 아직 교사가 되는 꿈을 접지 않았다.

"소학생에게……. 정말 너무 해."

소학교에서 아이들을 가르치던 히토미에게 사건이 던진 충격의 강도는 가쓰야와는 비교도 되지 않았다. 그것만이 아니라…… 공원에서 웅크리고 울고 있던 소학생 무렵의 누나 모습이 뇌리에서 떠올랐다. 가쓰야는 기억을 끊어버렸다. 눈치채지 못하도록 조용히 숨을 들이쉬었다 뱉고는 카운터 위에 올린 자신의 손을 바라봤다. 골똘히 생각하는 듯한 표정으로 텔레비전을 보고 있는 히토미에게 구시로가 비아냥거리는 투로 말했다.

"아이를 건드리는 미군도 나쁘다고 생각하지만 말이야. 한밤중에 소

---

39 전문대.

학생 여자애를 혼자 내보내 뭘 사 오라고 한 부모도 잘못했어. 기지 옆에서 몇 십 년 넘게 생활했는데 그 정도도 모른단 말이야."

히토미가 구시로의 얼굴을 바라보며 사납게 대들었다.

"그렇게 말하는 사람이 어디 있어. 나쁜 건 미군병사잖아. 어린아이가 피해자야 엄마, 피해자에게 과실이 있는 것처럼 말하는 건 정말 말도 안 돼."

히토미가 사납게 내뱉자 구시로는 순간 주춤했지만 여전히 납득하지 못하는 표정이었다.

"소학생에게 손을 대는 미군이 나쁜 것 정도는 나 같은 사람도 잘 알아. 하지만 평소에 미군을 상대로 장사를 하고 군용지 대여료를 받아 기지 덕에 먹고사는 사람들까지 소란을 피우다니 정말 이해할 수 없어."

"그렇다고 해서 무슨 짓을 당해도 가만히 있다니 더 이상하잖아."

히토미의 눈은 진심으로 화를 내고 있었다.

"아무리 집회를 해봐야 아무것도 변하지 않아."

구시로는 그렇게 단언했다. 구시로는 반론을 하려는 히토미를 무시하고 가쓰야에게 말을 걸었다.

"뭐 먹을래? 점심 아직 안 먹었지?"

가쓰야가 카레면 돼 하고 대답하자 구시로는 끄덕이며 주방으로 향했다.

"일은 하고 있는 거야?"

히토미가 가쓰야 앞에 서서 말을 걸었다. 구시로와의 대화에 불만을 남긴 후라 표정은 밝지 않다. 잔소리처럼 들리지 않게 하려고 신경 쓰고 있음을 알았다.

"응, 알바지만 하고 있어."

그렇게 대답하고 아이스커피를 손에 든 가쓰야의 옆얼굴을 히토미가 바라봤다. 가쓰야는 자신의 거짓말이 간파당하고 있다고 생각했다. 두 형에게 반발하며 자란 것은 가쓰야와 히토미 모두 똑같았다. 다만 그 방향은 완전히 달랐다. 히토미는 고등학교를 졸업한 후 규슈에 있는 단기대학에 진학했다. 입학금은 집에서 받았지만 학비와 생활비는 모두 장학금과 아르바이트로 충당했다. 송금을 해줘도 다시 돌려보낼 정도로 철저히 독립적으로 구는 바람에 부모님은 썩 유쾌한 기분이 아니었던 것 같다.

히토미는 소학교 교사 자격을 따고 오키나와로 돌아온 후에도 집에 있지 않고 아파트를 빌려 혼자 살았다. 마사후미와 결혼할 때도 피로연을 열지 말지를 두고 부모님과 대판 싸웠다. 히토미는 자기 뜻을 관철해 예물 교환을 겸해서 친족과 식사 한 번 하는 것으로 결혼 예식을 끝냈다. 가쓰야는 자기가 결정한 것을 끝까지 관철하는 누나의 강한 의지에 어린 시절부터 부러움과 열등감을 동시에 느껴왔다.

가쓰야는 게임을 하고 있는 손님이 2명뿐인 가게 안을 둘러봤다. 히토미는 무언가를 말하려 했지만 가쓰야가 대화를 피하려는 기미를 보이자 텔레비전으로 시선을 옮겼다. 가쓰야도 텔레비전을 봤다. 집회 장소 입구 부근에서 보도를 하고 있는 젊은 기자가 흥분한 듯한 어조로 고조되고 있는 집회의 분위기를 강조하고 있다. 카메라가 도로 쪽을 향했는데 교차로를 건너 집회 장소로 향하는 인파가 끊이지 않고 이어졌다. 아이를 동반한 가족도 많았고 슈레문(守礼門)[40]과 비슷한 입구 근처에서 핸드 마이크를 들고 호소하고 있는 목소리도 들려왔다.

가쓰야는 텔레비전을 보다가 문득 시간이 얼마나 지났는지 신경 쓰이기 시작했다. 이 정도로 많은 사람들이 집회를 마치고 돌아가면 이번에는 반대 방향이 꽉 막힐 것이다. 교통 상황에 대한 초조함에 더해서, 입 밖에 내지는 않았으나 누나 또한 공원에서 있었던 그 일을 떠올리고 있음이 틀림없다고 생각하니 마음이 진정되지 않았다. 뺨에 난 상처에 대해 아무런 말도 하지 않는 것이 오히려 더 신경 쓰였다. 구시로가 카레라이스와 커피를 새로 내어왔다. 가쓰야는 카운터에 놓인 접시를 바짝 당겨 입을 다물고 묵묵히 먹었다.

"오늘 장사는 파리만 날리겠어."

구시로가 한숨을 푹 내쉬었다. 가쓰야가 5분 만에 카레라이스를 다 먹자 구시로가 질린 듯한 표정으로 바라봤다.

"꼭꼭 씹어 먹어야지, 한 그릇 더 먹을 거지?"

가쓰야는 거절했다. 구시로는 주방에서 접시를 정리한 후 카운터로 돌아와 히토미와 함께 텔레비전을 봤다.

마이크 앞에 서 있는 모습이 확대된 얼굴에 검버섯이 많이 피어 있는 노인이 이야기를 하고 있었다. 그가 오키나와 현 지사라는 것 정도는 가

---

40 오키나와 슈리성에 있는 문으로 류큐 왕국 시절에는 중국에서 봉책사가 오면 국왕 이하 고관들이 슈레문까지 마중을 나가서 삼배구고두례로 맞이했다.

쓰야도 알고 있다. 열심히 지사의 연설을 듣고 있는 엄마와 누나의 모습을 보면서 무언가 중요한 이야기려니 생각하면서도 내용을 파악할 여유는 없었다.

엄마네 가게까지 차를 몰고 오면서 어떻게 하면 돈을 빌릴 구실을 만들지 계속 궁리했다. 누나가 와 있는 것은 뜻밖이었다. 그래서 생각해둔 구실은 소용이 없어졌다. 가능하면 누나가 없는 곳에서 말하려고 했으나 이제 와서 엄마를 밖으로 나오라고 하는 것도 자연스럽지 못했다. 더해 돌아가는 길에 교통체증에 말려들 거라고 생각하니 초조함이 더해 갔다. 가쓰야는 남아 있는 아이스커피를 다 마셔버리고 일부러 소리를 내 컵을 내려놓았다. 가쓰야를 본 구시로가 더 마실 거지? 하고 물었다. 가쓰야는 고개를 저으며 텔레비전을 보고 있는 히토미의 옆얼굴을 쳐다본 후 눈을 딱 감고 말해버렸다.

"엄마 돈 좀 빌려줘."

자신을 향하는 히토미의 눈총을 무시하고 당황한 표정을 짓는 엄마를 봤다.

"얼마나?"

"20만 엔."

구시로는 몇 초쯤 입을 다물고 가쓰야를 바라봤다. 가쓰야는 시선을 카운터로 떨어뜨리고 대답을 기다렸다.

"나중에 현금카드에서 뺄 수 있게 넣어둘게. 그렇게 하면 되지?"

"좀 급해, 엄마. 지금 바로 현금으로 빌려줬으면 해."

가쓰야를 응시하고 있는 히토미가 고개를 저으며 한숨을 흘렸다. 머리를 쓸어 올린 히토미가 카운터에 손을 내려놓았다. 손을 꽉 쥐고 있는 태도에 히토미의 속마음이 나타나 있다. 가쓰야는 마음의 준비를 했다.

"가쓰야, 너도 결국 오빠들하고 똑같아. 한심하다 정말."

"그게 누나랑 뭔 상관인데."

가쓰야의 말에 히토미는 놀란 표정을 지었다. 히토미에게 그런 식으로 말한 건 몇 년도 더 전이었다.

"너 어쩜 그런 말을 아무렇지도 않게 하니. 보통 사람들이 20만 엔을 모으려면 얼마나 힘든지 몰라서 그래?"

히토미의 말투는 생각보다 온화했다. 그것이 가쓰야를 더욱더 초조하게 만들었다.

"쓸데없는 설교는 관 둬. 급하게 필요해서 말하는 거잖아……. 이번 달 안에 갚을 거야."

"정말로 갚을 거야?"

히토미를 뒤돌아보지도 못하고 말대꾸를 하지도 못했다.

"너 알바하고 있다고 한 말도 거짓말이지? 그런데 어떻게 그 돈을 갚아?"

가쓰야는 고개를 숙인 채로 꽉 쥔 히토미의 손을 바라봤다.

"설마 너 오빠들처럼 파친코에 손을 대고 있는 거야?"

"아무것도 모르면 가만히 좀 있어."

가쓰야의 목소리에 구시로가 가게 안을 쳐다봤다. 히토미는 미동도 하지 않았다. 등 뒤에서 손님들이 이쪽을 보고 있다고 생각하니 참견하는 누나로 인한 곤혹스러움이 한계에 도달하고 있었다. 구시로가 알아차린 듯 나지막한 소리로 말했다.

"지금 여기 20만 엔은 없어. 은행에 찾으러 가야 하니까 네 차를 타고 가야 해."

가쓰야가 고개를 끄덕이자 히토미가 바로 대들었다.

"엄마, 가쓰야까지 망쳐놓을 참이야? 옛날부터 입으로만 엄한 척하면서 결국 이렇게 매번 응석을 다 받아주잖아. 그렇게 오빠들을 망쳐놓은 건 알고 있어? 엄마도 아빠랑 똑같아."

아빠라는 말이 나오는 것과 동시에 구시로의 표정이 변했다. 손님을 배려해서 화를 꾹꾹 누르고 있을 뿐 구시로가 내뱉는 말에는 독기가 서려 있었다.

"너처럼 공무원 남편이라도 있다면 나도 안심할 거야. 세상 모든 사람이 모두 너처럼 뜻한 바대로 살아지지 않아. 오키나와에는 일자리도 별로 없어. 그러니 가쓰야가 아무리 궁리를 해봐도 마음대로 되지 않을 때도 있는 거잖아. 자식이 힘들어하는데 부모가 도와주는 게 뭐가 나빠."

히토미의 귓불이 빨개지고 입술이 실룩거렸다. 직접 안 봐도 가쓰야는 누나의 표정 변화를 알 수 있었다.

"공무원이 뭐가. 내 남편하고 이게 무슨 상관이야? 그렇게 빈정대면 속이 시원해? 도대체 뭐야 우리 집 남자 형제들은. 학창시절부터 공부도 하지 않고 자격증 딸 생각도 없이 부모가 받는 군용지 대여료에 기대 파친코에 빠져서 일도 안 하고 일자리가 없다느니 푸념만 늘어놓잖아. 오키나와에 일이 없으면 본토에 가서 일하면 되는 거잖아. 우리 집 남자 형제들은 모두 얼간이들뿐이야. 한심해 죽겠어."

무척 사납던 히토미의 목소리가 마지막에는 갑자기 약해졌다. 가쓰야는 자신을 바라보는 누나의 눈에서 금방이라도 눈물이 흘러넘칠 것 같다는 생각이 들어 고개를 들 수 없었다.

"말싸움으로 내가 널 어떻게 당하겠니? 너처럼 대단한 사람이야 나같은 여자 몸에서 태어난 게 불만일지도 몰라. 그렇지만 너 혼자 잘나서 그렇게 잘 컸다고 생각하면 큰 오산이야. 너도 부모의 군용지 대여료를 받아먹고 자랐으니까."

구시로는 그렇게 내뱉은 후 카운터 아래에서 핸드백을 꺼내 가게 밖을 향해 걸으며 가쓰야에게 말을 걸었다.

"가쓰야, 은행까지 태워다 주렴."

가쓰야가 의자에서 내려오자 히토미가 흥분된 목소리로 말했는데 절실한 느낌으로 다가왔다.

"가쓰야, 세상은 변하고 있어. 네 힘으로 살아가야 해. 너라면 할 수 있어."

가쓰야는 아무런 말도 하지 않고 문밖으로 나갔다. 가게 앞에 세워둔 차 옆에서 구시로가 기다리고 있었다. 가쓰야는 운전석에 타서는 엄마에게 뒷좌석에 타라고 신호를 했다. 엄마가 차에 타는 동안 누나가 따라오지는 않을까 신경 쓰였지만 가게 문은 닫힌 채 열리지 않았다. 쓸쓸한 기분을 느끼는 자신에게 가쓰야는 지금 그런 생각 할 여유가 어디에 있어. 히가를 어떻게 대할지 생각해야지! 하고 타일렀다. 가쓰야는 차를 몰아 현 도로로 향했다. 생각하지 않으려 해도 히토미가 남긴 말이 잔향처럼 다시 살아났다.

네 힘으로 살아가야 해. 너라면 할 수 있어.

누나는 단기대학에 합격한 날 밤 가쓰야 방에 찾아와 똑같은 말을 했다. 3살 위인 누나가 희망에 넘쳐 고등학교를 졸업할 무렵, 중학교 3학년인 가쓰야는 수업을 거의 듣지 않고 고교 진학을 포기하려 했다. 히가가 소개해준 스낵에서 나이를 속이고 아르바이트해 모은 돈으로 하루라도 빨리 집에서 나올 궁리만 했다. 가쓰야는 누나가 대학에 합격한 게 자신의 일처럼 기뻤다. 가쓰야는 철이 들 무렵부터 언제나 옆에서 지켜봐 준 누나를 가족 중에서 누구보다도 신뢰했다.

그런 만큼 중학교에 들어가서 겪고 있는 일이 누나에게 알려지지 않았으면 했다. 가쓰야가 고등학교에 입학하자 누나가 졸업한 게 얼마나 다행인지 몰랐다. 한편 누나가 1살 어려 가쓰야가 입학할 때 3학년이 됐다면 어떻게 됐을까 하고 생각해보기도 했다.

아무것도 변하지 않았네. 히토미가 규슈로 떠난 후 주인 없는 방에 들어가 히토미의 침대와 책상 위에 놓인 자질구레한 물건들을 바라보며 가쓰야는 중얼거렸다. 수업에 가지 않고 엉망진창으로 살고 있는 가쓰야를 히토미는 매일같이 혼내고 또 격려했다. 그 말을 무시하고 또 반항하면서도 가쓰야는 속으로 나를 좀 구해줘 하고 계속해서 외쳤다. 하지만 자신이 어떤 상황에 빠져 있는지 히토미에게 털어놓을 수는 없었다. 설령 말을 한다 해도 소학생 무렵처럼 누나의 힘으로는 이미 어떻게 할 수 없었다. 오히려 기가 센 누나가 히가에게 따지러 갈지도 모른다고 생각해 아무런 말도 하지 않기로 결심했다. 정원 미달 고등학교에 간신히 입학은 했지만 1년도 채 되지 않아 중퇴했을 때 누나가 보낸 편지가 도착했다. 그것을 읽지도 않고 찢어버린 직후 가쓰야는 집을 나갔다.

뒷좌석에 앉은 구시로는 은행에 도착할 때까지 줄곧 밖을 바라보며 한마디도 하지 않았다. 주차장에 차를 세우자 구시로는 핸드백을 들고 은행 정문으로 총총걸음을 옮겼다. 10분 후에 돌아온 구시로는 좌석에 앉더니 한숨을 크게 내쉬었다.

"뭐에다 쓸 돈이야?"

돈이 든 봉투를 핸드백에서 꺼내며 구시로가 따져 물었다.

"친구가 교통사고를 당해 곤란한 상황이야……. 꼭 좀 빌려달라고 해서."

뻔한 거짓말이라고 생각하면서도 그렇게 대답했다.

"설마 파친코 다니는 거 아니지?"

"그런 거 안 해."

"너까지 아빠나 형들처럼 되면 안 돼."

"안 한다고 하잖아."

말투가 거칠어지자 구시로가 한숨을 쉬었다.

"돈 빌리는 건 쉬워. 하지만 돈 갚을 때가 되면 변제할 능력이 안 돼 도리어 원한을 품는 사람도 있을 정도야. 가쓰야 네가 그렇다는 게 아니야. 상대방한테 제대로 된 차용증을 쓰도록 해. 친구라도 마찬가지야."

"그 정도는 나도 알아."

같은 말을 듣는 것에 진절머리가 났다. 구시로는 뒷좌석에서 손을 뻗어 봉투를 넘겼다.

"25만 엔 들어 있어. 5만 엔은 네 생활비로 써. 갚는 데 무리하지 않아도 돼. 조금씩 갚으면 되니까."

알았어 하고 말하는 가쓰야의 가슴속에서 비참함이 스며나왔다. 가쓰야는 고개를 돌리고는 조수석에 봉투를 놓고 차를 몰았다.

가게 앞에 차를 세웠다. 구시로는 내리기 전 운전석 좌석에 손을 대고 가쓰야에게 얼굴을 밀착시키며 말했다.

"전에도 말했지만 가게 주방에서 수습으로 일하지 않을래? 알바비도 줄 테니 그걸로 갚아도 돼. 기술을 배워놓으면 어떻게든 살 수 있어."

"생각해볼게."

돈도 빌렸으니 얼렁뚱땅 대답하고 넘어갔다.

"진심으로 생각해보렴."

구시로는 차에서 내려 가게로 걸어가다 뒤돌아 가쓰야를 봤다. 그 시선으로부터 도망치듯 가쓰야는 차량의 행렬 속에 억지로 끼어들었다.

평소 습관대로 후텐마 삼거리에서 58호선으로 나가려 했다. 집회를 마치고 돌아가는 차량의 정체에 휘말리지 않을까 걱정했지만 되돌아가 경로를 변경하는 것도 시간 낭비일 뿐이라고 생각해 계속 달렸다. 58호선으로 나가기 전부터 밀리기 시작하더니 결국 차는 거의 멈춰버렸다. 5시까지 평화거리에 있는 당구장에 가야 했지만 손목시계를 보니 이미 3시 반이다. 평상시에도 저녁 무렵 퇴근길 정체에 휘말리면 나하까지 1시간 반 이상 걸리기도 한다. 골목길을 찾아 지름길로 가려는 사람이 한둘이 아니기에 섣불리 그리로 파고들었다가는 좁은 길에서 옴짝달싹도 못 하게 될 것 같았다.

초조함을 달래려 창밖을 바라봤다. 미군기지 안에 있는 미군병사 둘이 철조망 너머로 이쪽을 바라보고 있었다. 미채색 군복을 입고 경계하듯 도로와 보도를 주시하고 있다. 집회 규모가 큰 만큼 미군도 긴장하고 있는 것이라 생각했다. 둘의 뒤에는 녹색 잔디밭이 펼쳐져 있고 단층집이 늘어서 있었다. 깔끔하게 정돈된 참나무나 훌륭한 가지 모양의 거목 가주마루[41].

어릴 적 할머니 할아버지께 들었던 마을에 전해 내려오는 이야기를 떠올렸다. 마을 시장 주위에는 단향목이 있었다. 그 나무 그늘에는 언제나 물건을 사고팔고 세상 이야기를 나누는 마을사람들로 붐볐다고 한다. 두 분이 만난 것도 단향목 나무 그늘 아래 시장에서다. 시장 근처에는 마을사람들이 기원을 올리는 우간주(拜所)가 있었고 거목 가주마루의 가지가 넓게 퍼져 있었다. 단물이 샘솟았다는 샘과 바다에서 가져온 산호로 만든 돌담. 고무나무가 있는 고급 주택단지의 숲. 가민츄가 밤새도

41 뽕나무과의 상록교목으로, 가지에 많은 기근이 달려 있다.

록 노래를 부르며 기원을 올렸다는 우타키[42] 숲. 이 모든 게 지금은 미군 기지 속으로 사라져 활주로나 창고, 주택, 잔디밭으로 변해 있었다.

만약 전쟁이 일어나지 않고 이 땅이 미군기지로 강제 수용되지 않았다면 가쓰야도 철조망 안쪽 땅에서 태어나 자랐을 것이다. 그랬다면 지금과는 완전히 다른 인생을 살고 있었을 텐데……. 가쓰야의 인생만이 아니라 부모님과 조부모, 그리고 전후 오키나와를 살아간 마을사람들과 다른 모든 이들의 삶의 방식 또한 바뀌었을 게 틀림없다.

하지만 눈앞에는 미군기지의 철조망이 끝도 없이 이어져 있다. 현실은 교통정체처럼 쉽게 빠져나갈 수 없는 법이다. 아니, 교통정체는 언젠가는 끝난다. 하지만 눈앞의 미군기지가 사라지는 것이나, 지금 상황에서 자신이 빠져나가는 것은 상상할 수 없을 만큼 어려워 보였다.

세상은 변할 거야.

누나의 말이 되살아났다. 철조망 안쪽에 있는 미군병사 둘은 20살도 채 되지 않아 보였다. 잘 닦은 목달이 구두나 허리춤에 찬 권총 홀더, 가쓰야의 대퇴부만큼 두꺼운 팔뚝에 새겨진 문신. 무슨 생각을 하며 철조망 밖에 있는 우리를 보고 있는지 알 수 없었다. 집회가 벌어져 다소 긴장한다 해도 2, 3일만 지나면 여자를 찾아 거리를 쏘다니고 한밤중에는 술집 거리에서 야단법석을 떨 것이다. 그런 모습밖에는 떠오르지 않았다.

미군기지 반대 운동의 기세가 높아지지 않으면 군용지 대여료도 오르

---

42 성지.

지 않고 일본 정부의 보조금도 오르지 않는다. 아버지가 곧잘 입에 담던 말이다. 아버지는 오늘 집회를 텔레비전으로 보면서 남몰래 흐뭇한 웃음을 짓고 있을 것이다.

아무것도 변하지 않잖아.

가쓰야는 중얼거렸다. 미군병사들 뒤에 있는 가주마루나무를 쳐다봤을 때다. 나무 아래에 웅크려 양손으로 얼굴을 감싸고 있는 소녀의 모습이 보였다. 눈을 감자 귓속 깊숙한 곳에서 말매미 우는 소리가 반향해서 울리고 목덜미가 데일 것 같은 뜨거운 햇볕 열기가 되살아났다. 뒤돌아본 젊은 백인 남자가 큰소리를 지르며 혁대를 풀기 직전에 투명한 실이 빛나는 육체가 보였다. 가쓰야를 꽉 껴안고 있던 팔의 힘이 빠지자 누나는 엎드려 구토를 했다. 입안에 있는 것을 몇 번이고 땅에 뱉어 버리며 소리를 내지 않고 계속 울었다.

가쓰야는 눈을 뜨고 운전석 창문을 내린 후 기지 안쪽을 다시 봤다. 가주마루나무 아래에 있던 소녀의 모습은 더 이상 보이지 않았다. 철조망 건너편에 서 있는 미군병사 중 한 명이 가쓰야를 손가락으로 가리키더니 웃으며 옆에 있는 병사에게 말을 걸었다. 그 미군의 허리춤 홀더에서 권총을 뺏어 둘에게 들이미는 자신의 모습을 그려봤다. 뒤따라오던 차들이 울려대는 경적 소리에 앞을 보니 공간이 꽤나 벌어져 있었다. 가속페달을 밟기 전에 가쓰야는 미군병사들을 향해 가운뎃손가락을 세우고서 집게손가락으로 목을 자르는 시늉을 했다. 가쓰야가 할 수 있는 건 그 정도뿐이었다.

긴 언덕길을 내려와 58호선으로 접어들자 정체가 더 심해졌다. 집회가 너무 일찍 끝난 것이 아닐까 생각했지만 눈 닿는 곳마다 정체가 이어졌다. 무념무상, 무감각을 유지하기라도 하듯 그저 멍하니 창밖을 바라보며 가속페달을 가끔 밟았다. 큰소리치며 차 밖으로 뛰쳐나가고 싶은 충동을 꾹꾹 눌렀다.

우라소에 시 구스크마(城間)에 도착하니 오후 4시 50분. 핸드폰은 있었지만 히가에게 전화를 걸 수는 없었다. 항상 일방적인 지시를 받았기에, 직접 연락을 할 수 있는 건 정말로 긴급 사태가 발생했을 때뿐이다. 도저히 약속 시간에 맞출 수 없다고 생각하자 참기 힘들어져 아무렇게나 큰소리로 노래를 부르며 마음을 진정시키려고 노력했다. 그때 조수석에 던져놓은 핸드폰이 울렸다. 바로 받아들자 마쓰다의 목소리가 들려왔다.

"왜 이리 늦어. 지금 어디야?"

사과를 하며 우라소에 구스크마인데 정체에 휘말려 있다고 대답했다. 마쓰다는 옆에 있는 히가에게 지명을 복창하며 웃음소리를 냈다.

"예정이 바뀌었어. 매번 가는 호텔로 와. 서둘러."

가쓰야가 그러겠노라고 대답을 하자 마쓰다가 너무 걱정하지 말라고 하더니 전화를 끊었다. 가쓰야는 어리둥절한 기분으로 핸드폰을 조수석에 던져놓고 차를 몰았다. 안심시키는 듯한 마쓰다의 말투를 믿을 수는 없다. 왜 예정을 바꿨는지 그 이유를 알 수 없다. 호텔방에서 린치를 당한 몇 명인가를 떠올리며, 생각하지 않으려 했지만 그럴수록 폭력의 예감에 땀이 났다. 에어컨 바람에 추위를 느끼고 강도를 조절했다. 미군기지 철조망 안쪽에 피어 있는 협죽도에 역광이 비쳐 그림자가 져 꽃 색깔이 바랜 것처럼 보였다. 숨이 턱턱 막혀 에어컨을 세게 틀었다. 그러자 바로 땀이 말라 한기가 느껴졌다. 호텔에 도착하는 반 시간 동안 가쓰야는 몇 번이고 에어컨 스위치를 바꿨다. 마음을 진정시키려 해도 뾰족한 수가 없었다.

58호선을 오른쪽으로 돌아 나미노우에 호텔 주차장에 차를 세웠다. 시계는 5시 15분을 가리키고 있었다. 핸드폰과 돈 봉투를 손에 들고 밖으로 나갔다. 현관으로 들어서 벽에 걸어놓은 조화에 감춰진 감시 카메라에 신호를 보냈다. 승강기를 기다리는 시간이 길었다. 내려온 승강기에 고등학생 정도로 보이는 남녀가 타고 있었는데 혼자 들어오는 가쓰야와 지나치는 순간 둘이 웃는 모습이 보였다. 승강기에서 뛰쳐나가 후려치고 싶었다. 하지만 닫힌 문을 세게 치는 것 외에는 할 수 있는 게 없었다.

5층 복도 안쪽으로 들어가 방 앞에 서서 호흡을 가다듬고 노크를 했다. 문을 열어준 것은 며칠 전 공원에서 전화를 걸던 몸집 작은 소녀였다. 소녀는 가쓰야를 보자 깔보는 듯한 웃음을 지었다. 함께 있던 갈색 머리 소녀의 손가락이 부서질 때 두려움에 떨던 모습은 눈곱만큼도 찾아볼 수 없었다.

"어서 들어와."

그렇게 말하며 문을 여는 넉살 좋은 소녀의 모습에서 히가와 마쓰다에게 아양 떨며 살아가는 방법을 터득했음을 알 수 있었다.

안으로 들어가자 소파에 마주 보고 앉아 있는 히가와 마쓰다가 동시에 가쓰야를 쳐다봤다. 고개를 숙이고 소파 쪽으로 걸어가면서 침대에 여자가 엎드려 있다는 사실을 알아차렸다. 이불로 하반신을 가린 여자는 베개에 얼굴을 묻고 있었지만 등에 날개를 펼치고 있는 새의 모습을 보고 그녀가 마유임을 알았다. 몸속에서 무언가가 뒤틀리고 삐걱거렸다. 주름진 침대 이불 위로 핑크색 바이브레이터가 아무렇게나 널브러진 채 건조한 빛을 반사하고 있었고, 침대 옆 삼각대에는 비디오카메라가 세팅돼 있었다. 조금 전까지 무슨 일이 벌어졌는지 짐작하고도 남았다.

실내에는 시너 냄새가 심할 정도로 떠돌아다녔다. 텔레비전 옆 선반에 붉은색 콜라 캔이 놓여 있다. 탁한 눈빛으로 가쓰야를 보며 웃고 있는 마쓰다가 여기에 앉아 하고 자기 자리를 양보하더니 자리에서 일어났다. 마쓰다는 하반신에 목욕수건만 걸치고 콜라 캔을 손에 들더니 캔 입구를 윗니에 대고 시너를 깊이 빨아들였다.

"죄송합니다."

가쓰야는 고개를 숙이며 소파에 앉았다. 탁자 위에 알약 캡슐이 있었고 은색 종이 파편이 흩어져 있는 것이 보였다. 몸집 작은 소녀가 마쓰다에게 달려들어 안기더니 콜라 캔을 받아 들고서 똑같이 시너를 빨아들였다. 가쓰야를 보며 웃고 있는 소녀의 눈은 초점 없이 흔들렸다.

"약속 때문에 기노완까지 갔는데 집회 때문에 길이 얼마나 밀리던지 예상외로 시간이 걸렸습니다. 늦어서 죄송합니다."

지금 내뱉고 있는 말이 제대로 의미를 전달하고 있는지 자신이 없었다. 목소리가 몸과 다른 곳에서 발성되고 있는 것 같은 느낌에, 히가 앞에서 말을 하고 있다는 실감이 나지 않았다. 히가는 텔레비전 화면을 보고 있을 뿐 가쓰야 쪽은 보려고도 하지 않았다. 화면에는 가쓰야가 말한 집회가 나오고 있었다. 마쓰다가 엷은 웃음을 띠며 소녀에게서 붉은색 캔을 받아들고는 텔레비전 화면을 보며 말했다.

"아까부터 어디를 틀어도 집회만 나오잖아. 미군병사에게 소녀가 강간을 당했다나 뭐라나. 8만 5천 명이 모였다고 소란을 떨고 있는데 그것 때문에 늦었으면 너도 집회에 참가한 거 아니야?"

가쓰야가 고개를 가로로 흔들자 마쓰다가 앞니의 검은색 잔해를 드러내고 웃으며 몸집 작은 소녀의 어깨를 안았다.

"너처럼 아버지가 군용지 대여료를 받아먹는 놈이 저런 집회에 나갈 턱이 있겠어. 그런데 저렇게 사람이 모였는데도 아무것도 못하다니 오키나와 사람들도 한심해. 저만큼 모였으면 기지 철조망을 찢고 안으로 쳐들어가서 미군병사를 두들겨 패 죽여 버리면 될 텐데. 아무리 입으로 이러쿵저러쿵 떠들어봤자 미군은 끄떡도 하지 않잖아."

마쓰다가 미군기지에 대해 말하는 것을 가쓰야는 처음 들어봤다. 마쓰다가 이 사건에 관심을 보이다니 의외라고 생각했다. 그러면서도 히가가 뭐라고 할지 몰라 마음의 준비를 했다. 히가는 시시하다는 표정으로 화면을 보고 있었다. 화면은 긴 머리카락의 소녀를 확대해 비췄다. 흰색 겉옷에 적자색 넥타이가 인상적인 교복 차림 소녀는 학생회 간부의 전형을 보여주듯 진지하고 청결한 느낌을 줬다. 마이크를 앞에 두고 수만 명의 인파에 호소하는 소녀의 얼굴이 낮에 방에서 봤던 마유의 얼굴과 겹쳐져 마음이 아팠다.

간발의 차이로 어디선가 무언가가 변했다면 텔레비전에 비치고 있는 소녀와 침대에 엎드려 있는 마유의 인생은 뒤바뀌었을지도 모른다. 마유만이 아니라 가쓰야나 히가, 마쓰다만 하더라도 근소한 차이로 무언가가 달라졌다면 지금과는 완전히 다른 세계에 있었을 텐데……

지금 이 순간 같은 오키나와에서 살고 있는데도 텔레비전 속의 소녀와 마유는 반대 지점에 있다. 그 사실을 생각하니 참을 수 없었다.

"매달아 놓으면 되잖아. 미군병사의 아이를 잡아다가 발가벗겨서 58호선 야자나무 아래에 철사로 매달아 놓으면 되지."

별안간 히가가 입을 열었다.

"진짜로 미군을 쫓아버릴 생각이라면 그 정도는 해야지."

마쓰다가 큰소리로 웃음을 터뜨렸다. 몸을 꼬며 아무리 말려도 멈출 것 같지 않은 웃음을 터뜨리고 있는 마쓰다를 몸집 작은 소녀가 멍한 표정으로 바라보았다.

그 말이 맞아. 가쓰야는 속으로 중얼거렸다. 히가가 말한 그대로다. 그 외에 다른 방법은 없다. 8만 5천 명에게 호소하고 있는 소녀의 모습은 아름다웠다. 하지만 필요한 건 훨씬 더 추악한 것이라 생각했다. 소녀를 폭행한 미군병사 셋의 추악함과 균형을 이루기라도 하듯.

이른 아침 냉기 속에서 차량 통행도 적은 58호선 중앙분리대 야자나무에 미군병사의 아이가 매달려 있다. 철사가 목에 박혀 있고 검푸르게 부어오른 얼굴과 핏기를 잃은 납빛 몸은 마치 다른 무언가로 만들어진 것처럼 보인다. 얇은 눈꺼풀이 위로 젖혀져 안구가 반쯤 튀어나와 있고 입 밖으로는 작은 혀가 비죽 나와 있다. 부어오른 배에 멜론의 그물코처럼 튀어나와 있는 정맥. 포동포동한 다리는 소변과 대변으로 더러워져 파리가 몰려들고 있다. 그 광경을 본 운전수는 자신의 눈에 비친 모습을 현실이라 믿지 못하는 듯 차를 세워 확인하는 것조차 비현실적이라고 느끼고는 그대로 지나쳐 버린다. 하지만 미군기지의 철조망 너머에서 비쳐오기 시작한 아침 해가 야자나무에 매달린 아이의 모습을 세상에 드러낸 후 맨 처음 그 앞에 차를 세운 운전수가 매달린 시체를 향해 비명을 내지르기까지는 그리 오랜 시간이 걸리지 않을 것이다.

그 외의 다른 방법은 존재하지 않아. 가쓰야는 속으로 그 말을 반복했다. 그렇게까지 하지 않으면 미국인도 일본인도, 아니 오키나와인 또한 사태를 진심으로 생각하지 않는다. 연단에서 호소하는 여자 고등학생의 말을 귀 기울여 들으며 집회 참가자들은 눈물마저 흘리고 있다. 여학생이 연설을 마치고 인사를 하자 회장은 흥분에 휩싸여 박수가 좀처럼 그치지 않았다. 화면이 바뀌고 뉴스 앵커가 말을 시작해도 여학생의 모습이 눈에 선했다. 가쓰야는 침대에 누운 마유를 봤다. 미군병사에게 폭행당한 소녀를 위해서는 수만 명이 모이지만 침대 위에 엎드려 누운 마유를 걱정하는 사람은 아무도 없다.

"쟤를 쓰면 비디오도 좀 팔리겠는걸."

그렇게 말한 마쓰다의 팔을 체구가 작은 소녀가 토라진 듯 때렸다. 마쓰다의 말에 가쓰야는 현실로 다시 돌아왔다. 손에 들고 있는 돈 봉투를 탁자 위에 놓고서 히가에게 다시 한 번 깊이 고개를 숙였다.

"이번 주는 여자가 계속 열이 나고 아파서 일을 못 했습니다. 죄송합니다. 이걸로 대체하는 식으로 해주시지 않겠습니까."

히가는 봉투를 쳐다보기만 할 뿐 집어 들려고도 하지 않았다. 마쓰다는 침대에 앉아 히죽거리며 가쓰야와 히가를 바라봤다. 마쓰다의 어깨에 넓적다리를 대고 있는 몸집 작은 소녀가 콜라 캔을 건넸다. 마쓰다는 크게 한 번 흡입하고서 캔을 소녀에게 줬다.

"저기⋯⋯."

입안이 건조해 다음 말을 찾기 힘들어하는 가쓰야가 말을 잇기도 전에 히가가 겉옷 안쪽 주머니에서 무언가를 꺼내 탁자 위에 놓았다. 미끄러지며 펼쳐진 사진을 본 후 가쓰야는 몸이 차가워지는 것을 느꼈다. 마유가 방으로 끌어들인 남자의 모습이 찍혀 있었다. 마유가 이곳 침대에 누워 있는 것을 확인했을 때 방안에 있던 인화지 또한 가져갔으리라고 예상은 하고 있었다. 히가가 이런 일을 그냥 지나칠 리 없음을 잘 알고 있으면서도 의식하지 않으려 노력했을 뿐이다. 욕실에 누워 칠칠치 못하게 눈물을 흘리고 있는 남자의 사진 위로 히가가 남자의 명함을 놓았다. 가쓰야는 어떻게 대응하면 좋을지 필사적으로 생각했다. 히가는 무표정한 얼굴로 가쓰야를 바라보고 있었다.

"이런 이런 가쓰야, 정말 제대로 하나 잡았잖아. 우리가 다 알아봤어이 남자. 교사라니 듬뿍 뜯어낼 수 있겠는걸. 설마 혼자 다 먹어치우려 했던 거야?"

마쓰다가 조롱하는 듯한 말투로 말했다.

"그런 게 아닙니다."

변명으로 받아들여질지도 모른다는 것을 깨닫고서 가쓰야는 허둥대며 입을 닫았다.

"그러면 어째서 바로 보고하지 않았어? 응?"

마쓰다의 말투와 표정이 변했다. 몸집 작은 소녀가 마쓰다의 어깨를 어루만지던 손을 멈췄다. 가쓰야는 고개를 숙이는 것 외에는 할 수 있는 게 없었다. 히가의 손이 탁자로 뻗어갔다. 가쓰야는 그 손의 움직임을 주시했다. 히가가 손에 든 것은 위스키 잔이었다. 얼음이 녹은 잔에 가쓰야는 재빨리 얼음을 넣고서 위스키를 따랐다.

"너한테 그럴 배짱이 없다는 것 정도야 나도 알지만 말이야."

마쓰다는 콧방귀를 끼며 비디오카메라를 턱으로 가리키더니 찍어 하고 말했다. 가쓰야는 소파에서 일어나 히가에게 고개를 숙이고서 비디오카메라가 있는 곳으로 갔다. 테이프가 들어 있는 것을 확인하곤 녹화 스위치를 켰다. 마쓰다와 몸집 작은 소녀가 침대로 올라가더니 마유의 하반신을 덮고 있는 이불을 걷어 젖혔다.

"이 여자도 글러먹었어. 가쓰야, 불량품을 넘겼다고 불만이 있었나 본데 맡은 일은 제대로 매듭을 지어야지 않겠어. 그전에 비디오를 찍어서 조금이라도 돈을 벌어 갚아야겠지."

마쓰다가 마유의 몸을 돌리자 몸집 작은 여자가 뺨을 때렸다. 마유는 고통스러운 듯한 소리를 흘리며 얼굴을 찌푸렸다.

"아까 가르친 대로 해야 해. 야, 어서 일어나서 일해야지. 쓰레기 같은 년이."

마쓰다가 인정사정 봐주지 않고 마유의 뺨을 때렸다. 마유가 조금 눈을 떴다. 몸집이 작은 소녀가 마유의 목덜미에서 쇄골, 가슴을 혀로 핥더니 얼굴을 가리려 하는 손을 뿌리치며 마유의 입술 사이로 혀를 밀어 넣었다. 마유는 고개를 가로저었지만 그 이상 저항할 수 없었다. 초점이 흔들리는 마유의 눈을 보며 약을 먹였군 하고 가쓰야는 생각했다. 마쓰다는 바이브레이터에 윤활 크림을 바른 후 몸집 작은 소녀가 내민 엉덩이에 가볍게 가져다 댔다. 소녀가 교성을 내지르며 뒤를 돌아보자 마쓰다가 화난 표정을 지었다. 그 허물없는 모습이 처음에 본 인상과 달리 만만찮은 기세여서 가쓰야는 압도당하는 기분이 들었다.

마쓰다는 마유의 다리를 벌리고 손가락으로 성기를 열더니 클로즈업해서 찍으라는 듯 가쓰야를 봤다. 지시한 그대로 하자 마쓰다는 천천히 바이브레이터를 성기 속으로 밀어 넣었다. 마유가 몸을 떨며 다리를 오므리려는 것을 제지하고서 천천히 뺐다가 다시 넣었다. 몸집 작은 소녀는 상반신을 누르고 집요하게 마유의 입을 빨았고, 마쓰다는 바이브레이터를 뺀 후에 성기 중심을 자극하며 마유의 몸이 반응하는 모습을 보고 즐겼다.

그로부터 반 시간 가까이 둘이서 마유의 몸을 희롱하는 것을 계속 찍었다. 도중에 카메라를 잡는 방식을 바꿔 화면 구성을 생각해 몸을 움직이며 촬영을 이어갔다. 하지만 가쓰야의 의식 반쪽은 계속 히가를 향했다.

텔레비전에서는 영화가 나오고 있는 것 같았다. 히가는 이쪽에는 관심을 표하지 않았다. 비디오를 찍고 있으면 히가는 홀로 시간을 보내기 일쑤였다. 홀로 위스키를 마시고 영화나 스포츠 중계를 계속 봤다. 사실은 아무것도 안 보는지도 모르겠다고 생각했다. 바닥이 없는 공허함이 히가의 가슴속에 있어서 모든 게 그곳으로 사라져 아무것도 남지 않는다. 그런 기분이 들어 어쩔 줄 몰랐다.

마쓰다는 마유와 몸집 작은 소녀를 위로 보게 해 눕힌 후 번갈아 몸을 섞으며 허리를 움직였다. 마유의 다리를 벌리고 들어 올려 무릎이 어깨에 붙으려 할 때까지 접어 구부리고서 마유의 몸을 격렬하게 밀어 올리며 신음소리를 흘렸다. 두꺼운 손가락이 마유의 목을 파고들었다. 마유는 눈을 꼭 감고서 침대 시트를 잡고 있었다. 가쓰야는 그 표정이나 손가락의 움직임 모두 놓치지 않고 담았다.

한동안 숨을 고른 마쓰다는 몸을 일으켜 몸집 작은 소녀에게 바이브레이터를 건네주고는 어서 해 하고 지시했다. 소녀가 거칠게 비틀어 그것을 마유의 성기 안에 집어넣자 마유는 몸을 비틀면서 신음소리를 냈다. 소녀가 흥미로운 듯 기구를 더욱더 격렬하게 움직였다.

"야, 좀 살살해. 그러다 사람 잡겠어."

마쓰다가 소녀의 등을 가볍게 때리고는 침대 옆 탁자에 놓았던 붉은색 콜라 캔을 집어 시너를 빨아들였다. 가쓰야를 보며 웃고 있는 그의 눈이 액체로 변해 걸쭉하게 흘러내릴 것 같았다. 눈 아래 주위와 부어오른 뺨에 주름이 잡혔다. 마쓰다는 침대에 앉아 시너를 계속 흡입했다.

히가가 일어나더니 겉옷을 벗어 소파 등받이에 걸었다. 가쓰야는 공포심보다는 안심한 표정으로 히가를 쳐다봤다. 히가가 가쓰야에게 눈짓으로 따라 들어오라는 신호를 보내더니 욕실로 들어갔다.

카메라를 삼각대에 고정해 마유와 소녀가 한 프레임 안에 들어오도록 화면을 고정시켰다. 소녀는 바이브레이터를 써서 마유의 몸을 자극하는 데 열중했다. 고개를 뒤로 젖히고 몸을 작게 떨고 있는 마유가 침대에 양손을 대고서 가쓰야를 바라봤다. 약한 빛을 발하는 눈 속 깊은 곳에서 가쓰야에게 도움을 구하는 목소리가 들려온 듯한 기분이 들었다. 마쓰다가 삼각대 옆에 서서 카메라 화면을 들여다봤다. 마쓰다는 "어서 가봐." 하고 말하며 검은 앞니의 뿌리 좌우를 혀끝으로 핥으며 웃었다.

히가는 욕조에 걸터앉아 담배를 피우고 있었다. 가쓰야가 욕조 옆에 서자 히가는 욕조에 담배꽁초를 던져 버리고 가쓰야의 정면에 섰다. 갑자기 관자놀이에 오른 주먹이 꽂혔다. 가쓰야는 정타로 주먹을 받고 앞으로 쓰러진 몸을 바로 일으켜 세웠다. 히가는 가쓰야의 옆구리를 무릎으로 때리더니 허벅지를 발로 찼다. 신경이 온통 흥분돼 있어 그런지 고통은 참을 수 있었지만 구역질은 참기 힘들었다.

구타는 2, 3분 만에 끝났다. 얼굴을 때리지 않은 건 일에 지장이 생기지 않도록 배려한 것이라고 생각했다. 이 정도면 생각한 것보다 가볍게 끝난 것인지도 모른다. 그런 생각을 알아차리지 못하도록 가쓰야는 고개를 숙이고서 얼굴을 찡그렸다. 가쓰야의 발밑에 사진 한 장이 떨어졌다. 성기에 성냥을 밀어 넣자 눈물과 코피로 더러워진 얼굴이 일그러지고 있는 남자 사진이다. 그 앞에 웅크리고 앉아 성냥에 불을 붙이려 하는 마유의 옆얼굴은 살짝 웃음기를 띠고 있었다.

"어서 해."

히가가 사진 옆에 작은 성냥갑을 던졌다. 가쓰야는 찻집 이름이 적힌 성냥갑을 향해 손을 뻗었다. 청바지를 내리고 팬티를 벗어 욕실 구석에 놓았다. 히가의 앞에 서서 오른손으로 성냥갑을 들고 왼손으로 성기를 잡아 자극했다. 히가의 분노를 빨리 잠재워야 한다는 생각뿐이었다. 하지만 초조해하면 할수록 성기는 단단해지지 않았다. 침대에서 희롱당하고 있는 마유의 벌거벗은 몸이 떠올랐다.

그것이 성기를 더욱더 위축시켰다. 가쓰야는 눈을 감고 격렬하게 손을 움직였다. 으스스한 추위에 소름이 돋았는데 관자놀이에는 땀이 번졌다. 가슴에 손이 닿았다고 생각하고 눈을 뜬 순간 가쓰야는 나가떨어졌다. 허리부터 바닥에 떨어지고 뒷머리를 벽에 세게 부딪쳤다. 머리를 감싸 안고 옆으로 쓰러진 가쓰야의 옆구리를 히가가 짓밟았다. 가쓰야는 허둥대며 납죽 엎드려 고개를 숙인 채로 바닥에 떨어진 성냥갑을 주워 일어났다.

가쓰야는 손을 격렬히 움직여 성기를 계속 자극했다. 손바닥 안에서 강도와 풍만함을 더해 가는 성기가 힘을 잃기 전에 가쓰야는 성냥갑에서 성냥을 하나 꺼내 성냥 뒷부분을 성기 입구에 가져갔다. 하지만 더 이상 진행할 수 없었다. 녹색 화약에 집게손가락을 대고서 단숨에 성기 안으로 밀어 넣으려 했으나 아무리 해도 손이 말을 듣지 않았다. 초조함이 더해 갈수록 성기가 위축됐다. 가쓰야는 꽉 쥐고 있는 손을 움직여 발기한 성기를 유지하려 했다.

히가가 앞에 서서 고개를 숙이고 있던 가쓰야에게 고개를 들라며 주먹으로 왼쪽 뺨을 후려쳤다. 욕조 쪽으로 쓰러질 듯했지만 간신히 버텼다. 히가가 내민 손에 성냥갑을 올리자 똑바로 서라고 말하더니 가쓰야의 성기를 손으로 쥐었다. 피가 고동치며 흐르기 시작하자 가쓰야는 당장이라도 사정하려는 것을 간신히 참았다. 성기 앞부분에 단단한 무언가가 닿았다고 생각한 순간 요도 깊숙이 성냥이 파고들었다. 엉겁결에 허리를 뒤로 빼려 했다. 성기를 꽉 쥔 히가가 가쓰야의 몸을 원래 위치로 되돌리더니 주먹으로 허리를 때렸다. 가쓰야는 숨이 막혀 신음소리를 흘릴 것 같았지만 이를 악물고 참았다.

그것은 시작에 불과했다. 히가가 긴 손가락으로 꽉 쥔 검붉은 성기 끝에 녹색 성냥의 머리 부분이 보였다. 히가는 오른손으로 두 번째 성냥을 꺼냈다. 이미 들어가 있는 성냥 아래에 대더니 천천히 밀어 넣었다. 가쓰야는 눈을 감고서 양손을 꽉 쥐었다. 성기 안쪽을 깎듯이 들어가는 성냥이 멈추더니 이물감과 고통으로 쑤시기 시작하는 성기를 히가가 비틀듯 쥐고 힘을 가했다. 안쪽에서부터 찢어질 것 같은 고통에 가쓰야는 엉겁결에 신음소리를 흘렸다. 성기를 가까이 당기면서 히가가 주먹으로 관자놀이를 때렸다.

"똑바로 서."

히가가 말한 그대로 하고 눈을 떴다. 히가가 성기를 놓아주더니 성냥갑에서 또 다른 성냥을 꺼내들었다. 성냥갑 측면을 비비며 발화하는 소리가 난 후 화약이 타오르는 냄새가 났다. 불꽃이 춤을 추며 커다랗게 변했다. 눈물이 흘러넘쳐 히가의 모습과 불꽃이 맺히며 흔들렸다. 성기 끝에 불이 가까워지고 있었다. 비명을 지르고 싶은 마음을 필사적으로 참으며 가쓰야는 불꽃을 바라봤다. 히가의 손가락 끝이 성기에 닿았다. 넓적다리 아래에서부터 밀어올린 힘이 성기의 뿌리에서부터 맨 앞까지 내달렸다. 두 번 세 번 꾸불꾸불 물결치며 습격해 오는 고통과 쾌감이 성기에서부터 흘러넘쳤다. 피가 섞인 정액이 성냥 2개를 밀어내며 바닥에 점점이 떨어졌다. 성냥은 성기 끝에서 1센티미터 정도 앞으로 삐죽 튀어나와 있었는데 분홍빛 정액이 범벅돼 있었다. 히가는 성냥을 입으로 불어 끄더니 손가락에 묻은 오물을 가쓰야의 티셔츠에 닦았다. 성냥갑을 내던진 히가의 손이 바지 주머니 안쪽을 만지작거리더니 칼을 꺼내들었다. 금속음이 나며 튀어나온 칼끝을 본 가쓰야는 붉은 매니큐어가 칠해진 손톱을 뽑아내던 순간을 떠올렸다. 히가의 손이 가쓰야의 성기로 뻗어갔다. 가쓰야는 모든 저항을 포기하고 히가의 처분을 기다렸다.

갑자기 욕실 문이 열리는 소리가 들렸다. 히가의 뒤로 나체의 여자가 다가오는 모습이 보였다. 붉은색 캔이 히가의 머리 위로 보이더니 머리카락과 옷에 액체가 번쩍이며 흘러내렸다. 뒤돌아본 히가의 얼굴에 액체가 더 많이 쏟아져 내렸다. 히가가 무언가 말을 하려는 것과 마유가 손에 든 라이터에 불을 붙이는 동작은 동시에 이뤄졌다. 자홍색 불꽃이 순식간에 히가의 상반신을 휩쌌다. 무언가를 붙잡으려 하는 히가를 마유가 가볍게 민 것처럼 보였다. 히가의 한쪽 발이 공중에 뜨더니 옆으로 기울어진 몸이 천천히 욕조로 쓰러지기 시작했다. 히가가 무언가를 잡으려고 했지만 손가락은 공중에서 허우적거릴 뿐이었다. 대리석 타일로 된 욕조 끝에 뒤통수가 부딪치며 둔중한 소리가 욕실에 퍼졌다. 불길에 휩싸인 히가의 몸이 위를 보고 누운 자세로 흘러내렸다.

가쓰야는 욕조 안을 봤다. 목이 욕조에 끼어 옆으로 휘어지며 왼쪽 어깨를 누르고 있었다. 불이 귓구멍을 가득 채우며 안으로 파고 들어갔다. 옷에 붙은 불이 한들한들 계속 불타올랐다. 붉게 부어오른 얼굴과 불에 타 오그라든 머리카락에서도 연기와 증기가 피어오르고 있었다. 살 타는 냄새에 가쓰야는 구역질이 났지만 참았다. 속눈썹이 불에 타자 눈꺼풀 사이로 안구가 보였다. 안구에 얇고 흰 막이 끼어 있었다. 뒤통수에서 흘러내리는 끈적끈적한 피가 배수구로 기어갔다. 얇은 껍질이 벗겨진 입술이 떨리며 목구멍 깊숙한 곳에서 소리와 함께 붉은 거품이 입 밖으로 흘러넘쳤다. 맥없이 움직이는 가슴팍 부근의 불꽃이 목으로 번져가더니 거품과 부딪친 후 파식 하는 소리를 내며 꺼졌다. 오른손으로 꽉 쥐고 있는 칼이 조금 움직이며 빛을 반사하고 있었다.

빈 캔이 바닥에 떨어지는 소리가 울렸다. 가쓰야는 마유를 바라봤다. 퍼져가는 시너 냄새와 뒤섞인 피 냄새는 욕조에만 가득한 것은 아니었다. 마유의 얼굴에서부터 드러난 어깨, 가슴, 배를 적갈색 얼룩이 온통 뒤덮고 있었다. 마유는 초점을 잃은 눈으로 가쓰야를 바라보다가 힘이 다한 듯 갑자기 고개를 숙이며 무릎에서부터 무너져 바닥에 엎드린 후 무언가를 토하려는 듯 억억 소리를 내며 괴로워했다. 선명히 드러난 척추를 경계로 등이 갈라지더니 이상한 생명체가 모습을 드러냈다.

가쓰야는 엉겁결에 뒷걸음질 치다가 성기에 고통을 느끼고 신음했다. 반쯤 발기한 상태의 성기에서 성냥을 단숨에 뺐다. 바닥에 떨어진 피와 정액 냄새가 시너 냄새와 뒤섞였다. 마유는 젖은 바닥에 손을 대고 있었는데 라이터를 여전히 쥐고 있었다. 가쓰야는 허둥대며 라이터를 뺏었다. 일어나서 욕조를 보니 욕조 끝에 걸린 히가의 발가락이 벌레처럼 보였다. 어쩌면 좋지, 어떻게 이런 일이…… 같은 말이 머릿속에 맴돌았다. 가쓰야는 바닥에 엎드려 있는 마유를 남겨두고 청바지와 팬티를 집어 들고는 도망치듯 욕실에서 나왔다.

텔레비전에는 NBA가 중계되고 있었다. 아나운서의 영어 중계와 응원 소리가 룸 안에 울려 퍼졌다. 그 소리가 지금까지는 들리지 않았음을 깨달았다. 텔레비전 화면에서 침대 쪽으로 시선을 옮긴 후 가쓰야는 그 자리에 얼어붙듯 멈춰 섰다. 침대에 엎드려 있는 마쓰다 주위에는 피 웅덩이가 생겨 있었다. 뒤통수는 함몰돼 있었고 피에 엉켜 부풀어기가 일어난 머리카락 사이로 협죽도 꽃과 똑같은 색깔의 뇌 일부가 보였다. 베개 주위에 피 묻은 비디오카메라가 쓰러져 있고 해변에 밀어닥친 해초에서 나는 듯한 냄새가 방안에 자욱이 끼어 있었다. 헐거워진 항문에서 배설물이 새어 나와 있었는데 그것보다 피 냄새가 더욱 진했다.

가쓰야는 침대에 가까이 다가가 상황을 확인했다. 침대와 소파 사이에 엎드려 쓰러져 있는 몸집 작은 소녀를 발견했다. 노래방 마이크의 검은색 선이 목에 감겨 있었고 그 선이 벌어진 다리 사이로 이어져 있었다. 앞부분이 보이지 않을 때까지 마이크를 소녀의 성기 안에 비틀어 넣었던 것 같았다. 피가 흘러넘쳐 회색 카펫이 검은색으로 깊고 넓게 물들어 있었다. 피는 여전히 움직였다. 그것은 마치 기능을 다해 가는 소녀의 몸에서 다른 장소를 찾아 이동 중인 붉은 생명체처럼 보였다. 소녀의 몸은 경련을 반복하고 있었는데, 울고 있는 듯한 소리가 작게 들렸다. 텔레비전을 끄자 아주 조용해진 방에 슈슈 하고 거품이 일어나는 듯한 소리가 들렸다. 그 소리는 소녀의 몸 어딘가에서 들려오는 것 같았지만 확인하고 싶은 생각이 들지 않았다.

낮게 울리는 물소리가 욕실에서 들려와 뒤돌아보자 수증기가 넘쳐 흘러나오고 있었다. 가쓰야는 소녀와 마쓰다를 응시한 채로 뒷걸음질 치며 욕실을 들여다봤다. 수증기 속에 마유가 벌거벗고 서 있었는데 흰빛이 그녀를 감싸고 있었다. 오른손에 쥐고 있는 칼이 빛났다. 마유가 한 걸음 내딛는 순간 자신을 찌를지도 모르겠다고 생각했다. 마유의 손에서 칼이 힘없이 바닥으로 떨어졌다. 가쓰야는 앞으로 쓰러지는 마유의 몸을 뛰어가서 받아안았다.

욕조를 보자 무척 뜨거운 물이 수도꼭지에서 히가의 얼굴로 쏟아져 흘러내리고 있었다. 옆을 향하고 있는 머리에 칼로 깊이 찌른 상처가 보였고 흘러나온 피가 물을 붉게 물들이고 있었다. 피어오르는 수증기 사이로 피 냄새가 퍼지자 가쓰야는 숨이 막혀 헐떡였다. 뜨거운 물을 맞은 히가의 얼굴 피부가 흰색으로 부어오르기 시작했다. 이미 죽었지만 지금이라도 되살아나 벌떡 자리에서 일어설 것만 같은 기분이 들었다. 마유가 뜨거운 물을 부은 이유를 알 것 같은 기분이 들었다.

팔뚝으로 안은 마유의 등에서 무지개 새가 천천히 날개를 움직이더니 공중으로 날아올랐다. 순간 환각에 휩싸인 가쓰야는 물방울이 떠 있는 일곱 색깔의 색채를 응시했다. 무지개 새는 정말로 살아 있는 것처럼 보였다. 등을 손바닥으로 훑자 문신 부분의 피부가 조금 움직이며 손가락 사이로 물방울이 모였다. 가쓰야는 마유의 몸을 안아 들고 욕실 밖으로 나가 소파에 눕혔다.

가쓰야는 수증기가 새어 나오지 않게 욕실 문을 닫은 후 세면대 선반에서 목욕수건을 꺼내 마유의 몸을 닦았다. 서둘러 도망쳐야 한다. 마유의 어깨를 흔들어 깨우고 침대 옆에 떨어진 팬티와 티셔츠, 청바지를 입혔다. 소파에 앉은 채로 마유는 가쓰야의 목소리에 따라 몸을 움직이고 옷을 입었다. 몸집 작은 소녀의 것으로 보이는 노란색 요트 파카가 벽에 걸려 있었다. 가쓰야는 요트 파카를 입은 후 몸의 물기를 닦았다. 성기에서 피가 번져 나와 목욕수건이 더러워졌다. 고통을 참으며 팬티와 청바지, 티셔츠를 입었다.

소파에 놓은 히가의 보조가방을 집어 들고 탁자 위에 놓인 사진과 현금이 든 봉투를 넣었다. 그러곤 욕실로 가서 바닥에 떨어진 칼과 사진을 주웠다. 적동색 뜨거운 물이 욕조에서 흘러넘쳐 물 표면을 때리는 소리와 배수구로 흘러들어가는 소리가 울렸다. 숨이 콱콱 막히는 수증기 속에서 히가의 몸은 뜨거운 물을 맞으며 위를 보고 물 위에서 흔들리고 있었다.

히가도 별거 아니잖아 하는 생각이 치밀어 올랐다. 중학교 1학년 때부터 10년 가까이 가쓰야를 절대적으로 구속하고 있던 존재가 이렇게 유약했다니 도저히 믿을 수 없었다. 천장을 보며 흔들리고 있는 히가의 얼굴에 침을 뱉으려 했지만 도저히 그렇게 할 수 없었다. 욕실 안의 모든 것은 어렴풋하게 흐려져 있어서 바닥에 굴러다니는 붉은 콜라 캔만 눈에 띄었다. 그것에 침을 뱉은 가쓰야는 물을 끄고 욕실 밖으로 나와 문을 닫았다.

칼과 사진을 보조가방에 넣은 후 고개를 숙인 채 서 있는 마유의 손을 잡고서 실내를 바라봤다. 마쓰다와 몸집 작은 소녀의 모습을 봤지만 일말의 동정심도 느껴지지 않았다. 무거운 피로가 온몸에 퍼졌다. 그것에 저항하듯 겨우 몸을 움직일 수 있었다. 눈앞에서 벌어진 일이 만취해서 보고 있는 영화의 한 장면 같았다. 성기에서 느껴지는 고통만이 생생한 현실을 느끼게 해줬다. 가쓰야는 마유의 손을 잡아끌어 문을 열고 복도로 나가 승강기로 향했다.

승강기에서 내려 현관 로비로 나갔을 때였다. 가쓰야는 숨겨놓은 카메라 쪽을 보고 오른손을 들어 보였다. 히가나 마쓰다와 함께 왔지만 자주 먼저 돌아갔다. 안아서 부축하고 있던 마유의 요트 파카 안쪽에 히가의 보조가방을 숨겼다. 주차장으로 가서 차문을 열어 서둘러 마유를 보조석에 태운 후 차를 몰았다. 주차장 출구에서 좌회전할 때 범퍼가 옆 벽면에 조금 긁혔다. 차 안에 있는 시계는 오후 7시 21분을 가리켰다. 어둠 속에서 화려한 건물이 늘어서 있는 러브호텔 거리의 풍경이 마치 가짜 영화세트장처럼 느껴져 금방이라도 무너져 내릴 것만 같았다. 처음 나온 네거리에서 우회전해 손님 기다리는 택시가 늘어서 있는 길가를 빠져나와 현 도로로 들어섰다.

도마리대교에 들어섰을 때 왼쪽으로 가야 할지 오른쪽으로 가야 할지 판단이 잘 서지 않았다. 신호등이 노란색으로 바뀌는 것을 보고 가속페달을 밟아 간신히 우회전을 한 후 북쪽 방향 차선으로 들어섰다. 배기가스를 내뿜으며 다리를 올라가는 대형 트럭을 추월해 하행선 가속 차량에 주의하면서 후미등을 켜고 있는 행렬을 따라갔다. 조수석에 탄 마유는 문에 기대 눈을 감고 있었다. 평소처럼 일을 마치고 집으로 돌아가고 있는 것만 같았다. 노란색 요트 파카 차림이 감시 카메라를 모니터링하고 있는 종업원의 눈에 수상하게 보일지도 모르겠다는 생각이 들었다. 그 외에도 실수를 했을지도 모르겠다고 생각하니 불안함과 초조함이 더해 갔다.

신호등 앞에 멈췄을 때 뒤를 돌아봤다. 호텔은 다리에 가려서 보이지 않고 늘어선 차량 행렬만 보일 뿐이다. 뒤따라오는 사람이 없다는 사실에 안도하고 있을 때 성기에서 고통이 되살아났다. 피가 번지고 있는 것인지 넓적다리 부근이 질척질척해서 불쾌한 기분이 들었다. 호텔에서 일어난 일은 너무나도 비현실적으로 느껴졌다. 옆을 보았을 때 마유가 숨을 쉬지 않고 있는 것 같아 팔을 잡아 흔들었다. 고개를 좌우로 움직이는 모습을 보자 안심이 됐다. 신호가 바뀐 후 속도를 높여 앞차를 따라갔다. 길 반대편에서 사이렌 소리가 들려오고 붉은 불빛이 회전하며 가까워졌다. 반대 차선에서 순찰차 한 대가 달려가고 있었다. 호텔에서 경찰에 신고해 긴급하게 수사가 시작된 게 아닐까. 아니 이미 수사가 시작돼 범인을 검거하고 있는지도 모른다. 마음이 급해졌지만 도로가 밀려 앞질러 도망갈 기회조차 없었다.

이미 다 늦었어.

가쓰야는 속으로 중얼대며 눈앞에 아른거리는 히가의 얼굴을 쫓아버리려 했다. 붉은색으로 벗겨진 피부에서 수증기가 올라오고 산소가 부족한 물고기처럼 입을 벌리고 있다. 귓속 깊숙이 사라진 불꽃이 고막을 태우고 뇌로 옮겨붙어가는 것 같아서 가쓰야는 소리를 내지를 지경이다. 심호흡을 반복하며 히가는 죽었어 죽었다고 소리 내 말했다. 호텔 종업원은 경찰보다도 먼저 히가와 마쓰다의 동료들에게 전화를 했을지도 모른다. 경찰에게 잡히는 것보다 그들에게 잡히는 게 더욱 비참하다. 차를 버리고 택시를 타면 어떨까 생각해봤지만 마유가 어떻게 반응할지 자신이 없었다. 마유를 버려두고 혼자 도망치고 싶지는 않았다.

58호선을 벗어나 북상해 도로 근처에 있는 오락장에 딸린 주차장으로 들어갔다. 호텔에서 나온 지 20분 정도가 지났다. 보조가방을 가지고 차에서 내리려 할 때 성기에 극심한 고통이 느껴져 소리를 질렀다. 고통을 한동안 참은 후에야 조수석 쪽으로 돌아가 마유를 내리게 했다. 마유는 창백한 낯빛에 멍한 눈빛을 하고 있었다. 가쓰야가 부축해 주자 의외로 씩씩한 발걸음을 옮겼다. 가쓰야는 피가 스며든 청바지 앞쪽을 보조 가방으로 가리고 오락장 입구로 향했다.

건물 옥상에 설치된 네온사인이 어지러울 정도로 원색 빛을 발하고 있었다. 복잡하게 거울을 짝지어 놓은 장식이 현관 벽과 천장에 설치돼 있어 흰 형광등 불빛이 난반사되고 있었다. 이 오락장은 오키나와 현 안에만 점포를 10개 이상이나 출점하고 있었는데, 큰 규모의 시설이 즐비한 58호선 연도의 오락장 중에서도 고고한 위용을 과시했다. 이곳은 반년 정도 전에 개점했는데 친형 둘이 푹 빠져 있다는 이야기를 엄마로부터 전해 들었다. 벽에 설치된 거울에 몇 겹으로 비친 자신과 마유의 모습을 보면서 가쓰야는 자동문 앞에 섰다.

요란스러운 소리를 내며 흐르는 음악과 피버(Fever)[43] 기계의 위치를 알려주는 남자의 쉰 목소리, 금속음과 전자음, 파친코와 먼지 냄새가 뒤섞여 떠들썩한 가운데 친형 둘을 찾으며 걸었다. 블라인드가 내려진 창가에 늘어선 의자는 빈자리를 기다리는 손님으로 가득했다. 부모를 따라와 지루해 죽는 아이 여럿이 바닥에 떨어진 구슬을 주우며 통로를 거닐고 있었다. 6살 정도로 보이는 한 여자아이가 자동판매기 위에 설치된 텔레비전을 올려다보며 서 있었다. 어릴 적 아버지 옆에 앉아 슬롯머신 레버를 당기던 자신의 모습이 떠올랐다. 이런 곳에 아이를 데려와 방

---

43 파친코 메이커인 산요가 개발한 등록상표로, 현재 유행 중인 파친코 시스템의 기원이다.

치해 두다니 그 부모가 이해되지 않았다. 가쓰야는 그렇다고 뭘 해줄 수도 없어서 여자아이로부터 고개를 돌린 후 마유의 손을 잡아끌고 손님으로 가득 찬 슬롯머신 사이의 통로로 향했다.

가게 안은 파친코 코너와 슬롯머신 코너로 나뉘어 있었는데 슬롯머신의 인기가 압도적으로 많았다. 형들도 기분 전환용으로만 파친코 코너에 앉는다. 서로 등을 맞대고 슬롯머신을 향하고 있는 손님 사이를 호기심 어린 눈빛으로 걸으며, 현관 부근에서 꽤 떨어진 곳에서 둘째 형 무네아키를 발견했다.

"아키 형."

옆으로 가서 말을 걸었지만 무네아키는 회전하는 드럼을 뚫어져라 응시할 뿐 아무런 반응도 보이지 않았다. 어깨에 손을 올리자 그제야 움찔하더니 몸을 떨며 가쓰야를 봤다. 겁을 먹은 듯한 시선이 가쓰야 옆에 서 있는 마유를 향했다. 그 눈은 계속 두들겨 맞은 개를 연상시켰다. 지금 자신의 눈도 형과 똑같을지도 모르겠다고 가쓰야는 생각했다. 다박나룻이 여윈 볼의 그늘을 더욱 깊게 만들어 20대 중반인데도 30대를 넘어선 것처럼 보이게 했다. 피부색을 보면 햇빛을 몇 년이고 제대로 받지 못한 것 같았다. 형과 만난 것은 백중맞이 이후 2달 만이다.

"타다 형은?"

큰형 무네타다가 어디 있는지 묻자 슬롯머신 3대 너머를 눈빛으로 가리켰다.

"밥 먹으러 갔을걸."

슬롯머신 앞에는 식사 중이라는 팻말이 놓여 있었다. 제한 시간을 보니 조금 전에 자리를 떠난 것 같았다. 두 형 다 웬일인지 크게 이기고 있었다. 코인이 가득 찬 달러박스를 무네아키는 4개, 무네타다는 3개 쌓아 놓고 있었다. 이야 운수 대통이잖아 하고 가쓰야가 말하자 아침부터 때려 박았어 겨우 본전이야 하고 무네아키가 웃으며 대답했다. 가쓰야는 형의 기분이 꽤 좋은 모습을 보곤 마음이 조금 누그러지는 것을 느끼며 말을 꺼냈다.

"형 미안하지만, 1시간 정도 차를 빌려줬으면 해. 내 차는 고장 나서……."

무네아키는 가쓰야와 마유를 번갈아 보더니 바지 벨트에 걸려 있는 열쇠 꾸러미에서 자동차 키를 빼냈다.

"제법인데 꽤 귀여운 여자를 데리고 다니네."

무네아키가 차키를 넘기며 마유에게 웃음을 지었다. 마유가 아무런 반응을 보이지 않자 무네아키가 겸연쩍어 하는 것을 본 가쓰야가 고맙다고 말하면서 지금 좀 몸이 좋지 않아서 그래 하고 말을 보탰다.

"오늘은 여기 닫을 때까지 있을 거야. 그때까지만 돌려주면 돼."

마유를 데리고 호텔에라도 갈 것이라 생각했는지 무네아키는 웃으며 눈짓을 하고는 가쓰야의 허리를 몇 번인가 쳤다. 가쓰야는 쓴웃음을 지어 보이며 차가 발견되기 전에 빨리 움직여야겠노라 생각하면서도 좀처럼 무네아키의 옆에서 떠나지 못했다. 무네아키는 차량 번호와 주차 장소를 알려주고는 코인을 3개 집어 슬롯머신으로 향했다. 가쓰야는 여원

형의 옆모습을 응시하며 가볍게 고개를 끄덕였다.

"그만 가 볼게."

가쓰야는 마유를 재촉하며 출구 쪽으로 향했다.

"가끔이라도 좋으니까 집에 들러."

뒤돌아보자 무네아키가 웃으며 오른손을 들었다. 이게 마지막일지도 모른다는 생각이 스쳐 무네아키의 모습이 눈에 강렬히 새겨졌다.

마유의 등을 밀며 좁은 통로를 걸으면서 어린 시절 두 형이 곧잘 자신을 데리고 놀러 갔던 시절을 떠올렸다. 7살과 5살 위인 형들이 그 무렵에는 뭐든지 할 수 있는 영웅처럼 보였다. 하지만 실제로 둘은 다정한 성격이기는 해도 마음이 약해 공부는 물론이고 일도 옹골차게 계속할 수 없는 무기력한 존재다.

고등학교를 졸업한 후부터 단 한 번도 제대로 직장에 취직하지 못했고 여자와도 제대로 못 사귀어 본 채 오락장에 중독된 형들을 가쓰야는 줄곧 바보 취급 해왔다. 아파트 관리인이라는 명목으로 아버지가 주는 돈에 기댄 채 흡사 돼지처럼 사육되는 생활을 하고 있는 모습을 업신여겼던 것이다. 형들을 혐오하는 마음 바닥에는 자신에 대한 혐오도 자리하고 있음을 깨달았다.

나 또한 형들과 별반 다를 게 없어.

혐오하는 마음이 지나간 다음에는 언제나 이 말이 이어졌다. 하지만 이제 모든 것이 크게 변해 버렸다. 형들이 있는 곳으로부터 아주 멀리 떨어져 버려서 이제 두 번 다시 형들의 장소로 돌아갈 수 없다. 가쓰야는 멈춰 선 채 뒤돌아봤다. 파친코에 가득 찬 손님은 마치 자동인형처럼 같은 동작을 반복하고 있었다. 그 너머로 형의 모습이 작게 보였다. 이제 다 늦어버렸다. 가쓰야는 마유의 손을 잡아끌며 입구로 향했다. 현관 홀에 이르자 작은 여자아이가 텔레비전을 올려다보고 있었다. 텔레비전에는 한낮의 집회 뉴스가 다시 나오고 있었다.

현관을 나와 주차장을 걷다가 어이쿠 지금 이런 감상에 젖어 있을 때가 아니잖아 하는 초조함이 엄습해왔다. 넓은 주차장을 비추는 조명 아래 몇 백 대의 차가 주차돼 있었다. 형들은 아침 일찍 도착해 늘 주차 경비실 근처에 차를 세웠다. 형이 알려준 차 번호를 달고 있는 대형 사륜차에 가까이 다가가자 진한 녹색 차체에 네온사인이 비쳐 점멸하는 빛이 일그러졌다. 가쓰야는 주차장 전체 모습을 확인하고서 조수석 문을 열고는 마유를 태웠다.

경비실 안에서 초로의 경비원이 가쓰야를 보고 있었다. 형들과는 얼굴을 튼 사이라 가쓰야를 주시하는 것이 분명했다. 가쓰야는 냉정하게 움직이려고 노력했다. 언제고 둘이서 행동하는 형들은 차도 함께 썼다. 차는 깨끗하게 닦여 있었지만 안에는 담배꽁초나 빈 도시락을 넣어둔 비닐봉지가 아무렇게나 널브러져 있어서 이상한 냄새로 가득했다. 보조가방을 기어 옆에 두고는 쓰레기를 양손으로 집어 경비실 옆 쓰레기통에 버렸다. 차에 올라탈 때 상처의 통증이 심해져 얼굴을 찡그릴 수밖에 없었다. 경비원의 시선을 느끼며 시동을 걸고 58호선으로 차를 몰았다.

2백 미터 정도 떨어진 어느 가게 주차장에 차를 세우고 마유를 살폈다. 문에 기대 잠이 든 것 같았다. 가쓰야는 보조가방을 들고 가게 안으로 혼자 들어갔다. 마유와 자신이 쓸 속옷과 편한 운동복, 티셔츠, 스웨터를 사서 나가려다 짙은 녹색의 방한용 바람막이 점퍼를 집은 후 카운터에 놓았다. 히가의 보조가방에는 가쓰야가 상납한 돈 봉투 외에도 10만 엔 정도의 돈이 더 들어 있었다. 그것으로 값을 치렀다.

가쓰야는 차로 돌아와 짐을 뒷좌석에 놓은 후 기노완 시까지 차를 몰았다. 도중에 약국에서 소독액과 거즈, 진통제를 사서 컨벤션센터 근처 공터에 차를 세웠다. 청바지를 벗은 후 성기를 소독했다. 상처에 스며드는 고통을 참으며 거즈를 대고 테이프로 고정한 후에 가게에서 산 티셔츠와 운동복으로 갈아입었다. 마유를 일으켜 세워 노란색 파카를 벗기고 녹색 바람막이 점퍼를 어깨에 걸치게 했다. 갈아입고 난 옷은 종이봉투에 넣어 공터 구석 무성한 풀숲에 버렸다. 검문을 당했을 때 걸리지 않으려 가능한 모든 준비를 해두고 싶었다.

다시 58호선으로 들어선 후 차를 북쪽으로 몰았다. 가데나 미군기지 앞을 지나갈 때 중앙분리대에 늘어선 야자나무를 곁눈질로 보면서 미군 병사 아이를 잡아다가 야자나무에 매달아 놓으면 된다고 했던 히가의 말을 떠올렸다. 건너편에서 오는 차량 라이트와 외등에 비친 야자나무 아래에 미군 아이의 작은 몸이 매달려 늘어져 있는 정경이 떠오른다. 철사가 목에 박히고 충혈된 얼굴은 몇 배나 더 크게 부풀어 있다. 팽팽한 둥근 배와 축 늘어진 손과 발. 80킬로미터 가까운 속도로 3차선 도로를 달리면서 지금이라도 그런 시체가 눈앞에 날아들 것만 같은 기분이 들었다.

한 구의 시체라도 좋으니 정말로 볼 수 있다면 마음껏 웃어줄 텐데. 그것이 미국인들의 증오를 부추겨 오키나와가 보복을 당하면 더욱 좋다. 오렌지색 유도등(誘導灯)이 도로를 사이에 두고 좌우로 늘어서 있다. 어둠에 휩싸인 하늘에서 미군 전투기가 착륙하고 있었다. 머리 위를 압도하는 굉음을 들으며 그렇게까지 하지 않으면 아무것도 변하지 않을 거야라고 했던 히가의 말을 반추했다.

욕조 안에서 위를 보고 쓰러진 히가의 모습이 떠올랐다. 붉게 문드러진 얼굴과 찢어진 목. 살이 타는 냄새. 귀 깊숙이 빨려 들어간 불. 피로 물든 욕조 안에서 익고 흔들리던 얼굴이 갑자기 차 정면 유리창에 나타났다. 가쓰야는 엉겁결에 브레이크를 밟았다. 뒤따라오던 차가 격렬하게 경적을 울리며 운전대를 급히 꺾더니 추월했다. 액셀을 다시 밟으며 옆자리를 봤다. 마유는 문에 몸을 기댄 채 계속 눈을 감고 있었다. 넓적다리 위에 모은 양손의 가느다란 손가락. 그 손가락이 몸집 작은 소녀의 성기에 움켜쥔 노래방 마이크를 비틀어 넣는 장면을 상상했다. 가쓰야는 날카로운 손톱을 지닌 곤충이 목덜미를 기어가는 듯한 감각을 느끼고 엉겁결에 손으로 목 주위를 털었다.

뒤에서 사이렌 소리가 들렸다. 백미러를 들여다보니 붉은색 등이 회전하고 있는 순찰차가 가까이 다가오고 있었다. 액셀을 밟은 다리의 힘을 빼면서 길가 차선으로 갈아탔다. 순찰차는 맹렬한 속도로 추월해서 떠나갔다. 온몸에 돋은 소름이 좀처럼 사라지지 않았다. 으스스한 추위

224

를 느끼는 한편 몸 안쪽에서 열기가 뭉쳐 몸이 쑤셨다. 몸의 겉과 안이 비틀어져 머릿속과 피부 아래를 단단하고 작은 벌레가 무리를 이루어 기어가는 듯한 감각에 빠져들었다. 가쓰야는 앞쪽에서 멀어져 가는 붉은빛을 응시하며 속도를 서서히 다시 올렸다. 조수석에서 계속 잠을 자고 있는 마유처럼 자신도 잠들고 싶다고 생각했다. 성기의 고통이 움찔 움찔 계속되는 것을 참으며 속도를 올렸다.

길가 양쪽에 미군기지가 펼쳐져 있던 풍경이 변하고 가데나 경찰서 앞으로 접어들었다. 검문을 하지 않는 것에 안도하면서 그 앞을 지나 가데나 로터리의 굽은 길을 돌아 요미탄촌(讀谷村)에 들어섰을 때 긴장이 조금 풀렸다. 순조로운 흐름을 타니 이대로 끝까지 도망칠 수 있을 것 같은 기분마저 들었다. 하지만 이내 물러터진 생각을 한 자신을 향해 비웃음이 터져 나왔다. 진심으로 도망칠 생각이라면 마유를 버려두고 호텔에서 바로 공항으로 갔어야 했다. 마유를 데리고 북쪽으로 향하는 길을 선택한 시점에서 이미 멀리 달아날 수 있는 가능성은 모두 사라졌다. 하지만 단순히 실수만은 아니다. 놀라서 허둥대는 사이 갑작스레 내린 판단이기는 했어도 애써 북쪽을 택한 순간 가쓰야는 자각하고 있었다.

온나손(恩納村)으로 들어가 언덕길을 내려가면서 멀리 맥도날드의 적색과 황색 간판이 보이자 가쓰야는 속도를 줄였다. 맥도날드 바로 앞에 미군의 불하 용품 가게가 있다. 우회전해서 주차장에 차를 세운 후 가쓰야는 보조가방을 들고 차문을 열었다.

예전에 칼이나 캠핑 용품, 옷 등을 사러 몇 번인가 들른 적이 있다. 창고를 개조한 가게 안에는 미군기지에서 흘러들어온 군복과 계급장, 약협(藥莢), 훈련탄, 칼, 야전용 텐트나 침상, 전투식량 등이 비좁게 늘어서 있었다. 잘 보니 방탄조끼까지 있다. 가쓰야는 가게 입구 위에 놓인 날개 길이가 족히 3미터는 넘어 보이는 전투기 모형을 올려다봤다. 입구 양쪽에는 일장기와 성조기를 페인트로 그린 두랄루민 연료탱크가 미사일을 본떠 세워져 있었다. 가쓰야는 조수석에서 마유가 잠들어 있는 것을 다시 한 번 확인한 후 가게 안으로 들어갔다.

우선 텐트, 침낭, 륙색 등을 구입했다. 구두나 의류는 마유의 몸에 맞는 것이 없어 가장 작은 것으로 샀다. 다른 것은 어떻게든 궁리해봐야겠다고 생각했다. 그밖에 접이식 삽이나 랜턴, 회중전등, 전투식량, 고체 알코올 등을 사서 상자에 넣어달라고 해 차에 실었다. 그리고 자석과 대형 펜치, 다용도 칼과 스위스 아미 나이프를 하나씩 사서 차로 돌아왔다. 식량과 물 외에 부족한 물자는 나고(名護)에 있는 슈퍼에서 살 생각이었다.

자동차 트렁크에 짐을 싣고 예비 타이어가 붙어 있는 문을 닫으니 몸서리가 났다. 가쓰야는 숨을 깊이 들이쉬고 천천히 내뱉었다. 티셔츠 하나만으로는 으스스 추울 정도로 밤공기는 차갑고 맑았다. 얀바루 숲속으로 들어갈 생각이다. 산길을 차로 갈 수 있는 데까지 가서 철조망을 절단한 후 미군 연습장으로 들어가는 것은 그리 어렵지 않다고 생각했다. 마유를 데리고 어디까지 나아갈 수 있을지는 알 수 없다. 걸을 수 있을 만큼 걸어 숲 깊숙한 곳에서 적당한 장소를 발견해 텐트를 치고 물과 식량이 다 떨어질 때까지 몸을 숨기고 있을 작정이다. 그 후의 일은 생각하지 않았다. 그곳에서 모든 것이 끝난다면 그것도 괜찮다. 다만 모든 일이 끝나기 전에 무지개 새를 한 번만이라도 보고 싶었다.

무지개 새 이야기는 사회 교사가 만들어낸 이야기에 불과하다. 그러니 그것을 보고 싶어 하는 절실한 마음은 현실도피에 지나지 않는다. 사태가 여기에 이르렀는데도 공상에 빠져 있는 자신을 비웃는 목소리가 들려온다. 가쓰야는 하늘을 올려다봤다. 외등 불빛 때문에 보이는 별은 적었지만 샛말개진 밤하늘이 어디까지고 펼쳐져 있었다. 숲속 깊은 곳에서 하늘을 올려다보면 일곱 색 빛을 발하며 날아가는 새를 볼 수 있을 것만 같은 기분이 들었다. 그럴 수만 있다면 지금 빠져 있는 궁지에서 벗어날 수 있을 것 같았다. 도피 욕망이나 허구의 마음이라 해도 좋다. 지금 갈 곳은 얀바루 숲속밖에 없다.

가쓰야는 차에 타서 옆에 있는 맥도날드 주차장으로 이동했다. 가능한 한 마유와 함께 행동하지 않는 편이 좋다고 생각했다. 마유가 계속 잠들어 있는 것을 보고 가쓰야는 보조가방을 들고 혼자서 가게로 향했다.

입구 옆에 세워진 커다란 피에로 인형의 표정과 손을 들고 있는 몸짓이 묘하게 섬뜩했다. 밖으로 뻗어 있는 지붕 아래에 테라스가 있어 주문한 것을 밖에서 먹을 수 있었다. 젊은 미국인 부부와 오키나와인 가족이 흰 플라스틱 탁자에 앉아 있다. 테라스에는 아이들의 놀이터도 있다. 동전을 넣으면 움직이는 탈것이 입구 근처에 놓여 있고, 바로 그 앞에 밀짚 색 머리의 어린 누이와 동생이 서 있다. 햄버거를 먹으며 이야기를 나누고 있던 미국인 여자가 소리를 질러 아이들을 향해 무언가 주의를 줬다. 맞은편에 앉은 남자가 뒤돌아보더니 웃으며 아이들을 봤다. 가족을 데리고 이주해 온 미군병사 부부로 보였다. 5살 정도의 소녀가 테라스에 있는 코끼리 모양의 탈것에 올라타 있었는데 3살 정도의 동생이 동전을 넣었다. 코끼리가 흔들리며 앞뒤로 움직이기 시작했다. 소녀가 소리를 내지르며 웃다가 가게 문을 열려고 하는 가쓰야에게 손을 흔들었다.

갑자기 20년도 더 전의 기억이 되살아났다. 형들의 여름방학이 거의 끝나갈 무렵 북부에 있는 해변으로 가족 모두가 놀러 간 적이 있다. 그곳에도 똑같은 탈것이 있었다. 가쓰야는 소녀를 올려다보고 있는 남자아이와 비슷한 나이로 누나에게 안겨 탈것에 올라탔다. 귀 아래 달린 손잡이를 쥐자 누나는 꽉 잡으라고 주의를 줬다. 둘의 모습을 부모님과 형제들이 웃으며 바라보고 있었고 아버지가 카메라 셔터를 몇 번이고 눌렀다. 누나가 동전을 넣자 탈것이 움직였고 가쓰야는 소리를 지르며 계속 웃었다.

남자아이가 빨리 내려오라는 듯 소녀의 다리를 계속 치고 있다. 소녀는 무시하고 가쓰야에게 계속 웃어 보였다. 소녀의 상기된 웃는 얼굴의 아름다움에 놀란 가쓰야가 엉겁결에 눈을 피하고 가게 안으로 들어갔다.

카운터에서 햄버거와 뜨거운 커피를 포장해 달라고 해서 주문하고 돈을 낸 후 2층에 있는 화장실로 갔다. 화장실 한 칸에 들어가 운동복 바지를 내리고 성기의 상태를 확인했다. 피가 스며든 거즈를 떼고 오줌을 싸자 타들어 갈 듯한 고통이 느껴졌다. 화장실 휴지로 성기 앞부분을 닦아 피가 스며 나오지 않는 것을 확인한 후에 밖으로 나갔다. 화장실 휴지로 거즈를 싸서 휴지통에 버리고 얼굴을 닦았다. 오른쪽 뺨에 난 상처의 딱지가 떨어져 나가고 새싹 같은 윤기를 지닌 새로운 피부가 고개를 내밀었다. 가만히 손가락 끝으로 만져보니 싱싱한 감촉이 느껴졌다. 뺨에 난 상처를 잊고 있었음을 떠올리자 가게 점원이 자신의 상처를 봤을지도 모르겠다는 사실을 깨달았다. 뭐가 어때[44]라는 말이 떠올라 엉겁결에 웃었다. 엄마로부터 추궁당한 아버지가 태도를 바꿀 때 쓰던 말이다.

계단을 내려온 가쓰야는 카운터에서 포장된 음식을 받아들었다. 가게를 나와 놀이터 쪽을 보니 코끼리 탈것에는 남자아이가 타고 있었다. 소녀의 모습은 보이지 않았다. 탁자에 앉아 있는 양친은 이야기에 푹 빠져 남자아이가 손을 흔드는데도 눈치채지 못하고 있다. 작은 고무공이 가득 들어 있는 미니하우스 안에서 아이들이 큰소리로 소란을 피우며 노는 소리가 지붕 아래에까지 울렸다. 오키나와인 가족이 아이들이 노는 모습을 지켜보고 있었다. 가쓰야는 마음이 누그러지는 것을 느꼈지만, 감상과 주변을 경계하며 차로 돌아왔다.

가쓰야는 문을 열고 운전석에 앉아 조수석에 보조가방과 햄버거와 음료수가 든 종이봉지를 놓았다. 다음 순간 몸 중심을 차가운 무언가가 날카롭게 관통했다. 마유의 모습을 찾으려 뒷좌석을 보니 외등의 빛을 받

44 야레누야가.

아 창백하게 떠 있는 마유의 얼굴이 보였다. 얇게 열린 눈이 가쓰야를 보고 있었다. 가슴을 쓸어내리는 것과 동시에 분노가 치밀어 무언가 말을 내뱉으려 했지만 적당한 단어를 찾을 수 없었다.

갑자기 바닷물 냄새가 났다. 진한 염분과 해조류 냄새가 섞인 바닷물 내음. 마유의 왼손이 무릎 위에 타고 있는 소녀의 밀짚 색 머리카락을 어루만지고 있다. 머리카락에 덮인 소녀의 얼굴은 보이지 않았다. 오른손에는 스위스 아미 나이프가 쥐어져 있고 칼끝에서 피가 좌석에 뚝뚝 떨어지고 있다. 뒷좌석 바닥에는 흘러내려 떨어진 피가 괴었다. 바닷물 냄새는 거기에서 풍겨왔다. 마유가 눈을 뜨자 눈동자 깊숙한 곳에서 무언가 움직였다.

"얼른 출발해, 등신아."

낮고 강한 목소리다. 처음으로 마유의 진짜 목소리를 들은 것 같은 기분이 들었다. 가쓰야는 정면으로 자세를 바꿔 시동을 걸고 기어를 넣은 후 액셀을 밟았다. 미국인 부부가 일어나서 소녀의 이름을 부르고 있다. 놀이터에서 주차장까지 나오고 있는 두 사람의 모습을 곁눈질로 보면서 58호선으로 차를 몰았다.

맞은편 차량의 라이트가 눈부시다. 액셀을 밟으면서 가쓰야는 머릿속의 혼란스러움을 정리할 수 없었다. 더 이상 아무것도 생각할 수 없었다. 무지개 새를 보고 싶다, 그것만을 계속 염원했다.

한밤 숲속에 나체의 마유가 서 있다. 이슬에 젖은 나무와 풀잎, 부엽토, 숲에 사는 생물들, 그 모든 것이 발하는 냄새가 숲의 냉기에 정화돼 마유를 감쌌다. 흰색 몸이 함초롬히 젖어 있다. 딱딱한 씨가 갈라져 새싹이 싹트듯 화상 입은 상처가 사라지고 새로운 피부가 돋아난다. 청색이나 녹색, 깃털로 장식된 심홍색 얼굴. 금색 홍채와 칠흑의 눈동자가 한밤의 숲을 바라보고 있다. 날카로운 부리를 열고 새가 우는 소리가 메아리친다. 나무와 나무 사이에 쏟아져 들어오는 달빛이 마유의 몸을 비추고 천천히 올라가는 좌우 팔의 움직임에 맞춰 어깨뼈 위에 날개가 홰를 치기 시작한다. 날개 치는 소리가 점차 커지고 마유의 등을 떠난 새가 일곱 색 빛을 발하며 한밤의 숲을 날아오른다.

마유의 뒤에 서서 무지개 새를 올려다보고 있는 가쓰야의 등 뒤로 숲의 어둠보다 더 깊은 그림자가 접근해 온다. 목에 스위스 아미 나이프가 닿은 감촉에 가쓰야는 눈을 감았다.

그래 모두 죽어 없어지면 된다.

몸 깊숙한 곳에서 웃음이 치밀어 오른다. 백미러에 비친 마유의 잠든 모습은 아름다웠다. 액셀을 더욱 세게 밟으며 가쓰야는 얀바루 숲에 한시라도 빨리 도착하기를 염원했다.

신생을 향해, '자기 부정'의 심연을 파헤치다

곽형덕

1995년은 메도루마 슌 문학의 전환점이다.

1995년 9월 4일, 오키나와 북부 나고(名護)에서 미군 셋이 13살밖에 안된 오키나와 소녀를 성폭행한 사건은 섬 전체에 크나큰 충격을 안겼다. 그 자신 북부 출신이었기에 메도루마가 받은 충격은 이루 다 말할 수 없었다. 이 사건으로 오키나와의 희생을 담보로 한 미일안보체제의 근간을 뒤흔드는 '섬 전체의 투쟁'(미군기지 철폐)이 이어졌다. 그 시대적 배경에는 '동서냉전 해체' 이후에도 동아시아에서 계속되는 전쟁의 위협이 있었다. 탈냉전의 시대에 2차 세계대전의 후과와 냉전의 상징인 군사기지의 섬으로부터 오키나와가 벗어날 수 없을지도 모른다는 불안감은 날로 더해가고 있었다. 그렇기에 사건 이후 반기지 운동의 기세는 점점 더 거세져갔다. 그 흐름 속에서 오키나와 내의 미군기지 반대 운동의 결과로 전 세계에서 가장 위험한 기지로 불리는 '후텐마(普天間) 기지'의 현외 이설이 실현되는 듯했다. 하지만 시간이 지나며 현외 이설안은 슬그머니 자취를 감추고 남부의 기지를 북부로 옮기는 미봉책인 현재의 '헤노코(辺野古) 신기지' 건설이 강행됐다. 북부에서 태어난 메도루마에게 헤노코 신기지 건설은 북부 차별의 또 다른 형태로 보였을 것이 틀림없다. 북부는 예부터 오키나와 중심부인 남부로부터 일상적인 차별을 받아왔던 지역이다. 그렇기에 1995년 사건이 북부로 기지를 이전하는 것으로 귀결되는 현실은 이중삼중의 차별구조를 드러낸 것에 다름 아니다.

『무지개 새』는 바로 이런 시대적 분위기 속에서 탄생한 메도루마의 첫 번째 장편소설이다. 그렇기에 이 소설에는 1995년 이후 오키나와의 정치적 상황이 시대적 배경으로 자리하고 있다. 메도루마가 1995년 사건에서 받은 충격은 『무지개 새』만이 아니라 장편(掌篇) 「희망(希望)」(《朝日新聞》 1999.6.26.)에도 문학적 응전의 형태로 드러나 있다. 그가 작가의 삶이 아니라 헤노코 신기지 반대 운동을 삶의 중심에 놓게 된 것도 1995년의 사건을 제외하고는 설명하기 힘들다. 메도루마는 오키나와전 등 근대 이후 오키나와와 일본, 오키나와와 마이너리티에 관한 내용의 중단편소설을 쓰다가 1995년 사건 이후 미군기지와 관련된 장편소설을 쓰기 시작했다. 그렇게 본다면 메도루마 슌 문학은 1995년 이후 크게 달라지기 시작했다고 볼 수 있다. 메도루마는 『무지개 새(虹の鳥)』(1998~2006, 연도는 집필 시기), 「희망」(1999), 『기억의 숲(眼の奥の森)』(2004~2009)에 이르는 동안 미군 문제를 작품의 핵심으로 끌어들였다. (「희망」과 『기억의 숲』은 각각 임성모와 손지연의 번역으로 이미 나와 있다.) 『무

지개 새』는 오키나와인 남성이 미국인 아이를 유괴해 목 졸라 죽이고 자살하는 내용의 소설 「희망」을 확대해서 장편으로 쓴 소설로 흔히 오인되기 십상이지만, 집필 순서는 『무지개 새』 ⇒ 「희망」 ⇒ 『기억의 숲』 순이다. 『무지개 새』는 구상에서부터 연재, 출판까지 총 9년이 걸려 나온 장편소설이다. 메도루마가 30대 후반부터 40대 중반까지 가장 힘을 기울인 소설임을 알 수 있다. 한편 「희망」은 오키나와에서 G8 정상회담(2000.7.21.~23,) 개최가 확정된 1999년에 쓰인 짧은 소설로, 헤노코 신기지 문제를 조기 종결시키려는 미일 양국 정부의 시도에 항의하는 뜻에서 『무지개 새』의 테마를 차용해 급히 쓴 글이다. 《아사히신문》에 「희망」이 발표된 직후 메도루마는 테러를 지지한다는 비판을 받았고 원고 의뢰가 현저히 줄어드는 등 작가로서의 삶에 큰 타격을 입었다. 한편 『기억의 숲』은 오키나와전 당시 미군에 의한 소녀강간사건을 '9.11 테러'와 연관시킨 소설로, 오키나와전에서부터 2001년까지 오키나와와 미국의 관계를 총체적으로 파악하고 있다. 『무지개 새』가 1995년 소녀폭행사건 이후에 초점을 맞추고 있다면 『기억의 숲』은 오키나와전과 전후 미군의 점령 문제, 9.11테러까지를 시야에 넣고 있다.

　『무지개 새』는 오키나와에 과도한 군사기지가 밀집돼 일어나는 폭력의 연쇄를 비판한 소설로 독해되기 쉽다. 하지만 이 소설은 단순히 그런 도식적인 내용이 아니다. 주인공으로 1995년 사건의 피해자 소녀와 같은 인물이 아니라, 오키나와 사회의 암부에서 그 존재조차 인지되지 못하는 성노예 상태에 빠진 미성년자 마유를 내세우고 있음이 이를 잘 보여준다. 더구나 마유가 한때 반에서도 뛰어난 성적을 거두고 활기찬 소녀였다는 사실은 누구나가 단 '한순간'의 차이로 삶의 나락을 경험할 수 있다는 섬뜩한 경고이기도 하다. 『무지개 새』에는 데모대 속에서 마이크를 들고 호소하는 소녀와 마유의 삶이 교차돼 있다. 가쓰야는 마유에게 동정을 느끼며 "정말로 단 한순간의 차이로 무언가가 결정적으로 달라지기 시작한다."라는 섬뜩한 말을 한다. 단 한순간의 차이로 생과 사, 행복과 불행이 교차하는 오키나와의 현실이 이 한 문장에 선명히 새겨져 있다. 그럼에도 오키나와인[1]이 폭력적인 구조를 스스로 받아들이고 그로부터 벗어날 수 있는 상상력조차 결여하고 있음을 소설의 화자는 철저히 파헤쳐 나간다. 이른바 화자는 소녀폭행사건을 일으킨 미군을 응징하는 표면적인 논리구조를 내세우면서 그럼에도 현 상황을 타개하지 못하는 오키나와 사회의 나태함 또한 따갑게 파고든다. 『무지개 새』가 오키나와 내부라 할 수 있는 학원폭력의 가해자와 피해자를 중심으로 스토리를 전개하고 있음은 폭력의 구조가 단순히 외부에 의해서만 강제된 것이 아니라 이중삼중으로 구조화된 것임을 드러내기 위한 소설적 장치라 해도 좋다.

그렇기에 『무지개 새』의 결말에서 히가 일당과 미군 소녀를 죽인 사람이 바로 '등 뒤에 일그러진 무지개 새 문신'을 하고 있는 마유라는 점은, 젠더화된 신체로부터의 이탈 혹은 연쇄된 폭력의 끝에 위치한 약자의 항거라는 점에서 의미가 크다. 성폭력과 범죄가 일상화된 상황에서

---

1 우치난추.

'미군에 의한 소녀성폭행사건'에 대한 분노로 들불처럼 일어난 현민 총궐기대회는 마유와 같은 여성을 전혀 구해내지 못한다. 마유는 이성이 사라진 극한의 상태에서 스스로의 힘으로 히가를 죽이고 가쓰야의 도움을 받아 북부의 얀바루 숲으로 향하던 중에 미군 아이를 죽인다. 그렇기에 이 소설에서 놓쳐서는 안 되는 부분은, 무지개 새가 '이성'이 거의 상실돼 가고 마치 다른 생명체가 몸속에 살고 있는 듯한 마유의 등 뒤에 일그러진 형태로 새겨져 있다는 것이다. 그렇기에 마유의 변신은 제의적인 차원에서 오키나와의 분노와 원념(怨念)이 마유의 신체에 응축돼 나타난 것이라고 해석될 수 있다. 이는 그런 폭력을 정당화하는 내용이라기보다 "가장 저열한 방법"(서경식)으로 오키나와 문제 혹은 자기 부정의 심연을 들여다보는 방식이다. 하지만 이 부분을 테러를 조장한다는 식으로 단순히 이해하는 것은 너무나도 편협한 해석이 아닐 수 없다. 『무지개 새』가 겨누는 창끝은 오키나와를 억압하는 외부만이 아니라 내부의 모순 및 "치유의 섬", "평화의 섬"이라는 이미지[2]에 안주하는 섬 내부로도 향하고 있다. 메도루마는 『무지개 새』, 「희망」, 『기억의 숲』에서 미군기지 문제를 자신의 작품 세계 깊숙이 끌어들여, 폭력이 연쇄적으로 발생되고 있음에도 전쟁의 기억이 단절돼 가는 오키나와의 상황에 경종을 울리고 있다. 그렇기에 『무지개 새』는 누가 오키나와에 폭력을 가하고 있는가를 궁구한 내용이라기보다 견고한 폭력의 구조를 제의적으로 파괴하는 의식의 한 형태로 보여준 수작이다. 새로운 삶은 과거의

2　스테레오타입.

파괴 없이는 불가능하다. '무지개 새'에 관한 전설이 "신생을 얻기 위해서는 기존의 삶이 파괴되는 것을 받아들여야" 한다는 '해설'의 내용 또한 이와 이어진다 하겠다. 하지만 그럼에도 신생을 향한 길이 여전히 막혀 있음은 절망의 깊이를 보여준다. 막다른 골목인 얀바루 숲에서 가쓰야와 마유는 과연 신생을 얻을 수 있을 것인가? 이 소설은 그 지점에서 열려 있는 구조로 끝난다. 하지만 『무지개 새』에 등장하는 베트남전 영화 『디어 헌터(The Deer Hunter)』(1978)의 결말을 생각한다면 둘의 미래는 희망보다는 절망에 가깝다. 치유와 구원이 각광을 받던 시대에 그와는 달리 구조적 폭력에 의한 절망을 아로새긴 『무지개 새』는 메도루마의 치열한 현실인식을 잘 보여주는 작품임을 알 수 있다.

『디어 헌터』에피소드가 보여주듯 '베트남전쟁'은 『무지개 새』를 읽을 때 중요한 부분이다. 오키나와는 베트남전 당시 베트남을 폭격했던 B-52 폭격기가 이륙했던 후방기지였다. 그뿐 아니라 많은 오키나와 사람들이 돈을 벌기 위해 오키나와에서 베트남전쟁을 위해 싸우는 미군에 협력해 군용작업을 펼쳤다. 오키나와에서 베트남전쟁에 대해 가장 많이 쓴 작가는 마타요시 에이키(又吉榮喜)다. 마타요시는 베트남전쟁 종전 직후에 「조지가 사살한 멧돼지」(1978.3) 「창가에 검은 벌레가」(1978.8) 「낙하산 병사의 선물」(1978.6) 「셰이커를 흔드는 남자」(1980.5) 등 PTSD에 시달리는 미군병사에 초점을 맞춘 소설을 연이어 써냈다. 이와 달리 메도루마는 오키나와인의 시점에서 베트남전쟁을 어떻게 바라볼 것인가에 초점을 맞추고 있다. 메도루마는 『무지개 새』에서 베트남전의 훈련장이자 후방기지였던 오키나와를 그리고 있다. (이 소설에는 '베트남'이 총 10번 등장한다) 베트남전쟁과 오키나와와의 관련을 그린 소설에서도 마타요시는 오키나와 남부를, 메도루마는 오키나와 북부를 그리고 있음이 특징이다. 메도루마의 베트남전쟁 인식은 단순히 오키나와인의 가해자성을 질타하는 것에서 그치는 것이 아니라 현재와의 연속선상에 있다. 그것이 마타요시 에이키 문학과의 결정적 차이점이다. 마타요시는 베트남전쟁 당시 오키나와에서 이뤄진 오키나와인과 미군 사이의 교섭 과정과 그 파열, 요컨대 전쟁의 후과를 드러내고 있다. 그렇기에 미군의 유약한 면이 강조되고 그런 미군을 이용해 이득을 취하는 오키나와인의 교활함 또한 드러나 있다. 물론 이 또한 베트남전쟁의 한 측면이라는 점에서 이론의 여지는 없다. 하지만 베트남전쟁 당시 오키나와의 현실과 현재 전개되고 있는 군사기지의 섬 오키나와를 현실적 실태로써 드러내고 있는 쪽은 역시 메도루마 슌이다. 바오 닌이 『전쟁의 슬픔』을 통해 '이단적'으로 승리의 기억만이 아니라 전쟁의 슬픔을 읽어냈듯, 메도루마는 베트남전쟁을 끝난 과거가 아니라 현재와의 관련 속에서 읽어내고 있다. 메도루마가 오래전에 『전쟁의 슬픔』을 읽고 바오 닌을 높이 평가하는 이유도 바로 이 지점에 있다. 두 작가는 '제주 4·3 70주년 기념 국제 심포지엄'(2018.4)에 함께 초청됐다. 한자리에 두 작가가 처음으로 모일 수 있었던 것은 베트남전쟁과 그 후방기지 역할을 했던 오키나와의 역사적 질곡, 그리고 제주의 장소성이 절묘하게 맞아떨어졌기 때문이다.

이 글에서는 '1995년', '폭력의 구조', '베트남전쟁'이라는 키워드를 제시해 독자의 이해를 돕고자 했다. 1995년의 사건이 현재로 이어져 헤노코 신기지 건설과 이에 대한 반대 투쟁, 그리고 '헤노코 기지' 건설의 찬반투표를 묻는 현민투표(2019년 2월 24일)의 형태로 나타나고 있음을 생각해보면 이 소설의 내용은 상투적 의미에서의 끝난 과거가 아니라 실로 동시대적이다. 이 글은 어디까지나 작가에 시선을 맞춘 독해다. 해설은 작품에 초점을 맞추고 있기에 알맞은 조합이라 생각한다. 해설을 써준 고명철 평론가와는 『메도루마 슌 작품집 1: 어군기』에 이은 공동 작업이다. 매번 옹골지고 상상력 넘치는 해설로 작품 읽기의 길잡이 역할을 기꺼이 해주신 노고에 감사드린다. 이 소설은 계간 《제주작가》에 2년 동안 연재돼 단행본으로 묶을 수 있었다. 제주와 오키나와의 문학적 연대에 미력하나마 힘을 보탤 수 있었음을 기쁘게 생각한다. 아시아 출판사는 한국에서 메도루마 슌의 첫 작품집 『브라질 할아버지의 술』(2008)이 나온 곳인 만큼 각별함은 더할 수밖에 없다.

　메도루마 슌은 오늘도 헤노코에 펼쳐진 '압살의 바다'를 향해 카누를 저어 나아가고 있다. 메도루마는 오키나와 현 지사 선거(다마키 데니 당선) 이후 잠시 열렸던 헤노코 신기지 건설 중단 기간에 「버들붕어(鬪魚)」(2019.1)를 발표했다. 헤노코 신기지 건설과 오키나와전 당시 북부의 현실을 교차해 쓴 수작이다. 메도루마는 오키나와의 근현대를 아우르는 『백년의 고독』과 같은 작품을 쓰고 싶다는 희망을 여러 번 표출해 왔다. 오키나와에 '봄'이 하루빨리 찾아와 메도루마의 소망이 이뤄질 날을 고대해 본다.

폭력의 미망(迷妄)을 응시하며 헤쳐 나오는

고명철(문학평론가, 광운대 교수)

1. '마유'의 엽기적 돌출행동을 어떻게 이해해야 할까.

메도루마 슌의 장편소설 『무지개 새』를 읽기 전 제목에서 자연스레 연상되는 서사적 이미지와 그 정동(情動)은, 오키나와가 품고 있는 열도(列島)의 낭만적 신비와 환상의 아우라와 관련된 것이었다. 하지만 『무지개 새』는 이것과 전혀 관련이 없는 잔혹하고 끔찍하며 섬뜩한, 게다가 환멸과 절망이 버물어진 파괴의 지옥도를 보여준다. 이 지옥도를 구성하는 것 중 가장 눈에 띄는 풍경은 오키나와의 중학교에서 일어나는 학교폭력과, 오키나와의 일상 깊숙이 파고든 성매매 산업에 유착된 폭력, 그리고 오키나와전쟁을 거치면서 겪은 숱한 전쟁 폭력 특히 미일안보체제 아래 미국의 군사기지로 전락한 오키나와의 일상을 파괴하고 위협하는 미군의 폭력 등이다.

오키나와의 지옥도에서 주목해야 할 것은 확연히 부각되고 있는 세 가지 폭력이 서로 무관하지 않고 매우 긴밀히 서로 간섭하고 중층적으로 포개지며 꼬리를 무는 형국이다. 폭력의 시작과 끝을 구별할 수 없을 뿐 아니라 어떤 지점에서 어떻게 폭력이 발생했는지 말 그대로 그것이 터져 열린 부분도 알 수 없기 때문에, 폭력을 어디서부터 어떻게 방지하고 봉쇄해야 하는지 도무지 알 수 없다. 이 상태를 굳이 개념화한다면, 폭력의 닫힌 연쇄구조로서 어떻게 이해하고 해결해야 할지 도통 그 길을 알 수 없는 '폭력의 미망(迷妄)'이라고 할까. 말하자면, 『무지개 새』는 오키나와의 '폭력의 아수라'를 목도하도록 한다.

　　작중 인물 '마유'의 돌출행동을 어떻게 읽어야 하는가 하는 문제가 이 작품을 관통하고 있는 핵심적 문제의식인 바, 작가 메도루마 슌이 우리에게 타전하고 있는 소설적 전언에 접속하는 것과 다를 바 없다. 주의 깊게 보아야 할 마유의 행동은 크게 두 가지다. 하나는 매춘 현장에서 마유의 성을 산 남자를 상대로 아주 잔혹하고 엽기적 방식으로 흡사 성고문과 다를 바 없는 성폭력을 가한 것이고, 다른 하나는 마유의 삶과 아무런 관련도 없는 미군병사의 순진무구한 어린 딸을 도로 휴게소에서 납치하여 죽인 것이다. 사실, 마유의 이 같은 돌출행동을 이해하기란 쉽지 않다. 마유는 17살 미성년자로서 매춘업을 하는 '히가'의 폭력조직에 구속되어 "몸과 마음 깊고 깊은 곳에서 아주 천천히 파괴가 진행되고 있"는 사회적 약자의 전형으로, "돈을 낳는 생물"로밖에 인식되지 않는 그리하여 오키나와의 성매매 산업에서 최말단 부분을 구성하는 수단,

시쳇말로 '섹스머신'에 불과할 뿐 폭력의 주체로서 타자를 향해 직접 폭력을 행사하는 것 자체를 쉽사리 납득할 수 없기 때문이다. 따라서 반복되는 말이듯, 『무지개 새』를 이해하는 일은 마유가 저지른 폭력의 안팎을 세밀히 추적하는 길을 찾아가는 셈이다. 마유의 폭력에 동참한, 마유를 직접 관리하고 감시하는 조직폭력배 일원인 '가쓰야'의 암묵적 도움이 수반되고 있다는 점을 눈여겨볼 필요가 있다.

2. 오키나와의 학교폭력에 구속되어 있는

마유는 어떻게 매춘업에 발을 담그게 되었나. 히가의 폭력조직으로부터 성노예 취급을 받으면서 성매매 산업의 수렁에서 헤쳐 나올 수 없도록 마유를 구속하는 요인은 무엇인가. 작가는 마유를 친친 옭아매고 있는 성매매 산업의 폭력구조와 행태를, 학교폭력을 비롯한 오키나와 사회 전반에 두루 퍼져 있는 폭력의 일상과 연계시키고 있다.

우선, 학교폭력의 양상을 살펴보자. 마유와 가쓰야가 다니고 있는 중학교는 히가의 폭력에 지배를 당하고 있다 해도 과언이 아니다. 히가는 중학교의 권력위계에서 실질적으로 최상위를 차지하는 절대권력자다. 중학교를 안전하게 다니기 위해서는 "부모님도 선생님도 동급생도 아무도 의지할 수 없"는 채 히가의 마음에 들어야 하는데, "다른 누구보다 돈을 더 많이 내고 더욱더 순종하는 티를 내야 한다." 히가의 폭력은 중학교를 졸업한 후에도 여전하다는 점에서 위협적이다. 히가가 졸업한 후 학교는 대대적으로 학교폭력을 근절하기 위한 대책을 강구하고 그에 따른 학교개혁을 단행하고자 했으나, 히가는 개혁을 단행하려는 주동 교사의 어린 딸에게 성폭력을 행사하여 그 가족의 신변을 위협함으로써 학교개혁 자체를 무산시켜 버린다. 히가는 학교를 졸업했지만 학교에 남은 행동대원 가쓰야가 상납금을 계속 관리하도록 함으로써 학교의 폭력구조와 행태를 유지·관리·감독하는 절대권력자로서 여전히 군림하고 있는 것이다. 학교는 히가가 학교를 다녔을 때나 졸업했을 때나 폭력구조가 전혀 바뀌지 않은 채 오히려 그 구조가 재생산될 뿐 아니라 한층 견고히 굳어져 학교폭력이 일상화되는 현실의 사위에 놓여 있다. 『무지개 새』가 2004년에 잡지에 연재되었고 2006년에 단행본으로 발간된 시기를 고려해볼 때, 오키나와 학교폭력의 현실을 짐작해볼 수 있다.

작품 속 학교폭력의 현실은 마유가 어떻게 이러한 유사 폭력에 쉽게 노출되었는지, 그녀가 학교폭력 구조로부터 해방되기가 왜 그리 어려운지 이해를 돕는다. 중학교 시절 마유를 대상으로 한 또래들의 성폭력과 물리적 폭력을 동반한 집단폭력은 결코 중학교 시절에만 국한된 게 아니었다. 학교폭력이 얼마나 일상화되었는지, 그 시절 폭력을 가한 학생들 중 하나가 마유를 우연히 만나 언제 그러한 폭력 가해를 했냐는 듯 태연히 마유에게 접근하더니 과거의 가해자들과 함께 마유가 그토록 잊고 싶고 해방되기를 원했던 그 폭력사건을 애오라지 들춰내는 것도 모자라, 마유가 성폭력을 당하는 치욕스러운 사진을 보여주며 이제 고등학생이 된 폭력 가해자들은 성폭력을 당하는 그녀의 사진을 지속적으로 사도록 하는 또 다른 유형의 폭력을 가한다. 마유는 히가의 매춘업에 가담해 번 돈으로 자신의 치욕스러운 사진을 구입하고, 그렇게 점점 더 큰 수렁으로 빠져들게 된 것이다. 마유를 움쭉달싹할 수 없게 구속하고 있는 폭력의 연쇄는 이렇게 중학교 시절 학교폭력과 직접 연계되어 있다. 여기서 무엇보다 안타까운 것은 폭력에 대한 피해자로서 마유의 상처를 치유해줄 뿐 아니라 마유의 파괴된 일상을 복원하고 다시 일상의 정상으로 복귀하게 해주는 주변의 어떠한 도움도 부재하다는 사실이다. 히가의 폭력에 학교가 속수무책으로 지배당해 학교의 구성원인 선생님과 또래 학생 및 부모가 학교폭력의 피해자들에게 실질적 도움을 제공하지 못한 채 오히려 보복과 더 큰 폭력으로 피해자의 삶을 죽음으로 몰아갈 수 있는 상황에서, 마유가 선택할 수 있는 현실적 방식은 폭력이 팽배해진 일상에서 좀 더 강한 폭력구조에 자신의 존재형식을 접속시키는 게 아닐까. 마유를 에워싼 현실에서 폭력의 바깥은 존재하지 않으므로 이러한 방식을 선택할 수밖에 없는 게 아닐까. 마유가 아는 한 히가의 폭력구조에 예속될 수밖에 없는 게 아닐까.

3. 오키나와의 폭력과 공모하는 오키나와 교육계

마유의 암울한 삶과 존재형식을 조금이라도 이해할 때, 마유가 저지른 돌출행동에서, 그녀의 성을 산 교사를 상대로 한 엽기적이고 충격적인 폭력행위가 지닌 의미를 온전히 해석할 수 있다. 우선, 상대가 학교 선생이라는 사실은 시사하는 바가 크다. 마유의 직접 경험에서 알 수 있듯, 학생들에게 모범을 보이고 학교윤리를 준수해야 할 교사가 폭력의 일상을 낳는 반교육적 역할을 수행하고 있는 것이다. 학교에 팽배해 있는 학교폭력을 근절함으로써 학생들의 안전한 학교생활을 유지할 수 있는 교육환경을 조성하는 데 혼신의 힘을 쏟아야 함에도 불구하고, 오히려 학교폭력에 굴복함으로써 학교폭력의 악순환을 조성하여 학생으로 하여금 폭력의 구조와 행태에 순응하게 만들었다. 따라서 교사를 상대로 한 마유의 폭력행위는 반교육적 주체로서의 교사에 대한 보복과 응징의 차원으로 읽을 수 있다. 마유는 학교폭력의 무참한 피해자이다. 학교는 그에 대한 책임을 방기했고, 마유는 정상적 방식으로 자신이 겪은 심신의 피해를 치유받지 못한 채 도리어 폭력구조에 그녀의 존재형식을 접속시켜 매우 위태로운 삶을 살고 있다. 마유가 살고 있는 오키나와는 폭력의 바깥이 존재하지 않는 지옥도인 것이다. 이 지옥도에서 마유는 자신이 겪은 폭력과 흡사할 정도로 섬뜩하고 엽기적이며 공포스러운 방식의 폭력을 매춘을 하러 온 교사에게 가한 것이다.

이러한 서사와 관련하여 상기하고 싶은 역사적 사실이 있다. 오키나와전쟁 후 1950년대 초부터 일본을 향한 '조국 복귀', 즉 국민국가 일본의 영토로 귀속하고 일본인화를 추구하는 움직임이 활발히 일었는데, 그 핵심적 주동 세력이 교장을 중심으로 한 교사들이었다고 한다. 일본을 '조국'으로 간주하고 미군 점령 지배로부터 벗어나 '일본=조국'으로 복귀하려는 교육 운동과 이념이 오키나와 사람들의 일상 속으로 퍼져 들어갔다. 오키나와는 1972년 일본으로 복귀한다. 이후 오키나와는 미군 점령에서 벗어났지만 미일안보체제의 미명 아래 미군기지가 지속적으로 유지되는 바, 주일 미군기지의 75%가 일본 영토 면적의 0.6%에 해당하는 오키나와에 집중 배치된 현실이다. 이 모습이 무엇을 말하는지 새삼 강조할 필요도 없다. 오키나와를 힐링의 관광 이미지로 도색하는 가운데 정치사회적 실재의 삶은 가려졌다. 메도루마 슌은 다양한 작품들과 시론류(時論類) 에세이를 통해 이 모습을 지속적으로 치열한 비판적 성찰로 다루고 있다. 『무지개 새』도 오키나와에 대한 그의 일관된 문제의식의 연장선에 있다. 『무지개 새』로 한정시킬 경우 조심스럽지만, 오키나와전쟁을 치르면서 오키나와가 겪은 전쟁폭력이 해결되지 않은 채 미군점령으로 더욱 기승을 부린 터에, '조국 복귀'라는 미명 아래 일본으로 귀속되는 데 오키나와 교육계의 역사적 책임은 자못 큰 것이다. '조국 복귀' 후 오키나와에는 평화가 안착되기는커녕 미군기지의 집중배치에 따른 미군의 폭력이 오키나와의 일상을 지배하고 위협하는 폭력구조를 안착시키고 있는 것이다. 이에 대해 메도루마 슌은 "오키나와 자체에는 악이 존재한다고 생각합니다. (중략) 실은 오키나와 내부에는 거친 것, 꺼림칙한 것을 굉장히 많이 안고 있습니다. 그것이 현재 완전히 은폐돼 오키나와는 기원을 올리는 지역이라거나, 치유의 장소라거나 하는 이미지가 유통되고 있습니다."와 같은 말을 어느 대담에서 언급한

적 있다. 그래서일까. 『무지개 새』에서 마유가 교사를 상대로 자행한 폭력은 다층적 의미를 건드린다. 오키나와 미래에 대한 숙고 없이 일본 복귀를 통한 오키나와의 현재적 무사안일만을 염두에 둠으로써, 이후 일어날 오키나와의 현실에 대한 역사적 책임을 방기한 오키나와 교육계에 대한 역사적 응징의 의미로 생각해볼 수 있다. 또 오키나와는 일본 복귀후 평화의 구호 뒤에 은폐된 전쟁과 폭력의 일상이 지속성을 띤 채 오히려 유무형의 폭력에 노출되면서 폭력구조에 친친 옭아매어 있는 형국을 충격적으로 보여주고 있다.

4. 물신화되는 오키나와의 폭력구조

마유가 미군병사의 어린 딸을 납치해 죽인 건 오키나와가 폭력의 지옥도라는 것을 매우 현실적이고 단도직입적으로 보여준다. 미군병사셋이 소학교 여학생을 상대로 집단 성폭력을 자행한 사건에 대해 오키나와 주민들은 집회를 벌이는데, "아무리 집회를 하고 데모를 해도 소용없어. 공무원은 참 한가해서 좋겠다."라는 작중 인물의 푸념에서 단적으로 읽을 수 있는 것처럼 오키나와의 경찰행정 권력이 미군의 폭력행위에 대해 이렇다 할 책임을 추궁할 수 없고 합당한 처벌도 내릴 수없는 것을 알 수 있다. 대신, "한밤중에 여자아이에게 심부름을 시키면 안 된다니까. 어린 미군들은 철이 없어. 부모가 좀 더 조심을 했어야지……."라는 반응을 보일 뿐이다. 이 반응은 미군기지가 주둔하는 오키나와의 현실을 매섭게 증언한다. 오키나와 소학교 여학생이 미군들에 의해 집단 성폭력을 당한 것은 그 일차적 책임이 오키나와 주민들에게 있다며 미군병사들의 성폭력이 지닌 가해성을 적당한 선에서 축소 및 은폐하려고 하는 것이다. 한 발 더 나아가 말줄임표에는 어느 정도의 미군 성폭력은 오키나와 주민들이 감내해야 한다는 역설마저 내포하고 있다.

여기서 예의주시할 대목은 이러한 말을 무심결 내뱉은 이가 다름 아닌 가쓰야의 엄마로서, 그녀뿐 아니라 가쓰야의 아버지와 형들은 미군의 "군용지 대여료를 받아 기지의 은혜를 입고" 사는, 즉 미군기지 덕분에 경제적 혜택을 받아 살고 있다는 사실이다. 미군에게 군용지를 대여해준 대가로 술집과 바를 비롯 도박장 등 유흥업소를 운영하면서 오키나와에서의 경제적 삶을 살고 있다. 가쓰야 부모의 이러한 삶은 비단 가쓰야네 가족에게만 적용된 게 아니라 오키나와전쟁 이후 그리고 일본 복귀 이후 오키나와 경제의 상당 부분을 이루고 있다. 오키나와 경제의 미군기지에의 실질적 예속 상태는, 가쓰야 엄마의 자연스러운 반응에서 보이듯 미군에 대한 그리고 미군기지를 집중 배치한 일본에 대한 오키나와의 왜곡된 정치경제적 정동(情動)이다. 가쓰야는 이러한 왜곡된 정치경제적 정동에 대한 모종의 반감을 갖는다. 뿐만 아니라 미군병사의 집단 성폭력에 분노를 표출하는 오키나와 시민들의 집회와 데모 행렬에 대해서도 반감을 갖는다. 그들은 "분노를 표출하기는 하지만 결코 그 이상 넘어서는 안 되는 선이 기지의 철조망처럼 사람들의 마음에 온통 둘러쳐져 있다." 여기서, "기지를 철거해라, 범인인 미군병사를 넘기라고 외치는 구호를 듣고 있자니 짜놓은 대본 같아서 참을 수 없"다는 가쓰야의 심경을 주목할 필요가 있다. 메도루마 슌의 복잡한 심경 중 하나가 투사된 것이리라. 오키나와의 양심적 시민들은 가쓰야의 아버지 세대가 젊었을 때 미군이 저지른 교통사고가 촉발돼 그동안 미군 점령통치의 문제점이 누적된 것에 대한 분노로 폭발한 이른바 '코자 폭동'(1970)을 일으킨 적이 있지만, '코자 폭동'은 오키나와의 전'후' 현실을 전복시키지 못한 채 오히려 미군기지의 축소 없이 아시아태평양 지역의 반공유지를 위해 유지되는 방향으로 일본에 복귀되는 것으로 진행된다. 메도루마 슌은 작품을 통해 1995년 미군병사에 의한 집단 성폭력 사건에 대한 오키나와의 데모를 주목하되, 동시에 1970년에 일어난 '코자 폭동'의 역사를 상기하여 오키나와 주둔 미군을 대상으로 한 오키나와의 저항을 겨냥한다. 일본의 주도면밀한 오키나와 지배정책에 대한 오키나와의 저항을 서사적으로 수행하고 있는 것이다. 이러한 오키나와 저항에서 놓치지 말아야 할 것은, 메도루마 슌의 입장에서, 오키나와전쟁을 거치면서 오키나와 일상 깊숙이 스며든 폭력이 오키나와를 지옥도의 풍경으로 점철시켰다는 점, 오키나와 안팎을 이루는 폭력구조가 너무 견고하여 이 폭력구조를 파괴하여 신생의 삶을 살게 하는 일이 녹록지 않다는 사실을 있는 그대로 응시하는 게 절실한 과제임을 저항의 차원으로 새롭게 인식 및 실천해야 한다는 점이다. 그만큼 메도루마 슌의 입장에서 오키나와의 폭력에 대한 저항은 소설 안팎에서 폭력구조와 행태를 응시하는 일과 결코 분리할 수 없다. 때문에 메도루마 슌은『무지개 새』에서 폭력의 양상을 현미경적 시야로 상세히 들여다보며 심신 구석구석으로 삽시간에 퍼져나가는 피해자 고통을 함께 겪는다. 이것은 결코 폭력과 고통을 물신화하는 게 아니다. 오히려 오키나와의 일상으로 견고히 고착하고자 하는, 미군기지의 경제로 예속화하는 과정에서 오키나와의 신체를 성매매 산업 구조 아래 성노예로 착취함으로써 물신화되는 폭력과 고통의 실상을 신랄하게 까발린다. 이 과정에서 가쓰야는 마유처럼 학교폭력의 직접 당사자는 아니지만, 그 역시 중학교 시절부터 히가의 폭력에 대해 이렇다 할 저항 없이 그의 행동대원으로 굴종하며 그 폭력의 대리 역할을 했다는 점에서 마유와 다른 처지의 피해자라고 볼 수 있다. 메도루마 슌은 가쓰야가 오키나와 폭력구조에서 물신화로 전락된, 미군용지 대여료로 경제적 삶을 유지하는 부모의 경제력에 기댄 채 살며 그것이 어떻게 자신을 포함 오키나와의 자립을 방해하는 요인으로 작동하고 있는지 잘 알고 있기 때문이다. 중요한 것은, 가쓰야는 잘 알면서도 그러한 삶과 결별하지 못하고 있다는 점이다. 자신이 감시하고 관리하는 마유의 심신이 녹초가 되어 더 이상 매춘을 할 수 없을 정도로 쇠약해진 것을 알면서도, 가쓰야는 히가의 폭력이 무서워 마유를 이 악무한의 폭력구조에서 놓아줄 수 없다. 마유의 돌출행동을 방관자로서 지켜볼 수밖에 없다. 이를 메도루마 슌 식 서사가 보여주는 오키나와 리얼리즘으로 이해할 수 있다.

5. 디스토피아를 넘어 오키나와의 신생을 향한

    메도루마 슌의 이러한 서사가 담고 있는 문제의식을 염두에 둘 때, 마유가 저지른 미군병사 딸 살해 행위는 오키나와를 폭력의 연쇄와 닫힌 구조 안에 봉합해버림으로써 오키나와의 현재적 비극성과 전망의 부재를 보다 극적 서사로 드러낸 것이다. 『무지개 새』에서 보인 마유의 폭력은 일찍이 그의 문제작 「코자 거리 이야기-희망」(《아사히 신문》, 1999.6.26.)에서 시도한 적이 있다. 메도루마 슌에게 마유의 폭력양상은 '문학적 보복'의 성격을 지닌다. 하지만, 「코자 거리 이야기-희망」과 달리 『무지개 새』에서 보이는 '문학적 보복'을 주목해야 하는 건, 마유와 가쓰야를 에워싼 오키나와의 암울한 디스토피아를 조금이라도 극복할 수 있는 미래의 전망이 마유의 등에 새겨진 '무지개 새'의 환상적 비상으로 작품의 대미를 장식하고 있다는 점이다. 마유와 가쓰야는 함께 전설의 무지개 새가 살고 있는 오키나와 북쪽 얀바루 숲으로 가고 있다. 얀바루 숲에 살고 있는 무지개 새에는 전설이 있는데, 이 새를 발견하는 일은 어떤 이에게는 삶이고 어떤 이에게는 죽음이기 때문에 무지개 새를 발견한 사람은 없다고 해도 과언이 아니라는 전설이 그것이다. 전설의 진실 여부는 뒤로 하고 귀 기울여야 할 것은, 극한의 고통과 지옥을 벗어나 새로운 삶의 기회를 부여해주는 것도 무지개 새이지만 누군가에게는 죽음을 덧씌운다는 점이다. 신생을 얻기 위해서는 기존의 삶이 파괴되는 것을 받아들여야 한다는 것이 무지개 새 전설이 함의한 진실이 아닐까. 무지개 새가 신생의 삶을 살기 위한 통과제의적 주술 기능을 하고 있다 해도 과언은 아니다. 작품 말미에서, 다음의 문장이 독립된 한 행으로 처리되고 있는 것은 의미심장하다.

"그래 모두 죽어 없어지면 된다."

작가 메도루마 슌이 샤먼 자격으로 오키나와의 온갖 폭력구조 속에서 고통과 상처를 앓아온, 마유와 가쓰야가 함의한 지옥의 현실을 파괴하고 죽이는 통과제의적 주술사(呪術辭)를 통해 곧 도착할 얀바루 숲에서 신생의 기운을 회복하는 것에 대한 간절한 염원이 투사된 게 아닐까. 물론, 오키나와에서 자행되는 모든 폭력에 대한 근절과 평화의 세상을 향한 아름다운 꿈을 결코 포기하지 않겠다는 생의 의지도 담겨 있다.

그렇다. 메도루마 슌이 『무지개 새』을 통해 서사적으로 할 수 있는 일은 딱 이 정도다. 『무지개 새』도 그렇듯, 메도루마 슌 소설은 오키나와의 지극한 현실에 천착하되 그 현실에 투항하는 게 아니라, 그만의 방식으로 저항하는 서사를 통해 오키나와 폭력이 낳은 지옥도의 현실을 응시하고 그 고통스러운 도정에 우리를 동참시킨다. 훼손된 것을 복원하고 치유하는 일이 얼마나 힘들고 어려운지 이 모든 도정에서 평화의 가치가 얼마나 소중하며 아름다운지를 소설적 전언으로 타전하고 있다.

〈아시아 문학선〉을 펴내며

우리는 무엇보다 언어에 주목한다.

지난 오 백 년 동안, 우리에게 알려진 세계의 언어들 중 거의 절반이 사라졌다고 한다. 에트루리아어, 수메르어, 컴브리아어, 메로에어, 콘월어, 음바바람어……지금 이 순간에도 지구 곳곳에서 수많은 언어들이 사라지고 있다. 소멸의 속도도 점점 빨라진다. 대신 그 자리를 영어와 또 하나의 언어, 그러나 기왕에 존재했던 어떤 언어와도 전혀 다른 종류의 기계어 '비트'가 메워 나가는 중이다.

한 가지 언어가 사라진다는 것은 무슨 뜻일까. 그것은 한 집단의 기억이 최후를 맞이한다는 뜻이다. 물론 성실한 언어학자들의 노력으로 운 좋게 몇몇 단어가 살아남을 수도 있다. 그렇지만 엄밀한 의미에서 그것은 살아 있는 언어가 아니다. 언어는 언어학자의 노트에 적히는 것만으로 생명을 보장받을 수 없다.

이제 우리는 이와 같은 일방통행의 역사에 작으나마 흠집을 내고자 한다. 그 출발이 바로 〈아시아 문학선〉이다.

우리는 서구가 주도했던 지난 시기의 근대화 과정에서 수많은 문명의 유전자가 흔적도 없이 사라졌고, 지금도 아시아 어딘가에서 어떤 기억의 보살핌도 받지 못한 채 속절없이 사라져가는 것들이 많다는 사실을 잘 알고 있다. 그러나 우리는 겸손해야 한다. 소멸은 대개 슬프지만, 때로는 자연스럽게 권장되어야 할 어떤 것이기도 하다. '불멸의 신화'가 지닌 폭력성을 흔히 목격하지 않았던가. 우리는 서구 근대의 가치를 대체하는 아시아 담론을 창출하겠다는 다부진 야심을 갖고 있지 않다. 우리는 다만 아시아의 수많은 언어가 제각기 품어 온 기억의 서사들을 존중하려 할 뿐이다.

특히 문학에 관한 한, 아시아는 이른바 세계화가 가장 덜 진척된 영토로 존재한다. 아시아 문학은 대다수 서구인들에게 여전히 낯설고 어색하면서도 이따금 신기하고 흥미로운 존재다. 가상공간과 더불어, 빈약한 서사를 보충해 줄 최후의 영토로 간주되기도 한다. 그런 시선 속에서, 지난 몇 세기 동안, 아시아는 수없이 발명되고 발견되었다. 그 결과 논과 밭, 구릉과 숲으로 이루어진 아시아의 주름진 대지는 이차원의 매끈한 평면으로 아주 쉽게 왜곡되었다. 거기에서 소수와 은유는 묵살되고, 틈과 사이는 간단히 메워졌다.

이제 우리는 다시 주름들을 기억하려 한다. 고속도로와 지름길이 길의 다가 아니듯, 표준어와 다수만 아시아의 입체를 구성하지는 않는다. 그러나 놀랍게도, 서구인에게 낯설고 어색한 것 이상으로, 우리 스스로 아시아를 얼마나 낯설고 어색하게 생각하고 있는지! 불행히도 우리 주변에는 읽고 싶어도 읽을 아시아조차 많지 않다. 우리의 기획은 이런 경이로운 무관심과 태만을 반성하는 데서 출발한다. 동시에 우리는 혹 '미지의 세계' 아시아를 또 하나의 개척영역, 흔히 말하듯 '미래의 먹거리' 쯤으로 상정하는 것은 아닌가, 우리 안의 유혹을 끊임없이 경계한다.

이렇게 경계선을 넘으려 한다.

바라건대, 저 너머에는 새로운 세계문학이!

〈아시아 문학선〉 기획위원회

〈아시아 문학선〉 기획위원
전승희(문학평론가, 미국 하버드대학교 한국학연구소)
김남일(소설가, 아시아문화네트워크)
자카리아 무함마드(팔레스타인, 시인·신화연구)
A. J. 토마스(인도, 시인·번역가·영문학·전 《인도문학》 편집장)
자밀 아흐메드(방글라데시, 연극연출가·평론가·다카대학 교수)
하리 가루바(나이지리아, 문학평론가·남아프리카 케이프타운대학 교수)

옮긴이 **곽형덕(郭炯德)**
명지대 문예창작과를 졸업하고 와세다대학 대학원 문학연구과와 컬럼비아대학 대학원 동아시아 언어와 문화연구과(EALAC)에서 일본 근현대문학을 수학했다. 현재 명지대 일어일문학과 교수로 재직 중이다. 저서로 『김사량과 일제 말 식민지 문학』이 있고, 번역서로는 『돼지의 보복』『지평선』『한국문학의 동아시아적 지평』『어군기』『아쿠타가와의 중국 기행』『긴네무 집』『니이가타』『아무도 들려주지 않았던 일본 현대문학』『김사량, 작품과 연구 1-5』 등이 있다.

무지개 새

2019년 5월 10일 초판 펴냄

지은이 메도루마 슌 | **옮긴이** 곽형덕 | **펴낸이** 김재범
편집장 김형욱 | **편집** 강민영 | **관리** 강초민, 홍희표 | **디자인** 나루기획
인쇄 굿에그커뮤니케이션 | **종이** 한솔PNS
펴낸곳 (주)아시아 | **출판등록** 2006년 1월 27일 | **등록번호** 제406-2006-000004호
전화 02-821-5055 | **팩스** 02-821-5057
주소 경기도 파주시 회동길 445(서울 사무소: 서울시 동작구 서달로 161-1 3층)
이메일 bookasia@hanmail.net | **홈페이지** www.bookasia.org
페이스북 www.facebook.com/asiapublishers

ISBN 979-11-5662-404-2 04800
       978-89-94006-46-8 (세트)

*값은 뒤표지에 표시되어 있습니다.

이 도서의 국립중앙도서관 출판시도서목록(CIP)은 서지정보유통지원시스템 홈페이지(http://seoji.nl.go.kr)와 국가자료공동목록시스템(http://www.nl.go.kr/kolisnet)에서 이용하실 수 있습니다.(CIP제어번호: CIP2019006226)